CB060999

OS PATRIOTAS

Os Patriotas

Série em 4 volumes:

✤ *A Sombra e a Noite*
(1936 – 11 de novembro de 1940)

✤✤ *A Chama não se Apagará*
(11 de novembro de 1940 – agosto de 1942)

✤✤✤ *O Preço do Sangue*
(agosto de 1942 – 21 de junho de 1943)

✤✤✤✤ *Com Honra e pela Vitória*
(21 de junho de 1943 – 1945)

Max Gallo

OS PATRIOTAS
Romance Histórico da Resistência Francesa

Vol. 2
A CHAMA NÃO SE APAGARÁ

2ª EDIÇÃO

Tradução
Eloá Jacobina

BERTRAND BRASIL

Copyright © Librairie Arthème Fayard, 2001.
Título original: *Les Patriotes: La flamme ne s'éteindra pas, vol.2*

Capa: Raul Fernandes
Editoração eletrônica: Imagem Virtual Editoração Ltda.

2004
Impresso no Brasil
Printed in Brazil

CIP-Brasil. Catalogação-na-fonte
Sindicato Nacional dos Editores de Livros, RJ.

G162c 2ª ed.	Gallo, Max, 1932- A chama não se apagará: (11 de novembro de 1940 — agosto de 1942)/Max Gallo; tradução Eloá Jacobina. – 2ª ed. – Rio de Janeiro: Bertrand Brasil, 2004. 336p.: – (Os Patriotas; v. 2) Tradução de: Les patriotes; v. 2: La flamme ne s'éteindra pas "Romance histórico da Resistência Francesa" ISBN 85-286-0880-8 1. Guerra mundial, 1939-1945 – Resistência – França – Ficção. 2. França – História – Ocupação alemã, 1940-1945 – Ficção. 3. Romance francês. I. Jacobina, Eloá. II. Título. III. Série.
04-1706	CDD – 843 CDU – 821.133.1-3

Todos os direitos reservados pela:
EDITORA BERTRAND BRASIL LTDA.
Rua Argentina, 171 – 1º andar – São Cristóvão
20921-380 – Rio de Janeiro – RJ
Tel.: (0XX21) 2585-2070 – Fax: (0XX21) 2585-2087

Não é permitida a reprodução total ou parcial desta obra, por quaisquer meios, sem a prévia autorização por escrito da Editora.

Atendemos pelo Reembolso Postal.

*Em memória de meu pai e de seus camaradas,
resistentes desde 1940.*

Este é um "romance de História" que tenta "retratar coisas verdadeiras por meio de personagens de invenção" (Victor Hugo, 1868). Qualquer semelhança com homens e mulheres que viveram esses anos decisivos terá sido fortuita. O mesmo se aplica às situações aqui evocadas. Trata-se de um romance! Mas sua matéria é a História verdadeira! O quadro não é o tema retratado e, no entanto, é.

M.G.

"Aquele que não se rende tem razão contra aquele que se rende, é a única medida, e ele tem razão absolutamente, quero dizer que a razão que ele tem é um absoluto...

Aquele que não se rende é dos meus, quem quer que seja ele, de onde quer que venha, e qualquer que seja seu partido... Aquele que se rende é meu inimigo. E eu o odeio tanto mais quanto ele pretenda aliar-se a mim pelo jogo dos partidos políticos..."

CHARLES PÉGUY, *L'Argent*
(Citado no panfleto redigido por Edmond Michelet
e difundido em 17 de junho de 1940.
Cf. *Péguy contre Pétain*, por Jean Bastaire.)

SUMÁRIO

Primeira Parte 13

Segunda Parte 51

Terceira Parte 89

Quarta Parte 133

Quinta Parte 177

Sexta Parte 223

Sétima Parte 255

Oitava Parte 293

Primeira Parte

1

Uma noite de inverno, rasgada por silvos estridentes, estendeu-se pouco a pouco sobre o centro de Paris nessa segunda-feira, 11 de novembro de 1940.

A cada vez que um desses apitos curtos e agudos, pungentes como gritos, ressoava no vazio das ruas, Geneviève Villars e Bertrand Renaud de Thorenc ficavam alguns segundos imóveis, procurando adivinhar se seria uma patrulha alemã ou uma ronda policial. Depois, corriam para atravessar rapidamente a rua e seguiam rente às fachadas, abraçados, agarrados um ao outro, tentando esconder-se nos vãos desses malditos portões trancados, enquanto, num barulho infernal de motor e na luzerna dos faróis acesos, passava um caminhão repleto de jovens prisioneiros vigiados por soldados de capacetes.

Permaneciam muito tempo escondidos assim, e dessa mistura de angústia e revolta, o desejo nascia entre eles.

Thorenc enfiou a mão por baixo do blusão de lã. Tocou, enfim, a pele quente, e Geneviève se abandonou, deixando seu corpo receber o dele e se reconhecerem ambos, depois de todos esses meses. Foi preciso que um apito muito próximo, seguido de sons de passos, chegasse até eles, para olharem em torno e descobrirem, afinal, uma porta aberta; metem-se por ela, escondem-se numa espécie de pátio, um buraco mais escuro do que os pavimentos superiores mergulhados na sombra.

O ângulo formado pelas duas fachadas internas parece-lhes tão profundo quanto uma gruta onde ninguém poderá encontrá-los, e sentem-se como dois amantes que se reconhecem às apalpadelas, bocas e dedos redescobrindo o outro; às vezes, quando a carícia torna-se demasiado violenta e o desejo premente demais, sufocam um grito simultâneo, mordiscam os lábios um do outro, as mãos crispadas no sexo desejado.

E, de repente, essa luz que os cega, essas vozes irônicas e ríspidas, os corpos que precisam separar-se, os documentos que precisam ser apresentados, os tiras que, apoiados no quadro das bicicletas, aconselham que entrem antes do toque de recolher e vão fazer "isso" na cama.

— Em que mundo vocês estão? Não sabem que houve tiroteio na Avenida dos Champs-Élysées? Vamos, caiam fora, vão dormir!

Sentem-se envergonhados ao passarem pelo pórtico, sob o foco de luz da lanterna voltada para eles e os olhares dos dois tiras em que imaginam o sorriso, os pensamentos equívocos.

Contudo, os dois continuaram abraçados enquanto caminhavam, o rosto de Geneviève reclinado no ombro de Thorenc.

E ela começou a cochichar como se temesse que o silêncio da rua ecoasse e amplificasse o som do que dizia.

Está preocupada. Durante toda a semana, Henri, seu irmão mais novo, e sua irmã Brigitte haviam copiado e distribuído panfletos convocando para a manifestação desse 11 de novembro na Praça da Étoile.

Ela, Geneviève, resolveu ir, embora Munier...

Interrompeu-se:

— Você se lembra, não é? de Georges Munier, o professor do Museu do Homem, o orientador de pesquisa com quem ela...

Ele a impede de continuar falando e escorrega novamente os dedos até o sexo de Geneviève para fazê-la compreender que ele sabe que ela o deixou durante alguns meses por esse Georges Munier com quem foi escavar os vestígios pré-históricos do Tibesti, com o qual pensou até em se casar, mas desistiu, e depois, algumas semanas atrás, editaram juntos os primeiros panfletos do Museu do Homem conclamando à resistência. Ele sabe, ele sabe.

Munier, segundo Geneviève, aconselhou-a a não ir à manifestação que os estudantes organizaram na Champs-Élysées, pois se fosse presa — e não havia dúvida de que os alemães e a polícia francesa iriam intervir —, todo o pequeno grupo do Museu do Homem, que ela e o professor Munier dirigiam juntamente com os etnólogos Boris Vildé e Germaine Tillon, e o chefe do departamento de tecnologia, André Lewitsky, correria o risco de ser descoberto e desmantelado.

Apesar de todos esses sábios argumentos, ela fez questão de participar porque Henri e Brigitte estariam entre os principais manifestantes, e ela precisava estar junto, pois isso tranqüilizaria sua mãe, Blanche de Peyrière.

E, muito simplesmente, porque ela também queria se manifestar, nesse 11 de novembro, pelo pai, o major Villars, combatente de 1914-1918, e para anular a vergonha do 14 de junho de 1940 e dos desfiles da Wehrmacht na Champs-Élysées. Para que *A Marselhesa* fizesse esquecer os concertos que as fanfarras do exército alemão deram nas Tulherias.

— Tenho medo por Henri e Brigitte — murmura ela —, mas...

Estreitou-se contra Thorenc. Ele imagina que ela quer que ele compreenda o quanto ela está feliz por tê-lo encontrado, também ele, na manifestação.

Ela se contenta em repetir:

— Estou orgulhosa. Nunca hão de esquecer esse 11 de novembro de 1940. Ele lavou a afronta, apagou a vergonha! E nós, nós também estávamos lá.

Agora estão longe da Praça da Étoile.

Os transeuntes, apressados para entrarem antes do toque de recolher, parecem ignorar completamente o que acaba de se passar, as flores depositadas aos pés das estátuas de Estrasburgo e de Georges Clemenceau, os cantos e os gritos de "Viva a França!" repetidos por milhares de vozes, o rapaz que brandia uma bandeira tricolor diante do Arco do Triunfo, enquanto os alemães já começavam a abrir fogo e lançavam suas viaturas, a toda a velocidade, contra os manifestantes.

— Os jornais não vão noticiar isso — diz Thorenc. — Será como se nada tivesse acontecido.

Mostra as ruas tranqüilas, as pessoas andando de cabeça baixa, os que se encontram nas mesas dos restaurantes abastecidos no mercado negro, onde se servem ostras, lagostins, escalopes, carne de porco assada ou filé à moda, sem cupons, mas a cem francos o jantar.

Geneviève enlaça com mais força a cintura de Thorenc e abana a cabeça:

— O mundo inteiro saberá — murmura. — É como se o povo se reerguesse. A derrota, o êxodo, a humilhação, tudo isso acabou!

Sem querer contradizê-la, ele se limita a acrescentar:

— Vai demorar, vai demorar muito...

Ela sabe. Está preparada.

E declara, com muita seriedade, que deseja ficar com ele essa noite, mas não pode ser na casa dela: se os alemães prenderam Henri ou Brigitte, não deixarão de ir lá. E na casa dele?

Ele objeta. Revistaram seu apartamento. E, nesta noite, a Gestapo ou as Brigadas Especiais da polícia francesa podem dar outra batida nas residências dos suspeitos.

— Não há mais segurança — concorda ela.

Ele hesita, mas depois declara em tom de desafio que sabe de um lugar onde estarão seguros. Mas é preciso que ela tenha a coragem de conhecer uma outra França diferente da que ela imagina ou deseja.

Quando a descobrir, quem sabe Geneviève vai perceber que essa manifestação que tanto os emocionou, onde jovens perderam a vida ou sacrificaram a liberdade, não passou de uma miragem, ou, antes, de uma simples ondulação na água turva de um vasto e profundo pantanal: a incomensurável França das transações, dos corruptos, dos "colabôs", a verdadeira França, não a dos sonhos de ambos!

— Hoje — respondeu ela —, depois do que vivemos, temos o direito de blasfemar?

2

Thorenc sente que Geneviève ainda está hesitante. Ela o agarra, pendura-se em seu braço, aperta-o como se quisesse forçá-lo a ficar ali, na esquina da Delambre com o Bulevar Raspail, como se temesse entrar nessa rua que leva ao cabaré, a essa Boîte-Rose em cuja entrada vê-se um grupo de oficiais alemães rodeando mulheres de claros vestidos longos.

Ouvem suas vozes, suas risadas cascateantes.

Geneviève olha em torno.

Nas varandas envidraçadas das *brasseries*, do Dôme, do La Coupole, da Rotonde e, mais adiante, do Select, todas as mesas estão ocupadas, e, quando as portas se abrem para os fregueses passarem, um alegre burburinho espalha-se pelo bulevar.

— É isso aí — desabafa simplesmente Thorenc.

Pouco falaram desde que subiram num *vélo taxi*,* na Praça Saint-Augustin.

Continuaram abraçados um ao outro, no cestinho sacolejante, seguindo com o olhar o comboio de caminhões carregados de tropas que cortavam as avenidas precedidos por motocicletas.

Foram obrigados a parar numa barreira na entrada da ponte do Carrousel. Um suboficial alemão examinou seus documentos, observou demoradamente Geneviève que tinha os cabelos caindo nos ombros. Sorriu, com ar complacente, quase cúmplice, e lhes desejou "boa-noite".

Quando mergulharam na escuridão, com seus respectivos pensamen-

---

* Bicicleta de praça munida de uma espécie de cesta onde cabiam um ou dois passageiros, usada na época como meio de transporte. (N.T.)

tos acompanhados pela respiração ofegante do ciclista, Geneviève murmurou:

— Se mataram Henri ou Brigitte, peço a Munier para me arranjar uma arma e vou sair matando muita gente.

Thorenc tomou-lhe o rosto entre as mãos e beijou-a.

Por todo o Bulevar Raspail, o ciclista bamboleava respirando cada vez mais ruidosamente; a cada pedalada, o solavanco inclinava a cesta.

Quando os deixou no cruzamento, o homem, pingando suor, dobrou-se lentamente em quatro e meteu no bolso a nota que Thorenc lhe estendia. Ficou alguns instantes sem fôlego, apoiado no selim, até conseguir falar:

— Viramos escravos — disse.

Com um movimento de cabeça, mostrou os terraços das *brasseries*, as prostitutas que batiam a calçada diante do Dôme, os grupinhos de soldados que as observavam.

— Mas há quem se divirta com isso! — continuou ele, e voltou a montar na bicicleta.

Depois, levantando o pedal com a ponta do pé, acrescentou em voz mais baixa:

— E os que acabam sendo mortos.

Foi nesse momento que Geneviève Villars apertou o braço de Bertrand.

— É isso aí — repete Thorenc.

E acrescenta:

— Uma outra França...

Geneviève endireita-se, retira o braço, puxa os cabelos para trás e amarra-os com uma fita.

Thorenc comove-se com esse rosto de traços regulares, de testa larga e arredondada.

— É ali — diz ele, designando a Boîte-Rose.

Explica que conhece a proprietária, Françoise Mitry, desde antes da guerra, e o amante dela, Fred Stacki — se é que ela não o trocou por outro —, um suíço, banqueiro, naturalmente um homem que não se contenta com palavras e tem amizades em todos os meios.

— Talvez ele forneça informações ao Serviço de Inteligência, ou ao major Villars, mas também pode ser um agente da Abwehr e da Gestapo.

— Belo mundo! — resmunga Geneviève.

— Somente oficiais, mulheres bonitas e alguns franceses é que fazem negócio com esses senhores — continua Thorenc.

E sorri:

— E nós, se você quiser...

Quem haveria de procurá-los ali, esta noite?

Subitamente descontraída, quase desenvolta, Geneviève observa que talvez não a deixem entrar de blusão, saia reta e sapatos baixos. Mas adianta-se em passo resoluto.

Na Rua Delambre, cada vez mais escura à medida que se afastam do cruzamento do Bulevar Raspail com o Montparnasse iluminado pelos terraços das *brasseries*, eles cruzam com casais que falam em voz alta e estridente. As mulheres, penduradas nos braços dos soldados, exibem uma alegria forçada, espalhafatosa. Algumas chegam a olhar para Thorenc e Geneviève com insolência, quase com desdém.

Thorenc cerra os punhos. Tem vontade de sacudir essas mulheres, de esbofeteá-las até. De dentes trincados, ele as descompõe, resmungando que, neste mesmo momento, do outro lado do Sena, franceses estão sendo mortos, enquanto aqui...

Cospe essas palavras com desprezo.

Geneviève força-o a abrir a mão e entrelaça seus dedos nos dele. Como se pensasse em voz alta, sem se dirigir particularmente a Bertrand, ela acentua que não se pode julgar as pessoas, *muito menos* todo um povo, pelas aparências. Os humanos são como esses vestígios que encontramos numa gruta. Estão envoltos por uma ganga dura, um barro milenar, ressecado, tão espesso que não podemos imaginar, de imediato, que objeto vamos encontrar ali: arma, jóia, pedaço de carvão vegetal consumido há vinte mil anos? É preciso raspar, remover as impurezas. Só então vemos a alma...

Ela pressiona o braço de Thorenc terna e lentamente, e murmura:

— Sou do Museu do Homem — sorri —; lá, a gente aprende a ter paciência.

Thorenc não reconhece a entrada da Boîte-Rose.

Um amplo *hall* rodeado de espelhos bisotados que cobrem todas as paredes, em lugar do estreito corredor onde, antes, as pessoas se aglomeravam. *Spots* colocados no chão de parquê irradiam feixes de luz malva e azulada que refletem nos espelhos, de tal modo que os rostos parecem envoltos em véus e dissimulados ao primeiro olhar; Thorenc custou a reconhecer Douran e Ahmed, pois esses poucos meses também foram o bastante para metamorfosear os dois leões-de-chácara.

Sempre de *smoking*, como no início de julho, quando da última visita de Thorenc à Boîte-Rose, eles adquiriram não só autoconfiança, como autoridade, à beira da insolência.

Thorenc repara nos grandes anéis com iniciais, nas pesadas correntes, nos alfinetes dourados com cabeça de diamante espetados na gola dos paletós, nos relógios de grossas pulseiras de ouro que eles parecem ter prazer em exibir fazendo movimentos de ombros e gestos largos para deixar os pulsos à mostra.

Postam-se no fundo do *hall*, cada um de um lado do vestiário onde as prateleiras estão repletas de dezenas de quepes de oficiais.

Uma jovem de seios nus recebe, sorrindo, os clientes e os cumprimenta com uma inclinação. Outra jovem ajuda-os a despir ou vestir os sobretudos.

Douran e Ahmed observam, imóveis, enquanto três rapazes de pele bronzeada circulam de um lado para o outro, acompanhando os clientes até a escada no fundo do *hall*. Toda vez que a porta estofada em capitonê é franqueada, ouve-se o burburinho da sala que logo se extingue.

Assim que Thorenc e Geneviève entram no *hall*, os três rapazes de *smoking* fazem menção de impedir sua entrada. De cara amarrada e olhar duro, esquadrinharam Geneviève e depois Thorenc. O mais alto lançou em tom ultrajado:

— Não, aqui, assim, não... Como vêem...

Indica os oficiais, as mulheres de vestidos longos de seda ou cetim.

Thorenc ameaça dar um passo.

É agarrado pelo braço, cercado, advertido:

— Alto lá, não estamos brincando!

Enquanto Geneviève murmura que é melhor saírem, ele menciona Françoise Mitry e Fred Stacki. Mas só quando diz que quer ver Ahmed e Douran, é que os rapazes hesitam e viram-se para o vestiário.

Ahmed e Douran mostram-se condescendentes. Com uma espécie de altivez brincalhona, Douran pinça com a ponta dos dedos a gola do paletó de Thorenc:

— Onde é que o senhor estava? Não notou as mudanças?

Indica o *hall*, os espelhos, enquanto cumprimenta com respeitosas inclinações de cabeça os oficiais alemães que passam e lançam olhares a Geneviève cujos cabelos se soltaram.

— Madame Françoise agora pensa grande — acrescenta o antigo leão-de-chácara.

E em voz baixa:

— Aqui só recebemos acima da patente de *Hauptmann*...

Volta-se para Geneviève:

— ... e mulheres de vestido de seda — completa em tom grosseiro.

Depois sorri.

Ahmed segura com familiaridade o braço de Geneviève, e Thorenc ouve-o sussurrar:

— Mas, diante da senhorita, a gente esquece como está vestida.

— Só esta vez — corrige Douran. — Mas só podem ficar no bar, a menos que madame Françoise abra uma exceção.

Douran os acompanha até a sala.

O estrado não existe mais. As dançarinas, usando apenas um tapa-sexo dourado, erguem as pernas na altura das mesas da primeira fila que ficam bem junto à pista onde elas saracoteiam; às vezes os convivas recuam, rindo como se temessem levar um escarpim na cara. Outros estouram pessoalmente o *champagne* e soltam gargalhadas quando a espuma transborda ou espirra nas dançarinas, sob os aplausos das mesas vizinhas.

As garçonetes, igualmente desnudas, têm somente um fio dourado entre as nádegas. Em segundo plano, cinco músicos tocam em surdina, como se o fundo musical não passasse de um pretexto para a exibição das mulheres.

Thorenc e Geneviève param embaixo da escada.

No bar, as moças são ainda mais jovens e numerosas do que em julho. Afora as que estão em companhia dos clientes, elas são as únicas vestidas. Justamente elas, que estão ali para alugar seus corpos, mostram-se mais dignas, mais reservadas.

Aliás, tudo parece estranho e contraditório num lugar desses. Os comportamentos são ao mesmo tempo obscenos e comedidos. Garçonetes e dançarinas circulam, bundas e seios nus, por entre as mesas onde os empinados oficiais de monóculo — o general Brankhensen, murmurou Ahmed indicando um dos oficiais de nuca raspada que conversa com um vizinho de *smoking* — nem parecem notar as mulheres desnudas que evoluem a seu redor. Mas, de repente, um deles esguicha *champagne* numa dançarina ou procura acertá-la com a rolha. E todos se põem a rir a bandeiras despregadas.

Fred Stacki se aproxima. Indicando Geneviève e Thorenc, Douran lhe diz:

— Estão entregues ao senhor. Eles não devem sair do bar, acho melhor.

Stacki senta-se num tamborete.

— Esses dois árabes tornaram-se insolentes — observa. — Aproveitam-se da situação. Traficam, é claro: ouro, jóias, apartamentos, quadros...

Abaixa a voz e olha ao redor:

— Eles trabalham com as Brigadas Especiais de Marabini e Bardet, e provalmente com a Gestapo, que os tolera. São informantes. Entregaram Waldstein, seu vizinho, que, apesar de ter respaldos em Berlim, na roda de Goering, perdeu alguns quadros com isso. Ouvi dizer que você teve o apartamento revistado e revirado. Quem sabe uma advertência de Alexander von Krentz ou do capitão Weber? A Propagandastaffel ainda espera que você resolva colaborar. Estão só ameaçando um pouco; querem que você se torne sensato...

Observa Geneviève e vira-se para Thorenc:

— Por que vieram aqui esta noite? — murmura. — Parece que houve uma manifestação no fim da tarde diante do Arco do Triunfo e na Champs-Élysées. Comemorar o 11 de novembro, que idéia estapafúrdia!

Suspira e dá de ombros:

— Nunca falta quem queira desempenhar o papel de mártir. O senhor não acha que há coisa melhor a fazer?

Inclina-se para Geneviève.

— Se precisar de um *ausweis*, de um passaporte para atravessar a linha de demarcação...

— Estamos muito bem aqui — responde Thorenc. — Em julho, usei o *ausweis* que o senhor me arranjou. O tenente Wenticht, da Gestapo ou da Abwehr, estava à minha espera em Moulins. Também foi ele quem revistou minha casa. Por acaso o senhor o conhece?

Stacki pede três taças de *champagne*. Retém a garçonete, por um instante:

— Pol Roger, safra 1926 — especifica.

Ergue sua taça e indica uma mesa.

— Todo mundo se mistura aqui... — continua Stacki, lacônico.

Apesar da penumbra, Thorenc avista Françoise Mitry, Alexander von Krentz e Viviane Ballin. Todos eles lhe sorriem. Na mesa vizinha, reconhece o tenente Klaus Wenticht, de *smoking*.

— Ele vem toda noite, quando não está de serviço do outro lado da linha ou interrogando um suspeito na Rua Lauriston com os comissários Marabini e Bardet. Se quer um conselho, evite ser convidado a visitar a residência muito particular desses senhores...

Pousa a mão no braço de Geneviève:

— Alexander von Krentz a reconheceu, assim que a senhorita surgiu no alto da escada. É a filha do major Villars, não é? Ele me afirmou que era a mulher mais bonita de Berlim. Se Thorenc me permite, posso acrescentar que é também uma das mais atraentes de Paris.

Inclina-se e, sorrindo, continua:

— Acho que Françoise está com ciúme. Ela não reage, o que é uma confissão. Ninguém precisa de vestido de lamê de seda para brilhar e atrair os olhares. Veja só Alexander von Krentz e Wenticht: não lhe tiram os olhos de cima. Quanto a Pinchemel, seu vizinho de baixo, meu caro Thorenc, esse está ocupado demais vendendo motores e ferro-velho ao general von Brankhensen que, como perfeito prussiano, controla com pulso forte a central de compras da Wehrmacht. Nessa posição, ele manipula milhões de francos... provenientes do erário francês!

Debruça-se para cochichar no ouvido de Thorenc:

— Garantiram-me que o senhor atravessou a linha de demarcação com um *ausweis* do Ministério das Colônias: será que é membro do gabinete do ministro? Bravo, meus cumprimentos... Então quer dizer que está colaborando? Quem diria!

Thorenc não responde. Aperta a mão de Geneviève para tranqüilizá-la.

Stacki suspira e continua:

— Mas o próprio major Villars está a serviço do melhor governo: não é oficial do exército do armistício, um dos chefes do Serviço de Informações?

Em tom doutoral, ele retoma as explicações:

— Vejamos, Vichy dispõe de quatro milhões por dia para despesas de ocupação. Além disso, como um marco vale vinte francos, vocês percebem que von Brankhensen pode comprar quantas garrafas de *champagne* quiser, mulheres, e até atrizes, assim como os equipamentos fabricados ou recuperados pelo senhor Pinchemel. Em Paris, o general von Brankhensen é um homem extremamente cortejado...

Thorenc não viu Alexander von Krentz se aproximar. O alemão inclina-se e beija a mão de Geneviève Villars:

— Que alegria revê-la — exclama o alemão. — Depois de todos esses anos... Faz mais de quatro anos: Berlim, 1936 — passou o braço em torno dos ombros de Thorenc —, quando este grande jornalista entrevistou o chanceler Hitler. E, agora, este senhor, que tanto se desdobrou para tornar conhecido nosso desejo de paz, recusa-se a nos ajudar a construir a Europa! Só pode ser brincadeira, Thorenc! Diga isto a ele, senhorita Villars. E não estou pensando apenas em seu interesse pessoal...

— Imagino — replica o jornalista — que o senhor saiba que seus amigos e o tenente Wenticht deram uma batida em meu apartamento na minha ausência, e reviraram tudo!

— Não é possível! — exclama Alexander von Krentz. — Tem certeza de que não se trata da polícia francesa? Não posso imaginar um oficial alemão comportando-se dessa maneira.

— De qualquer maneira, ele estava presente — grune Thorenc, lembrando-se de que a zeladora, dona Marinette Maurin, disse que Wenticht limitara-se a olhar enquanto Marabini, Bardet e os outros policiais reviravam os móveis e jogavam os livros no chão.

— Presente, talvez — observa von Krentz —, mas Wenticht certamente não se sentia autorizado a dar ordens a franceses. O senhor sabe que nós respeitamos muito as autoridades francesas.

— Está debochando de quem? — retruca Thorenc com desdém, encarando o alemão nos olhos.

Von Krentz sorri, abre os braços e diz que Thorenc está enganado. Mas depois amarra a cara e insiste:

— O círculo do Führer — o próprio Führer às vezes partilha desse sentimento — acha que Paris deve se tornar, ao mesmo tempo, o lupanar e o Lunapark da Europa. Por que não? O *champagne* de vocês é excelente, suas mulheres são lindas e nada tímidas. São limpas e perfumadas, ao contrário das polonesas, dizem. Paris reduzida a uma grande Boîte-Rose: é o que lhe conviria, Thorenc? Se não, é preciso que a França colabore dentro do espírito do que Pétain disse a Hitler há menos de um mês, em Montoire: você está consciente de que um mundo novo está nascendo na Europa e seria inconcebível que não assumisse, por sua vez, o papel que lhe cabe. Eis os dois caminhos...

Alexander von Krentz bate no balcão com a mão fechada e reclama uma taça de *champagne*. Enquanto bebe, ele diz:

— A sorte está balançando, Thorenc. É inegável que Paris tem propensões a se transformar num bordel... Desculpe, senhorita, mas digo o que vejo.

— Vê-se que o senhor não estava na Champs-Élysées esta tarde — murmura Geneviève.

Desce do tamborete e sobe a escada.

Thorenc vai atrás dela.

3

Geneviève não o esperou. Ele a vê andando apressada pelo meio da rua. Na verdade, ele a adivinha, mais do que vê. A Rua Delambre está deserta e escura; o cruzamento, no fim, mal-iluminado. As *brasseries* estão fechadas. Já soou o toque de recolher.

Ele corre, toma-a nos braços e a obriga a subir na calçada, a caminhar junto às fachadas. Pensa nos motoristas dos carros alemães estacionados diante da Boîte-Rose. Faróis são acesos. Portas batem. Um veículo arranca e parte.

Geneviève fica parada e observa.

— Podíamos matar uma dezena deles.

Thorenc prefere não contar a ela que, em julho, contemplando a sala da Boîte-Rose do alto da escada, teve o mesmo pensamento: uma rajada, uma granada...

Ele a abraça e beija. Ela murmura que preferia morrer a viver dessa maneira, com essa gente que quer transformar Paris em um bordel. E repete a palavra: "Um bordel!" E conclui:

— São eles ou nós.

Ele sabe, ele sabe.

Ela se acalma e reclina-se nele.

Voltam a caminhar no frio úmido que parece nascer do vazio e do silêncio.

— Não devemos ir lá para casa esta noite — diz ele como se quisesse convencer a si mesmo.

Chegam à esquina da Rua Delambre com o Bulevar Raspail; talvez seja imaginação, mas ele acredita ver uma viatura estacionada na calçada em frente à entrada de seu prédio.

Olha ao redor. Dois soldados saem pela pequena porta envidraçada de um hotel de alta rotatividade, a poucos metros do cruzamento.

Ele espera alguns minutos e, quando os dois homens somem de vista — apenas suas vozes e seus passos ainda ressoam no bulevar —, ele puxa Geneviève pela mão para forçá-la a atravessar a rua correndo, e empurra essa mesma porta envidraçada de onde sai uma luz baça, amarelada.

Acre odor de suor desde a entrada, tapete puído, papel de parede desbotado, porteiro esparramado na cadeira. O tipo se endireita, abre os olhos, resmunga que não tem mais quarto e, aliás, é proibido receber hóspede depois do toque de recolher.

Thorenc estende uma nota que o homem agarra, murmurando que a chave do 27 está na porta.

No corredor do segundo andar, ouvem-se vozes estridentes e um demorado acesso de tosse.

Thorenc não tem coragem de se virar e olhar para Geneviève. Abre a porta do quarto. O globo empoeirado dá um aspecto sujo a tudo o que ilumina: a colcha manchada, as cortinas esfiapadas, os lençóis e os travesseiros encardidos.

No quarto vizinho, uma mulher fala alto. Geneviève fecha a porta e encosta-se nela.

— É nisto que eles nos transformam — diz ela.

Thorenc se aproxima e a abraça.

— Mesmo assim, é melhor que a prisão — sussurra acariciando-lhe os cabelos.

Pensativa, ela não se mexe. Uma ruga, que Thorenc nunca lhe havia visto, corta sua testa ao meio na vertical, até a raiz dos cabelos. Ele afaga-lhe a testa tentado desmanchar esse traço de tristeza.

— Não sei — responde ela. — Eles nos obrigam a dissimular. Viramos poltrões. Na prisão, seríamos nós mesmos: dignos.

Ela afasta Thorenc e repete:

— Vencidos, mas dignos.

— Não podemos lutar abertamente — murmura ele.

Ela vê Thorenc cobrir a cama com a capa e o paletó.

Aproxima-se e estende o próprio blusão por cima dos travesseiros; depois, como se revivesse as cenas da manifestação na Champs-Élysées, levanta a cabeça lentamente, lembrando como as forças de ocupação metralharam a multidão e lançaram granadas nos ginasianos.

Examina a cama e murmura que não consegue deixar de se sentir envergonhada.

Hesita, mas acaba sentando-se na beirada do colchão.

— Para vencer — diz ela — precisamos nos orgulhar do que somos, não ter vergonha.

Fecha os olhos. Thorenc a toma nos braços.

4

Nos dias imediatos, Thorenc teve a impressão de que as pessoas que cruzavam com ele eram tão encardidas, tão suspeitas, tão sórdidas quanto o colchão, os lençóis e os travesseiros da cama do hotel de alta rotatividade da Rua Delambre.

Mas teve de procurar Michel Carlier, diretor do *Paris-Soir* e marido de Viviane Ballin, além de Fred Stacki e Françoise Mitry.

Essas pessoas, se quisessem, podiam libertar Henri Villars, o irmão mais novo de Geneviève, que fora preso no final da Champs-Élysées durante a manifestação de 11 de novembro.

Thorenc havia dito a Geneviève:

— Se for preciso, eu procuro os alemães, Alexander von Krentz e Otto Abetz. Mas só depois de falar com Carlier e Stacki.

Não mencionara Françoise Mitry, nem a própria mãe, Cécile de Thorenc.

Também ele sentiu-se sujo quando se sentou à mesa de Françoise Mitry, bem em frente à pista da Boîte-Rose.

Ela deu uns tapinhas no encosto da poltrona ao lado dela chamando Thorenc como se faz com um gatinho de estimação.

— Aqui, aqui! — chamou.

E esticou os lábios para ele, recomendando:

— Cuidado com minha maquiagem!

Enquanto roçava a boca de Françoise, Thorenc passou os olhos pelas mesas vizinhas e avistou Pinchemel, o industrial, no meio de oficiais alemães e de algumas mulheres, Viviane Ballin sentada entre os produtores

Alfred Greten, da Continental, e Massimo Girotti, da Itália Filmes. Mais adiante, pensou ter reconhecido Klaus Wenticht que parecia observá-lo.

— Diga, meu querido, quem é aquela pateta que estava com você, outra noite? — começou Françoise. — Agora está interessado em escoteiras e enfermeiras? Onde já se viu sair assim tão malvestida! De onde ela veio?

De súbito, Françoise começou a rir às gargalhadas olhando em torno como se quisesse que a sala fosse testemunha do que ia dizer.

— De Londres? Uma "degaullouca", aposto! Ah, Thorenc, só mesmo gostando muito de você, senão...

Ele ouvia de cabeça baixa, como um adolescente culpado que vem pedir perdão. Explicou que, naquela noite, eles estavam procurando o irmão de Geneviève, Henri Villars.

— Aqui? — exclamou ela. — Você está louco!

Thorenc tentou comovê-la com a história desse rapaz, um ginasiano de dezoito anos, preso na Champs-Élisées. Será que ela não podia interceder, ela que conhecia todo o Estado-Maior alemão do *Gross-Paris*?

— Mas você não é íntimo de Alexander von Krentz? — replicou Françoise. — Aquela noite, ele até foi falar com você...

E admoestou-o sacudindo o dedo:

— Não me diga que faltou coragem...

Ela rodeou-lhe o pescoço com o braço bem torneado e ele estremeceu ao contato dessa pele branca e perfumada.

— Confesso, meu querido, você é adorável, eu gosto muito de você, talvez demais. Sabe fazer amor como um homem, ora se sabe, coisa que está se tornando uma raridade. Mas seu protegido, esse rapazinho precisa de uma lição — e apertou o pescoço de Thorenc —, uma boa lição!

Retirou o braço e continuou:

— Vê se compreende, esse 11 de novembro é uma chateação! Perdemos a guerra, os alemães estão aqui. Eles não cortam as mãos de ninguém. Gostam de mulheres e de *champagne*. E vêm esses bobocas com manifestação! Estão esperando o quê? Estão pensando o quê? Que os alemães vão deixar por isso mesmo? Olha aqui, meu querido, eu é que não me meto nisso. Vendo *champagne*, um ambiente aconchegante e garotas. Para mim, não existe farda, existem homens que estão a fim de se distrair e o fazem com correção. Com elegância, mesmo. Descobri que os alemães, pelo menos os que vêm aqui, são verdadeiros senhores, meu querido!

Thorenc sentiu-se envergonhado por se limitar a sacudir a cabeça, por insistir que, mesmo assim, ela tentasse obter informações, talvez até a libertação de Henri Villars, um rapaz tão jovem...

Acotovelado no balcão do bar da Boîte-Rose, ele disse a mesma coisa a Fred Stacki.

— O momento da manifestação foi mal escolhido — respondeu Stacki, fumando charuto devagar, com a cabeça jogada para trás. — Hitler decidiu pela colaboração com a França. O senhor sabe que ele quer organizar a transferência das cinzas do *Aiglon**** de Viena para os Invalides, a fim de serem depositadas junto do túmulo de Napoleão. É um gesto bastante simbólico que tem sua grandeza e pretende marcar o término dos conflitos. Pois não é que, na mesma hora, um punhado de garotos desmiolados, gaullistas e comunistas também, pelo que me disseram, resolvem desfilar pela Champs-Élysées para comemorar a derrota alemã de 11 de novembro, em suma, para reviver as velhas disputas! Convenhamos que não foi lá muito oportuno. A menos que tenham uma outra política! O que só faria sentido se a Inglaterra estivesse em condições de ganhar a guerra. O senhor acredita nisso?

Thorenc não quis responder à pergunta, nem explicar ao banqueiro que era o patriotismo, a vontade de esquecer a derrota; nem sequer confessou que ele próprio esteve na manifestação e os ouviu, com lágrimas nos olhos, gritarem "Viva a França!" e cantarem *A Marselhesa*.

Murmurou:

— É o filho caçula do major Villars, Henri, um ginasiano. Nessa idade a gente se deixa empolgar, é imprudente. O senhor conhece o major Villars, não é? Ele ficaria chocado se soubesse que estou intercedendo. Mas esse ga-

---

* Trata-se das cinzas de Napoleão II, filho de Napoleão Bonaparte e Maria Luísa, conhecido como *L'Aiglon, o Filhote de Águia*, que viveu sempre na corte de Viena; morreu aos 22 anos e foi sepultado na cripta dos Habsbourg. Sua vida foi dramatizada na peça de Edmond Rostand, *L'Aiglon* (1900). (N.T.)

roto também tem irmãs e mãe... As mulheres são menos sensíveis ao heroísmo.

Mais uma vez, experimentou o mesmo sentimento de estar afundando na água lodosa de um pantanal. O lodo impregnava sua pele, seus cabelos, alterava sua voz, recobria-o, absorvia-o. O lodo era como o colchão destripado do quarto 27 do hotel de alta rotatividade da Rua Delambre onde, a noite toda, apesar das roupas com que o forraram, tivera a sensação de estar afundando no colchão.

Sentira-se sujo, na manhã seguinte, terça-feira, 12 de novembro. A troco de nada: nenhum policial das Brigadas Especiais, nenhum alemão da Gestapo ou da Abwehr aparecera durante a noite em sua casa, nem na de Geneviève.

No final dessa mesma manhã, ela lhe telefonou. Queria que ele fosse até sua casa na Rua Saint-Dominique, 102. Tinha a voz embargada de aflição: Henri não voltara da manifestação.

Thorenc ouviu Brigitte Villars relatar o que havia presenciado.

Miúda e frágil, cabelos negros e cacheados, estava em torno dos vinte anos. Falou com a mão direita espalmada no peito, logo abaixo do pescoço, como se precisasse pressionar a garganta para as palavras jorrarem — ou, ao contrário, para retê-las.

Geneviève não olhava para ela, mas a mãe, Blanche de Peyrière, a interrompia a todo instante, repetindo ser inadmissível que crianças fossem tratadas assim — "pois Henri ainda é uma criança" —, que, se fosse verdade, ia telefonar para os irmãos, o embaixador Xavier e Charles, o general, que eram pessoas do Marechal, e para o pai, Paul de Peyrière, um dos líderes da Legião dos Combatentes. E, é claro, também precisariam da intervenção do major Villars! Era o filho dele! E, ela tinha certeza, Henri só agira dessa maneira para mostrar que era tão corajoso quanto o pai. E concluiu:

— Pois que Joseph o tire de lá!

Brigitte explicou que se separou do irmão, quando as viaturas alemãs avançaram contra a multidão. Viu quando ele escorregou, depois se levantou; mas, quando ele tentou fugir, dois policiais franceses...

— Franceses? — espantou-se Blanche de Peyrière.

— Franceses, sim! — confirmou Brigitte. — Eles o agarraram e o entregaram imediatamente aos alemães que o empurraram junto com os outros, a bordoadas, para dentro de um caminhão.

Brigitte, por sua vez, refugiou-se num prédio da Rua de Berri. Quando ouviu as vozes dos alemães no *hall* de entrada, subiu até o terceiro andar, tocou a campainha de um apartamento. Os moradores abriram a porta e a abrigaram por aquela noite.

— Vou escrever a essa gente para agradecer — murmurou Blanche de Peyrière.

— Não vai escrever coisa nenhuma, mamãe! — soltou Geneviève com rispidez. — Eles cumpriram com seu dever. Não vamos comprometê-los. Mais tarde, quando da Libertação...

Parou, como se a palavra, de repente, a surpreendesse. Olhou para Thorenc:

— É preciso tirar Henri das mãos deles — disse ela. — O senhor conhece bem essa gente — ela voltava a tratá-lo com cerimônia —, pode conseguir isso, pelo menos evitar que...

Lançou um olhar furtivo à mãe e, crispando a boca como se estivesse tomando a difícil decisão de dizer tudo, acrescentou:

— A rádio inglesa diz que há onze mortos, e os Conselhos de Guerra alemães vão condenar os estudantes ao fuzilamento.

— Meu Deus — gemeu Blanche de Peyrière —, não é possível!

— Eles atiraram de metralhadoras contra a multidão, mamãe. Diga isso a meus tios e a meu avô que colaboram com esses assassinos!

E saiu do salão. Na entrada, enquanto tentava abraçá-la e ela se esquivava, Thorenc lhe falou das providências que ia tomar.

Talvez ela o tenha achado hesitante, pois disse:

— Se for para se sentir envergonhado, não faça isso...

Sentiu-se, de fato, envergonhado, e logo diante de sua própria mãe.

Cécile de Thorenc parecia ter rejuvenescido e deve ter notado o quanto ele ficou chocado.

Ela sorriu. Fazia uma hora de meditação diária em companhia de um homem admirável, Werner von Ganz.

— É um oficial — admitiu em tom irritado —, mas um filósofo, amigo de Jünger e de Heidegger, que estão entre as personalidades mais importantes, mais re-per-cu-tentes — repetiu a palavra como se a saboreasse — do século vinte.

Werner von Ganz era o encarregado das relações com artistas, escritores, editoras. Estava organizando uma viagem à Alemanha de alguns atores e atrizes franceses:

— Se você quiser participar, Bertrand, basta que eu diga uma palavrinha. Werner — ela riu complacente — não me recusa nada!

Assim que mencionou o caso de Henri Villars, Thorenc viu sua mãe franzir o cenho.

— Você não se dá conta! Os alemães estão abrindo a Europa à nossa influência. Eles nos preferem à Itália, que, no entanto, é aliada deles. Werner von Ganz e eu estamos profundamente engajados nessa política, e você quer que eu perturbe esse grande projeto para me preocupar com um jovem inconseqüente que não compreendeu nada do que está acontecendo no continente europeu? Uma revolução, Bertrand, uma verdadeira virada histórica, tão importante, talvez, quanto a difusão do cristianismo!

Thorenc a observou enquanto ela falava fazendo poses, a cabeça erguida, o ar altivo, olhando-se, de quando em quando, no espelho em frente. Nunca ele a vira expressar-se dessa maneira tão categórica, decidindo com tanto desembaraço sobre os assuntos do mundo. Conjeturou que, para algumas pessoas — sua mãe entre elas —, a derrota e as vicissitudes do país eram uma oportunidade de ascenderem, finalmente, ao primeiro plano.

— Mas não sei se o Marechal tem a envergadura, a energia, a coragem suficientes para levar a bom termo essa grande aventura européia — prosseguiu ela. — Você deveria procurar Marcel Déat. É ex-aluno da École normale, um filósofo como você. Ele jantou aqui em casa com Werner von Ganz. Que brilhantismo! Eu aprendi muito. Déat analisa a situação política com finura, com sutileza mesmo. Para ele, o Marechal é um obstáculo à Revolução Nacional.

Ela riu.

— Ele disse: "É preciso matar esse velho decrépito." Werner — ele me confessou depois — ficou estupefato. Mas Otto Abetz e Alexander von Krentz, que você conhece, são da mesma opinião. Não é Pétain que personifica a política da colaboração, mas Laval. E Déat, naturalmente.

E com ares afetados:

— Veja você, meu filho: sua mãe está sempre no centro dos acontecimentos. Pense nisto, é assim que a gente não envelhece.

Abraçou-o distraída, e ele não voltou a falar de Henri Villars.

O mais receptivo foi Michel Carlier. Entregou a Thorenc o comunicado que a vice-presidência do Conselho — Laval, portanto — acabava de transmitir a todas as redações e que o *Paris-Soir* estava pronto a publicar.

— Se Laval afirma que as autoridades alemãs não submeteram nenhum estudante, nenhum ginasiano aos tribunais militares e que, ao contrário do que pretendem as emissoras inglesas que vocês escutam, e eu também, é claro, não houve processo nem condenação à morte, acho que podemos acreditar — comentou Carlier. — Laval e Déat, e eu concordo com eles, acham que só há duas políticas possíveis: a de De Gaulle, ao lado da Inglaterra, e a deles, de estreita colaboração com os alemães. Pétain e seus oficiais de cavalaria na Weygand, seus comandantes incapazes, querem jogar nos dois times. Vão-se queimar, acredite, meu caro Thorenc, pois os alemães escolheram Laval. Quanto a esse seu protegidozinho — mostrou a folha de papel em que escrevera o nome de Henri Villars —, vou falar a respeito com Alexander von Krentz que está em melhor posição. Na Embaixada, ele é o braço direito de Otto Abetz que, desde que foi nomeado representante do Reich na França, passou para ele grande parte das incumbências do cargo. Von Krentz tem olhos e tentáculos em toda parte: em Vichy, no Hotel Meurice e, portanto, no Kommandantur, no Hotel Lutétia e, portanto, na Abwehr, no Hotel Majestic e, portanto, na Propagandastaffel e na Gestapo, na Avenida Foch. Mas tenho certeza de que ele também tem gente na Chefatura de Polícia e até em Londres!

Carlier levou Thorenc até o elevador:

— Já estamos em dezembro. 1941 vai ser um ano crucial. Não fique de fora, Thorenc. Veja esses medíocres que ocupam todos os lugares porque os homens de talento, como você, não têm coragem de se comprometer. É claro que há Céline, Brasillach, Drieu, mas você... você tem um papel a desempenhar, um papel de destaque, pense nisso!

Num gesto protetor, Carlier se desculpou pousando a mão no ombro do jornalista. Thorenc teve a impressão de que o afundavam ainda mais no pântano.

Afinal, acabaram soltando Henri Villars.

— Venha — disse Geneviève. — Ele está aqui.

É um rapazinho alto, de ombros um pouco curvados, cabelos muito pretos como os de Geneviève e Brigitte. Arquejante, respirando com dificuldade, ele explica: uma coronhada nas costas.

E conta que eram cinco, em pé diante do paredão no pátio da prisão do Cherche-Midi. Já haviam levado bordoadas, socos, pontapés e coronhadas nos escritórios do Kommandantur instalado na Avenida de l'Opéra, no antigo cabaré Del Monico, para onde foram levados.

— Foram policiais franceses que me prenderam. Primeiro me disseram: "Vamos te tirar daí", depois me mandaram para os alemães.

Do Del Monico, foram levados para a prisão do Cherche-Midi e obrigados a passar por entre duas fileiras de alemães que os espancavam a chicotadas e bordoadas. Havia metralhadoras assestadas em cada canto do pátio da prisão. Os soldados berravam, batiam.

— Eu e mais quatro fomos escolhidos, dentre centenas de estudantes, para ficarmos enfileirados contra o paredão. Meu vizinho do lado disse: "Coragem, amigos, vamos saber morrer pela França!" Virei a cabeça para ele. Um guarda viu e me deu uma coronhada tão forte na omoplata, que fiquei sem ar. Até agora...

Ele conseguiu ficar de pé. Ouviu ordens, estalidos de culatras. Pensou que iam ser metralhados. Em seguida ouviu berros, e um oficial, com certeza um general, sacudia os soldados aos gritos chamando-os de bêbedos.

— O oficial se aproximou de nós e disse em francês: "Mas são crianças!" E começou a descompor e a xingar os soldados.

Tomado de um acesso de tosse, Henri Villars sentou-se.

— Ele tem um estiramento do trapézio de cima a baixo, a omoplata completamente deslocada — explica Brigitte abraçando o irmão caçula.

Geneviève murmura:

— Coragem, maninhos!

Blanche de Peyrière entra na sala. Abraça o filho com tanta força que ele grita de dor, mas se contém dizendo que não é nada, só uma luxação no ombro.

— Bateram em você?

Henri fica calado, olha para Geneviève como se lhe pedisse para responder por ele.

— É um milagre ele não ter sido fuzilado — esclarece ela. — Diga isso a seu pai e a meus tios!

Saíram e foram andando, ela e Thorenc, pela Rua Saint-Dominique em direção à Esplanada des Invalides.

Oficiais alemães estão parados diante das vitrines dos antiquários e dos sebos. Na esplanada, mais oficiais rodeiam um guia que ergue o braço para descrever a cúpula dourada.

— Vão organizar uma grande cerimônia, iluminada por tochas, para o traslado das cinzas do *Aiglon* — explica Thorenc. — Mas o marechal Pétain não virá. É um sinal: ele não ousa afrontar a opinião pública passando em revista uma guarda de honra alemã, em Paris. Pois a opinião está mudando, e o grupo de Pétain já percebeu. Déat e Laval, ao contrário, querem ir mais fundo na colaboração, talvez até declarar guerra à Inglaterra, apostando tudo em um século de Europa alemã.

Geneviève apoiou-se no braço de Thorenc.

Já esfriou tanto que a respiração forma um halo cinza em cima dos rostos.

Primeiro ela riu sozinha, depois contou que a mulher de Georges Munier, seu colega e amigo do Museu do Homem, ouviu, na fila de um mercado, uma fórmula que todo mundo vai repetir: "Os alemães tiram nosso carvão e nos devolvem as cinzas!"

Recomeçou a rir e pendurou-se no braço de Thorenc murmurando que exagerara, outra noite, no quarto daquele hotel da Rua Delambre quando falou em *vergonha*. Talvez ela tenha reagido como qualquer pessoa de seu meio social.

—Afinal, uma cama é uma cama—concluiu ela com uma gargalhada. Depois, mudando de tom, acrescentou:

—Estou orgulhosa. Orgulhosa das pessoas, de Henri... Você não está?

E tapou a boca de Thorenc para poupá-lo da resposta.

5

Thorenc atravessou os amplos espaços cinzentos, praças e avenidas largas onde o frio desse fim de tarde de 23 de dezembro de 1940 está estagnado como água parada. Os transeuntes parecem ter abandonado as ruas mergulhadas em bruma gelada às patrulhas de soldados dos quais, sob o aço dos capacetes, só se vê uma parte do rosto.

Seguindo pela Avenida du Maine, ele chegou ao bulevar e à Esplanada des Invalides, à ponte Alexandre III, à margem direita do Sena.

A multidão aglomera-se nas ruas estreitas, junto às entradas de metrô, diante das butiques fracamente iluminadas, como se a vida se concentrasse ali, e entrega a esses homens armados, espremidos em longos capotes, que pisam quarteirões de Paris onde reinam absolutos, com suas botas de couro preto.

De repente, quando estão sentados nos terraços dos cafés ou entram nas lojas, parecem tão vulneráveis, assim como essa espécie de homens e mulheres que vira a cabeça como para esquecer a existência deles.

Mas, sob as arcadas da Rua de Rivoli, na frente do Hotel Meurice, as sentinelas, com um olhar, obrigam o transeunte a baixar a cabeça e atravessar a rua. E assim, voltam a ser senhores e patrões de um povo vencido.

Por recusar essa situação, Thorenc seguiu pelas zonas que não estão interditadas, mas onde os pedestres raramente se aventuram.

Depois, atravessou fronteiras sem qualquer demarcação: uma ponte, um cruzamento, um bulevar, e encontrou, do outro lado, o silencioso formigamento de uma multidão atarefada nos preparativos para o *réveillon*.

Max Gallo ✠ A CHAMA NÃO SE APAGARÁ

* * *

De súbito, num painel de publicidade, entre os anúncios de espetáculos do Tabarin ou do Casino de Paris com "a grande cantora Suzy Solidor", Thorenc notou um retângulo vermelho. Era como uma ferida dividida ao meio por um traço negro: à esquerda, palavras que se destacam e, como que refletidas num espelho, reproduzem-se à direita.

BEKANNTMACHUNG	AVISO
TODE	MORTO
JACQUES BONSERGENT	JACQUES BONSERGENT

Der Militärbefehlshaber
in Frankreich

Não se deteve para ler o cartaz na íntegra. Virou apenas a cabeça, como os outros passantes, mas, embaixo do nome, conseguiu ler a palavra: *fuzilado*; depois, a menos de cinqüenta metros de distância, o mesmo retângulo vermelho repetia o aviso.

Dessa vez, Thorenc parou.
    Leu o cartaz lentamente: Jacques Bonsergent, engenheiro, foi fuzilado em Vincennes, esta manhã, 23 de dezembro de 1940.
    Embaixo do retângulo vermelho, estava colado um aviso em papel timbrado com a águia de asas abertas segurando a suástica nas garras:

A CHEFATURA DE POLÍCIA INFORMA QUE OS ATOS DE
RASGAR E DESTRUIR CARTAZES DA AUTORIDADE OCUPANTE
SERÃO CONSIDERADOS COMO ATOS DE SABOTAGEM E
PUNIDOS COM OS RIGORES DA LEI.

Diante do cartaz, um policial passa para lá e para cá, evitando pisar nos buquês de flores que cobrem a calçada.

Os Patriotas

* * *

Agora, Thorenc prefere as pequenas ruas para se misturar à multidão. Mas ela passa diante dos cartazes vermelhos, aparentando indiferença.

Quem terá depositado essas flores? Quem rasgou os cartazes apesar do perigo que corria?

O que esse policial de cara emburrada estará pensando exatamente? Será um, talvez, dos que tentaram dispersar os manifestantes, na Champs-Élysées, batendo com a pelerine, e depois prenderam Henri Villars?

Esta manhã mesmo, Marinette Maurin, a zeladora de seu prédio, declarou:

— Maurin diz que não é fácil ser polícia, hoje em dia. O senhor compreende, não é? O senhor deixou de escrever nos jornais, mas tem bens, vive assim mesmo. Agora, Maurin, se ele sair da polícia, de que é que nós vamos viver? Tomar conta do prédio não dá nem para comprar um litro de óleo no mercado negro. Então Maurin e os colegas fazem o que mandam eles fazerem, mesmo que não gostem. Mas, se a gente fizesse só o que gosta, seria bom demais; não seria a vida, seria o paraíso!

E depois de olhar em torno, ela fez um gesto rápido, convidando-o a entrar nas dependências de zelador e soltou num fôlego só:

— O alemão, o tal senhor Wenticht seu conhecido, voltou. Disse para eu anotar as pessoas que vêm visitar o senhor. Que é que eu devo fazer, senhor de Thorenc?

Balançou a cabeça esperando uma resposta.

— Faça o que ele mandou — replicou Thorenc com desenvoltura. — Não invente nada, é só o que lhe pedem!

Indignada, ela enfiou os dedos por entre os cachinhos castanhos.

— Como é que senhor pode pensar uma coisa dessas?

Ele a tranqüilizou com uma gargalhada.

Já é noite quando ele chega à Praça de la Madeleine.

Entra no Café Le Colibri. Avista imediatamente Pierre Villars em companhia de Jean Delpierre. Sentado entre os dois, um homem de cabelos pretos puxados para trás, testa descoberta e olhos enormes num rosto redondo.

Thorenc se aproxima. Como se esperasse apenas por este momento, o homem se levanta, veste o sobretudo e se retira.

Thorenc ocupa o lugar vago.

— Temos o primeiro fuzilado — diz ele. — Um engenheiro.

Delpierre tira os óculos e fala esfregando os olhos. Conta que Bonsergent foi preso em 11 de novembro por ter esbarrado, no meio da multidão, em um *feldwebel* alemão, na Estação Saint-Lazare. Tiveram uma altercação, um amigo de Bonsergent teria levantado a mão para o alemão e fugido. Bonsergent nunca o denunciou. Foi condenado à morte em 5 de dezembro.

Ficam calados durante um bom tempo; depois, Delpierre empurra o jornal de Marcel Déat, *L'Œuvre*, para Thorenc. Entre as páginas, estão algumas folhas grampeadas, mimeografadas. O título RESISTÊNCIA foi escrito às pressas. Thorenc lê:

Boletim oficial do Comitê Nacional de Salvação Pública, nº 1,
15 de dezembro de 1940

Resistir é o grito que sai dos corações de todos vocês, no infortúnio em que o desastre da Pátria os deixou. É o grito de todos os que não se resignam, de todos vocês que querem cumprir com seu dever...

O garçom se aproxima, Delpierre pega o jornal, passa-o a Pierre Villars, que começa:

— Essas últimas semanas, na verdade, desde 11 de novembro...

Ele está mais magro ainda. Com voz um pouco trêmula, conta que atravessou a linha de demarcação para encontrar Jean Moulin.

— Foi ele que saiu agorinha — disse voltando-se para Thorenc. — Estava sentado aí na sua cadeira.

Moulin foi demitido do cargo de governador pelo governo de Vichy justamente no dia 11 de novembro. Quer saber em que pé está a Resistência. Ele vai à Zona Sul para encontrar o major Pascal em Marselha, e Henri

Frenay depois. Alguns movimentos estão começando a ganhar corpo: Combat, Libération, Franc-Tireur, o Comitê de Ação Socialista, a Organização Civil e Militar...

— Os comunistas? — pergunta Delpierre.

Thorenc tem os olhos fixos em Villars. Viu cartazetes colados aqui e ali em algumas fachadas, com estes dizeres:

Só existe um mal: o capitalismo. Seu foco é a Inglaterra. Nem dominação inglesa nem protetorado alemão! Viva a República francesa dos sovietes!

Villars parece hesitante.

— Os comunistas são como o resto da população — murmura finalmente.

Thorenc faz um gesto irado. Delpierre aperta-lhe o pulso.

— Não é o momento! — diz ele. — As divisões devem ser abolidas. O fim é um só: lutar contra o ocupante.

— Não é o que eles fazem — resmunga Thorenc.

— E você, sua atitude não é ambígua? Não freqüenta os colabôs? — solta Villars.

Delpierre intervém novamente.

Após um longo silêncio, Villars retoma a palavra. As pessoas ainda não compreenderam a situação, explica. No dia 3 de dezembro, Pétain foi recebido em Marselha por uma multidão entusiasmada. Ele próprio, Pierre Villars, viu mulheres ajoelharem-se diante do Marechal, beijarem-lhe a mão, a barra do sobretudo, como se fosse um santo. Durante o desfile militar, gritavam "Viva a França! Viva Pétain!"; e, alguns dias depois, quando Pétain mandou prender Laval, todo mundo pensou que o governo se preparava para entrar na guerra ao lado da Inglaterra, que a política de colaboração tinha acabado.

— Uma veleidade! — comenta Thorenc.

Na Boîte-Rose, ele ouvira Alexander von Krentz contar como Otto Abetz foi a Vichy com um comboio de oito carros de artilharia blindada e exigiu a libertação imediata de Laval, mandou-o de volta para Paris, onde já havia feito soltar Marcel Déat, que também ficara preso durante algumas horas por ordem de Pétain.

— Meu pai deve ter participado dessa iniciativa — afirma Pierre Villars. — Meu pai e alguns militares patriotas — o coronel Groussard e, certamente, o major Pascal — acreditaram que podiam levar Pétain a se inclinar para o lado certo. Ele só balançou, mais nada. A política de colaboração está mais evidente do que nunca. O almirante Darlan deve encontrar Pétain em 25 de dezembro. Dizem que o Marechal se desculpou junto a Hitler e afirmou que sua política ainda é a de Montoire: "Eu colaboro!"

— É — encadeia Delpierre rabiscando pequenos labirintos no jornal —, mas um embaixador americano acaba de ser credenciado pelo governo de Vichy, e esse almirante Leahy é amigo pessoal de Roosevelt...

Thorenc cruza os braços e olha para a praça.

Essa dupla face das coisas acaba por nauseá-lo. Ele próprio, como acentuou Pierre Villars, freqüenta os adversários, aperta-lhes a mão, chega até a agradecer a Alexander von Krentz que ironicamente lhe pediu notícias "desse rapazinho louco do Henri Villars, filho do major Villars, nosso inimigo hereditário. Como tem passado depois da pequena temporada em Cherche-Midi? E a irmã dele, Geneviève?... Meu Deus, como ela é atraente! Você tem muita sorte, Thorenc..."

Pierre Villars sorri:

— Por um lado, num gesto cavalheiresco, como dizem os jornais, Hitler nos devolve as cinzas do *Aiglon*; por outro, o presidente dos Estados Unidos nos envia um almirante seu amigo. Tenho certeza de que a maioria de nossos diplomatas e de nossos propósitos estratégicos baseia-se na convicção de que a França está agindo com habilidade. Laval de um lado, De Gaulle do outro, e Pétain no meio! Este país às vezes...

Delpierre se insurge: quem despreza o povo e duvida do próprio país não consegue fazer nada. A Resistência são milhares de gotas que vão se juntar para formar uma torrente invencível. E também existe a França Livre. De Gaulle acaba de criar a ordem da Libertação. Pede que no dia 1º de janeiro de 1941, das quatorze às quinze horas, na França ocupada, e das quinze às dezesseis horas, na Zona Livre, todos os franceses fiquem em casa.

— Será a hora da esperança, um protesto mudo da Pátria esmagada: foram os termos que De Gaulle usou — conclui Delpierre.

— Mudo... — diz Villars. — Ora, vamos, um grande grito silencioso, em suma! — ironiza.

Delpierre inclina-se para ele e retruca que prefere esse silêncio organizado às declarações dos ex-deputados comunistas que se oferecem para testemunhar contra Blum no Tribunal de Justiça de Riom, no processo movido por Vichy.

Thorenc vira a cabeça.

Vê Lydia Trajani passando por entre as mesas do terraço. Seu rosto, meio escondido sob as abas largas de um grande chapéu preto, afunda-se numa enorme gola de pele prateada.

Ela pára. Um homem se levanta, cumprimenta-a segurando-lhe demoradamente a mão. Ele usa um sobretudo quadriculado, de mangas raglã.

— Drieu La Rochelle — murmura Delpierre.

— Estamos tropeçando uns nos outros! — exclama Thorenc. — Vamos acabar nos conhecendo todos.

— E no entanto nos odiamos — completa Delpierre. — Sabemos quem eles são, e eles não têm nenhuma ilusão a nosso respeito.

Drieu sentou-se. Thorenc observa Lydia Trajani. Ela o vê, sorri e se dirige para ele.

Sem olhar para Delpierre e Villars, Thorenc sussurra que ela é manequim, e seu último amante é Maurice Varenne, o secretário de Estado do Orçamento do governo de Vichy; portanto, não é confiável.

— Não digam seus nomes, verdadeiros ou falsos — recomenda Delpierre.

Thorenc se levanta, tenta manter Lydia afastada da mesa, mas ela se aproxima como se fizesse questão de ser apresentada a Villars e Delpierre.

— E Vichy? E Varenne? — pergunta Thorenc. — Em que pé estão vocês?

Ela faz um ar afetado, e solta um muxoxo:

— Eu, mulher de ministro? Afinal, não dou nem um pouco para isso. Em Vichy só tem velho! Um tédio! Não consigo viver longe de Paris. Um terraço de café como este, com todos os olhares voltados para a gente, essas intrigas que a gente adivinha, isto não existe em Vichy. Eles vivem enfurnados nos hotéis. Querem refazer a França, mas de uma estação de águas! Todos, até os jovens...

Ela olha em torno como se procurasse alguém.

— Você conhece o general von Brankhensen? — pergunta. — Ele marcou comigo aqui, mas não o estou vendo. É um homem encantador, um aristocrata.

Vira-se para Delpierre e Villars.

— Vocês não são alemães. Têm o ar triste dos franceses e — ela ri — alguma coisa mais: seus olhos brilham de raiva. É isso... Ah, eu sei ver as pessoas. As mulheres como eu, se não adivinharem num minuto com quem estão lidando, desaparecem logo, eliminadas. E eu trato de não me perder...

Ela segura o braço de Thorenc.

— Você se lembra do nosso primeiro encontro em Bucareste? E depois em Cannes... Foi tudo antes da guerra. Mas eu não tenho saudade daquele tempo. Acho este momento palpitante. A gente vive, tudo se agita. Mas em Vichy, lá tudo cheira a poeira, a bolor. Eles fazem como se os alemães não estivessem em Paris.

Dá um gritinho:

— Olha lá o general! Precisamos nos ver, Bertrand, de qualquer maneira! Faço questão.

Von Brankhensen está à paisana, um monóculo preso no arco superciliar direito. Ela vai ao encontro dele e saem juntos.

Antes de entrar no carro, ela acena para eles.

Thorenc sente alívio.

— Linda — comenta Villars.

— Suspeita e perigosa — resmunga Delpierre.

Segunda Parte

6

De pé, a testa apoiada no vidro da pequena porta que dá para a sacada de seu ateliê, Thorenc esperava. De vez em quando a entreabria e se debruçava.

Um carro se aproximava subindo o Bulevar Raspail.

Acompanhou-o com os olhos e, à medida que ele avançava, sentia-se como que paralisado. Os ombros, a nuca, a cabeça toda começavam a doer. Ao mesmo tempo, sentia o sangue pulsar sob a pele, atrás das orelhas, no pescoço.

Se o carro ultrapassasse o cruzamento, os músculos dos braços se enrijeciam. Ele fechava os olhos como se não quisesse ver o carro parar e os homens saltarem diante do prédio.

Imaginava-os sacudindo dona Marinette Maurin, que admitia:

— Ele está lá. Não sai há vários dias.

Os homens — três ou quatro — precipitavam-se escada acima e batiam em sua porta...

Então, reabria os olhos.

O carro já passara. O bulevar estava vazio outra vez.

Ficava ali, algum tempo ainda, pregado no vão da porta, metade do corpo dentro do ateliê, a outra metade na sacada. De repente, tomava consciência do frio glacial que lhe cortava o rosto e a nuca, como uma lâmina afiada.

Recuava, voltava a se fechar. Passava a mão no pescoço como se o frio, qual um escalpelo, houvesse deixado uma incisão.

Dava alguns passos pelo ateliê, perseguido pela lembrança das palavras de Pierre Villars que, após Delpierre ter saído do Café Le Colibri, começara a contar o que sabia sobre os métodos de interrogatório utilizados por Marabini e Bardet no 93 da Rua Lauriston.

Durante todo o relato, Villars não olhou para Thorenc, parecia falar para si mesmo, como se quisesse livrar-se de um fardo pesado demais partilhando-o com o interlocutor.

— Escalpelos, tesouras, instrumentos cirúrgicos, todo um estojo, é o que Marabini exibe às pessoas que ele interroga.

Passou a mão bem espalmada sobre a mesa redonda, depois pegou duas colherinhas e colocou-as uma ao lado da outra.

— É assim que ele dispõe os instrumentos, examina todos. Experimenta o corte do escalpelo em uma folha de papel. Abre e fecha as pinças, brinca com as tesouras, depois...

Empertigou-se e encarou Thorenc:

— Depois Marabini chega perto do prisioneiro e, com voz melíflua, suplica que não o obrigue a utilizar toda essa parafernália. E diz que o mais simples, o mais humano, o mais sensato, obviamente, seria falar, confessar.

Villars reclina-se e acrescenta:

— Marabini é um perverso. Ele destrói a vontade, porque sabe que tudo depende dela. Se um dia você for preso, Thorenc, não abra a boca. A palavra mais inócua que pronunciar já será uma declaração de fraqueza, uma pequena brecha. Eles afastarão as beiradas com o escalpelo, as pinças, os punhos, e tudo o que você queria calar jorrará à sua revelia...

Levantou-se e acrescentou:

— Vou-me embora. Volto a contactar você. Conserve sua identidade o mais que puder, mantenha a fachada legal, ela ainda é a melhor garantia. Sua identidade, principalmente, pode enganar sua mãe, as amizades dela e as suas também, por muito tempo. Essa gente é capaz de achar que você é um oportunista. Aliás, algumas dessas pessoas são ou foram oportunistas. Nem todo mundo é Déat, Doriot ou Céline. Mais um conselho...

Pierre Villars passou o braço em volta dos ombros de Thorenc.

— ... Cuidado com suas relações femininas. Não só com essa morena estonteante, sedutora e, portanto, perigosa...

Apesar da expectativa de Villars, Thorenc não repetiu o nome de Lydia Trajani nem fez qualquer comentário a respeito do que acabava de ouvir.

— ... ainda mais que ela dorme com um general alemão — continuou Villars — e com alguns outros antes dele, se ouvi bem. Varenne, ministro de Vichy, oficiais nazistas: um perfeito perfil de mulher disposta a tudo. Mas...

Estreitou mais os ombros de Thorenc.

— À sua maneira, minha irmã Geneviève é tão perigosa para você como para nós. Ela é emocional demais, destemida demais. A Resistência, Thorenc, não tem nada a ver com um ajuste de contas pessoal, e temo que Geneviève se comporte como se fosse. A Resistência é uma luta coletiva que precisa ser travada com uma energia racional. A razão e a lucidez, Thorenc! Você decerto não conhece Antonio Gramsci, um comunista italiano, filósofo, disforme, corcunda, dotado de uma cabeça enorme, que foi encarcerado pelos fascistas e morto, eu acho, em 1937. Ele tem uma frase que tomei como divisa e lego a você para os meses ou anos vindouros: "O pessimismo da razão é o otimismo da vontade."

E depois de um breve silêncio, sussurrou:

— Saia daqui a dez minutos. Veja se alguém me seguiu. Nesse caso, redobre o cuidado. Você também será seguido.

Ninguém se levantou quando Pierre Villars deixou Le Colibri, e, três ou quatro minutos depois, Thorenc saiu também.

Alguns passos adiante, teve a surpresa de ver Delpierre vir em sua direção, dizendo em tom imperioso, irritadiço, que continuasse a caminhar.

— Eu precisava falar a sós com o senhor. É claro que confio em Pierre Villars, sobretudo por ser filho do major e ter sido um dos mais chegados colaboradores de Moulin. Aliás, acabo de me certificar de que Moulin tem muita consideração por ele. Mas há algum tempo Villars vem demonstrando companheirismo com os comunistas e não podemos deixar de manter certas reservas. Ele pode ser membro do Partido e até agente soviético.

Segurou o braço de Thorenc.

— Não me venha com esse ar de espanto, senhor de Thorenc, ou vou começar a desconfiar que está fingindo!

Apesar de se trabalharem sempre com toda a intimidade, desde que foram colegas na École normale e, como jornalistas, sentavam-se juntos nas coletivas de imprensa, um representando *Le Populaire*, o outro o *Paris-Soir*, Delpierre agora dera para tratar Thorenc de senhor.

— A França — continuou ele — tornou-se o local preferido dos serviços de informação; Abwehr e Gestapo, naturalmente, e Intelligence Service, Special Operations Executive, MI 5, MI 6 — os ingleses adoram as siglas — e é claro que os americanos e os russos também estão representados. De Gaulle criou seu próprio serviço: quem dirige o Bureau Central de Recherche et d'Action (Escritório Central de Pesquisa e Ação) é um tal de Passy. O major Pascal, que você conheceu em Marselha, trabalha para esse BCRA. Foram eles que desembarcaram um capitão-de-fragata, d'Estienne d'Orves, na Bretanha. Há também Gilbert Renaud — apertou o braço de Thorenc — e eu. E a ti cabe fazer a ligação com o major Villars... Compreendeste, Bertrand?

Voltou, portanto, a tratar Bertrand com a velha intimidade.

— Prefiro que Pierre Villars ignore esse aspecto das coisas, ou melhor, que ele não o saiba por mim.

— Será que ele ainda não sabe? — murmurou Thorenc. — Villars estava em Marselha e conhecia todos os meus contatos...

Haviam subido os bulevares. As calçadas estavam pouco iluminadas. Os cartazes de alguns cabarés anunciavam os espetáculos em alemão.

— Os comunistas e seus amigos — prosseguiu Delpierre — só serão confiáveis no dia em que a URSS entrar na guerra, mas aí eles vão se tornar perigosos, pois vão querer tomar o poder. Vão se mostrar os mais decididos. Já está tudo inserido na lógica das coisas. Lembra-te da Frente Popular: não quiseram participar do governo; esperavam a ocasião de surgir como um recurso. Sustentavam Blum como a corda sustenta o enforcado! Mas não estamos mais nessa, meu chapa...

Assumia novamente o tom familiar, como se o Delpierre de antes da guerra, o normalista um pouco pretensioso houvesse abandonado os estranhos hábitos do clandestino Jean Vernet, representante comercial.

Desceram lado a lado o Bulevar Sebastopol, numa quase total escuridão que apenas os faróis dos carros alemães e as lanternas dos ciclistas quebravam de vez em quando.

— Déat vai lançar um Partido — explicou Delpierre —, o primeiro partido nacional-socialista deste país, a Aliança Nacional Popular, o RNP Rassemblement National Populaire (Aliança Nacional Popular). Naturalmente, para fazer concorrência ao Partido Popular, de Doriot. Um desses dois traidores, o ex-socialista ou o ex-comunista, conquistará a preferência dos alemães. Déat é o mais inteligente: normalista, filósofo, formado em boa escola, mas enlouquecido de ambição e preocupado em ter um papel na história. É aliado de Laval e os dois só pensam em se livrar de Pétain e formar um novo governo para declarar guerra à Inglaterra e instaurar uma colaboração plena e completa. Mas eles têm um outro rival além de Doriot, é o almirante Darlan, o sucessor designado por Pétain, que também procura o apoio dos alemães.

Delpierre riu.

— O almirante Darlan não é o almirante Courbet, é o almirante Courbette*!

Parou no meio da ponte Saint-Michel, apoiou os cotovelos no parapeito e chamou Thorenc para junto de si.

— A ponte, meu velho, é o lugar ideal para as confidências — murmurou. — Espaço aberto, a gente vê os transeuntes de longe. De modo que, em caso extremo, pode-se pular no rio!

Virou-se de frente e se recostou no parapeito.

— Espere em casa, senhor Thorenc — acrescentou, voltando ao tratamento cerimonioso. — Eu telefono para marcar o lugar e a hora do encontro. Será num local público. Chegue na hora exata e não me espere mais do que cinco minutos. Cinco, nem um minuto mais! Vou fazer o mesmo. Se eu não estiver lá, não volte para casa. Pode procurar Julie Barral na Rua do Chemin-Vert, lembra-se?

De uma caixinha de metal, ele tirou várias guimbas, desmanchou-as, juntou os fiapos de fumo e enrolou um cigarro cuidadosamente.

— Dizem que em Vichy não há somente embaixadores dos Estados

---

* Jogo de palavras com Courbet, almirante francês (1827-1885) que conquistou Formosa, e *courbette*, que significa o ato de se curvar exageradamente numa demonstração de obsequiosa reverência. (N.T.)

Unidos e do Canadá, também se encontram cigarros ingleses nas tabacarias. Invejo sua volta para lá!

Thorenc empertigou-se. Ninguém ainda mencionara sua volta à Zona Livre. Delpierre explicou:

— Estou aguardando uma série de documentos, informações sobre as defesas costeiras alemãs na região de Boulogne — esse é o trabalho da OCM — e nos arredores de Brest — esse é o de d'Estienne d'Orves e de Renaud. Assim que chegarem às minhas mãos, vamos nos encontrar. Cabe ao senhor levá-los a Villars que, penso, irá transmiti-los ao BCRA por intermédio do major Pascal, ou às Embaixadas Americana e Canadense em Vichy e na Suíça. Conhece Fred Stacki, o agente duplo ou triplo, não? Afirmaram-me que ele também trabalha para o major Villars... De qualquer maneira, é isso que esperamos do senhor. Mantenha seu excelente disfarce, dê até algumas garantias a esses senhores, e irá tornar-se intocável!

Tinham atravessado a ponte e começado a subir o Bulevar Saint-Michel, ainda mais escuro e deserto.

De repente, na altura da Rua de l'École-de-Médicine, foram rodeados por policiais. Thorenc percebera que uma patrulha alemã composta de alguns homens mantinha-se afastada na esquina da Rua Racine, observando o trabalho dos policiais franceses.

Thorenc e Delpierre apresentaram os documentos que os policiais folhearam atentamente e devolveram, surpresos por ainda se acharem na rua a menos de uma hora do toque de recolher. Estavam voltando para casa, explicou Delpierre com segurança.

— Meu amigo vai me hospedar por esta noite; volto amanhã para a província, em Quimper. Sou representante comercial.

Os guardas os deixaram passar e recomendaram que se apressassem, indicando com olhar cúmplice a patrulha alemã.

— De que o senhor não gostou na casa de Julie Barral? — perguntou Delpierre, com excessiva despreocupação, como se quisesse mostrar que não se inquietava com o fato de sentir que os alemães os seguiam com os olhos.

Chegou até a andar mais devagar para frisar sua indiferença, e Thorenc admirou esse autodomínio. Quanto a ele, sentia muita dor na base da nuca, e o sangue pulsava forte em sua cabeça como se o coração estivesse ali, dentro do crânio.

— Não suportaste a idéia de que ela dormia comigo e com todos os outros, não é? — continuou Delpierre. — Ela faz muito sucesso com os pilotos que hospeda. Para eles, ela é a admirável, a francesa heróica e generosa...

Parou na esquina da Rua Soufflot e estendeu a mão ao ex-colega:

— Vê bem, Bertrand, a Resistência, ou melhor, a clandestinidade, é antes de tudo uma memória infalível... Mas isso já conheces: é o preparatório, o concurso para a École. É preciso saber tudo ou quase tudo, não anotar nada, não esquecer nada. Mas também é preciso saber mostrar-se capaz de amnésia, saber que o esquecimento é absolutamente necessário. Para nós, é o que há de mais difícil. Quando passamos a noite em casa de Julie Barral, devemos esquecer o que ela fez na noite anterior e o que fará na noite seguinte. Quando fechamos a porta atrás de nós, devemos esquecer seu nome, seu rosto, seu endereço.

Na noite úmida — uma bruma gelada envolvia as raras fontes luminosas, os cones azulados de alguns lampiões, os retângulos um pouquinho mais claros dos terraços dos cafés —, Thorenc adivinhou o sorriso de Delpierre.

— É claro que tudo isso é um pouco teórico — murmurou Delpierre.

E deu um súbito abraço em Thorenc.

— Espera meu chamado — disse —, e não sai de casa.

Depois, em largas passadas, começou a subir a Rua Soufflot, e sua silhueta, cada vez mais imprecisa, diluiu-se no vazio da noite.

E Thorenc esperou.

Irritado, sarcástico, ouviu, com uma irreprimível enxurrada de impropérios, Pétain dirigir sua mensagem de fim de ano à juventude.

— Velho hipócrita! — chegou a gritar, quando o Marechal disse: "Vocês estão pagando por erros que não são seus. É uma lei dura que é preciso compreender e aceitar, em vez de sofrê-la e revoltar-se contra ela. Então, a prova torna-se benéfica. Tempera as almas e os corpos, prepara reparadores dias de amanhã..."

Sempre a apologia da submissão, essa voz de falso padre que, no entanto, deixava escapar: "O ano de 1941 será difícil... Teremos fome... Não dêem ouvidos aos que tentarem explorar nossas misérias para desunir a nação..."

Andando de um lado para o outro no ateliê, Thorenc exclamou:

— Está com medo, o canalha!

A violência de suas reações deixou-o estupefato: a que ponto estaria engajado nessa guerra?

Passou o dia inteiro com o ouvido grudado no alto-falante do rádio, tentando pegar a BBC, as transmissões da França Livre. Bastou ouvir a voz tensa de Maurice Schumann, que sempre parecia a ponto de se partir de emoção, para ficar transtornado.

Deitou-se no sofá, equilibrou o rádio em cima das almofadas. Tinha a sensação de que, há alguns anos, sua própria relação com a vida havia mudado. Estava sozinho em casa e, no entanto, nunca se sentira tão ligado aos outros.

Antes, nos anos 30, ele não conseguiria passar mais de duas ou três horas assim, sem procurar pôr um fim à solidão. Escreveria, sairia de Paris, ou iria procurar uma mulher no burburinho de um bar ou de uma boate, porque tinha premente necessidade de um rosto, um corpo, de Françoise Mitry ou de Isabelle Roclore. Nunca, porém, sentira tanta solidão como na cama, ao lado delas.

Até então, ele não se dera conta da transformação por que passara, talvez desde 1936, depois do encontro com Geneviève Villars em Berlim, data que coincidia com a entrevista que Hitler lhe concedera.

A partir daí, sentia como se o mundo inteiro lhe dissesse respeito, intimamente.

Sofreu com Munique, revoltou-se com a notícia do pacto germano-soviético. Não parava de se indignar, de se revoltar, de se entusiasmar. Sofreu com a vitória dos pára-quedistas alemães em Creta. Empolgou-se com vitórias dos gregos e ingleses contra os italianos na Albânia, na Somália, na Líbia. Exultou ao saber da rendição de dezenas de soldados de Mussolini e que as Forças Francesas Livres avançavam em Fezzan rumo ao oásis de Koufra, sob o comando de um certo general Leclerc.

Ficou com lágrimas nos olhos quando, no dia 1º de janeiro, recebeu o telefonema — tão breve — de Geneviève, que disse apenas:

— As ruas estão vazias. Feliz Ano-novo!

Correu para a sacada. De fato, a rua e as calçadas não passavam de vastas superfícies esbranquiçadas recobertas pelo gelo que nenhum transeunte, nenhum ciclista percorria.

Debruçou-se: até as prostitutas haviam desaparecido do cruzamento da Rua Delambre?

Aguardou até as quinze horas — quando, conforme a determinação do general De Gaulle, terminava "a hora de recolhimento... a hora de esperança" — para descer correndo ao bulevar e caminhar, cheio de alegria, entre os passantes, subitamente numerosos.

No bar do Dôme, bebeu uma infusão pardacenta, um simulacro de café. O homem ao lado examinou-o atentamente, antes de dizer em voz baixa que, entre 14 e 15 horas, os alemães tinham organizado uma distribuição de batatas em alguns bairros.

Thorenc não respondeu, contentou-se em assentir com a cabeça. Depois, já em casa, ficou à espera do comentário da Rádio Londres. Finalmente, ouviu De Gaulle declarar: "Pelo imenso plebiscito silencioso de 1º de janeiro, a França fez saber ao mundo o que ela quer e em que acredita."

De punhos cerrados, ele resmungou:

— Era preciso isto! — sabendo perfeitamente que o que se passara nesse 1º de janeiro não era tão simples assim.

Mas teve a prudência de se calar quando dona Marinette Maurin observou ao se cruzarem na portaria:

— Podem dizer o que quiserem, nunca tem ninguém na rua no dia de Ano-novo: todo mundo fica em casa, em família. Só os solteiros como o senhor é que saem. Vi quando o senhor saiu às três horas, com ar apressado: tinha encontro marcado?

Ela se aproximou cochichando:

— Maurin me disse que a Rádio Inglesa pediu que as pessoas fossem para a rua a partir de uma certa hora. Eu vi o senhor, mas sem ver. Se a gente não tem mais o direito de pôr o nariz de fora num 1º de janeiro, o que nos resta?

Thorenc foi picado pela dúvida. Quanta confusão na cabeça de tanta gente!

As pessoas — quem podia condená-las? — estavam mais preocupadas com o que iam encontrar nos mercados. Ouviu algumas dizerem: "Estão nos tirando tudo", e, ao mesmo tempo: "São os ingleses que estão boicotando para a gente morrer de fome e guerrear no lugar deles. A troco de nada!"

No mercado do Bulevar Pasteur, viu mulheres esperarem horas diante dos balcões vazios. Outras se aglomeravam em volta de vendedores arrogantes que lhes vendiam alguns legumes como que a contragosto. Em toda parte, enxames de policiais vigiavam as filas de espera para calar quem protestasse.

Seria possível que esse povo faminto, a quem vendiam um corvo por dez francos, e sabia que num restaurante do mercado negro o jantar custava um mês de salário, fosse aceitar ser humilhado, sofrer privações por muito tempo? Mas quem sabe estivesse exaurido demais para se rebelar? Ainda inseguro demais quanto ao futuro da guerra e sem muita informação sobre o que Pétain representava? Ainda confiavam no "velho", nesse patriarca que viam passear, em Vichy, digno e sereno, nos jardins do Hotel du Parc, acompanhado dos amigos — ora Paul de Peyrière, ora o doutor Ménétrel.

Primeiro era preciso acabar com a dúvida, devolver a confiança.

E num cartaz pregado na Rua Delambre, anunciando a orquestra de Berlim, Thorenc riscou a lápis, com dois traços, um grande "V"!

O "V" da vitória!

Conselho dado pela Rádio Londres.

Provavelmente teria cometido um erro. Tinha outras tarefas a cumprir. Delpierre e Villars certamente teriam condenado o gesto, em nome da eficácia e da razão.

Como se resistir, opor-se ao que era mais forte do que ele, não fosse antes de tudo um instintivo movimento de liberdade, inspirado pela paixão!

Voltou para casa e continuou a esperar.

7

Thorenc tinha a sensação de que seu corpo tornara-se uma bola de fios apertados, entrelaçados, tão misturados que nunca seria possível desatar.

Caminhava agora pela Rua Vavin. Parava, fingia olhar as vitrines, geralmente vazias, e, de súbito, virava-se com vivacidade e voltava a subir a rua em passos apressados como se houvesse esquecido alguma coisa e retornasse a toda pressa pelo mesmo caminho.

Enquanto caminhava, espiava os transeuntes conjeturando se não estaria sendo seguido por algum deles.

Na bifurcação, seguiu pela Rua Notre-Dame-des-Champs. A calçada, atrás dele, estava vazia.

Enfurnou-se pela entrada do metrô.

Delpierre dissera:

— Quatorze horas, Rua do Chemin-Vert, você sabe onde...

E desligara.

Thorenc se retesou imediatamente. Tinha a impressão de que nenhum músculo escapava a essa tensão. Pior ainda: sentiu uma torção, como se cada fibra de sua musculatura desse um nó, e todo o seu corpo se reduzisse a essa massa compacta no meio do peito.

Saiu incontinenti.

Começou a ziguezaguear como Delpierre aconselhara durante a longa conversa que tiveram na Ponte Saint-Michel:

— Cada poro de sua pele deve estar desperto, Thorenc — dissera ele. — A gente adivinha, a gente pressente, antes mesmo de ver ou ouvir. É preciso desenvolver essas faculdades se quiser sobreviver — e é o que o senhor quer, não é?

Meteu-se no trem, no último momento. Ficou chocado com o silêncio, os rostos opacos, os olhares tristes. De repente, uma voz. Um jovem soldado alemão levantou-se para oferecer o lugar a uma senhora idosa. Ela não se mexeu, com ar de quem não viu ou não compreendeu o amável e reiterado oferecimento. O soldado enrubesceu, virou-se para um homem de idade, encurvado, que parecia não se agüentar em pé, visto que se agarrava no encosto de um assento. O homem recusou com ar aborrecido. O jovem militar continuou empertigado, junto ao lugar vazio. Depois, quando o trem entrou na Estação République, precipitou-se para fora do vagão, como quem foge, esbarrando nos passageiros.

As portas voltaram a se fechar. Houve um murmúrio e uma voz declarou:

— Eles se permitem tudo, até serem educados!

Todo mundo riu.

Pelo espaço de alguns segundos, Thorenc se sentiu feliz e orgulhoso. Essa palavra despertou-lhe o desejo de encontrar Geneviève Villars.

Durante essas longas horas de espera em seu ateliê, ele levantou várias vezes a tábua do assoalho, olhava a foto de Geneviève ali escondida, sonhando com a vida que poderiam levar depois da guerra.

Ele iria com ela aos sítios arqueológicos. Escreveria uma grande reportagem sobre as descobertas dos pesquisadores do Museu do Homem, sobre as civilizações esquecidas.

Depois recolocava a tábua no lugar.

Quando a Libertação vier, quantos dos que haviam participado das lutas, como ele, Geneviève, Delpierre ou Villars, ainda estariam vivos?

Thorenc acabava de saber que d'Estienne d'Orves, *Kapitänleutnant*, como diziam os alemães, tinha sido preso, denunciado pelo seu radiotelegrafista.

Quem é que traía, e por quê? Para não ter o corpo retalhado pelos esbirros dos comissários Marabini e Bardet? Para salvar a esposa, para libertá-la? por doze dinheiros, ou por ciúme?

Max Gallo 🎖 A Chama não se Apagará

* * *

Thorenc olhava os rostos tão próximos, novamente cabisbaixos. Talvez algum deles fosse o de um traidor no qual não reparara e que o estaria seguindo desde o Bulevar Raspail.

Esgueirou-se até as portas do vagão e, assim que elas se abriram, saltou e saiu correndo pelos corredores como se quisesse alcançar uma conexão. Tranqüilizou-se ao ver um enorme "V" negro com a cruz de Lorena no centro, desenhado numa parede branca. Mas, quando chegou à plataforma, o espetáculo de dezenas de policiais que mandavam abrir bolsas e sacolas, fuçavam, examinavam os documentos, confrangeu e entortou de novo cada pedacinho de seu corpo.

Contudo, pôs-se a sorrir, perguntando-se o que sentiria se tivesse consigo os planos que Delpierre ia lhe entregar.

Mostrou a carteira de identidade a um policial espadaúdo, de pele amorenada e um espesso bigode preto. O homem deu uma rápida piscadela e murmurou:

— Sou Maurin, o marido de sua zeladora.

Olhou em torno e continuou:

— Seja prudente, senhor de Thorenc: um homem como o senhor não tem só amigos.

E com um gesto, fez sinal de que podia passar a barreira.

Na Rua do Chemin-Vert, Thorenc entrou no prédio em que morava Julie Barral, às quatorze horas em ponto.

Na penumbra, viu um homem, que nunca tinha visto antes, sair do vão da escada e cochichar ao passar junto dele:

— Não suba, eles estão na casa dela. Vá para a Rua Royer-Collard.

O homem desapareceu e Thorenc reconheceu a voz de Julie Barral, que gritava:

— Eu não fiz nada! Vocês não têm o direito!

Afastou-se e descobriu duas viaturas paradas próximo à entrada do prédio.

Fora visto e seguido.

Pôs-se a andar primeiro com displicência; depois, assim que atravessou o cruzamento, andou o mais depressa que pôde, surpreso por não estar correndo, e enfiou-se na primeira entrada de metrô que apareceu. O homem que se aproximou e ficou a seu lado era o mesmo que o alertara no prédio. O rosto redondo, a testa aumentada por uma calvície nascente, ele disse ofegante, sempre lançando olhares ao redor:

— Passava gente demais pelo apartamento dela: aviadores ingleses, prisioneiros fugitivos e nós. É um erro combinar as duas atividades, os riscos se acumulam. É preciso separar os flancos de evasão dos que se relacionam com a informação. Mas temos tão poucos esconderijos que todo mundo acaba utilizando os mesmos.

Falava em voz baixa, com dificuldade em recobrar o fôlego, mas cada palavra era articulada com vigor e convicção.

— Afinal nos conhecemos, infelizmente — conclui ele. — Digo infelizmente, pois o quanto menos identificamos as pessoas, menos corremos o risco de revelar os nomes.

O trem do metrô estava chegando.

— O senhor é Thorenc, o grande repórter do *Paris-Soir*, do verdadeiro jornal, o de antes — esclarece com a voz encoberta pelos guinchos dos freios e o barulho das portas se abrindo.

— Eu era sindicalista — acrescenta. — Um desconhecido, vale dizer.

Afastou-se, misturando-se à multidão de passageiros que saíam dos vagões.

Na Rua Royer-Collard, Thorenc hesitou antes de entrar na gráfica Juransson; passou três vezes diante do pórtico que dava para o pátio onde ficava a oficina. Tudo parecia calmo. A rua estreita e íngreme estava deserta, com exceção de um mendigo sentado nos degraus do número 14.

Thorenc estava pronto a passar pelo pórtico, quando percebeu que o mendigo, vestido de roupas sujas e rasgadas, usava, em compensação, sapatos limpos e em bom estado. Esse único detalhe foi o bastante para ele entrar no número 12, ao passo que a gráfica ficava no fundo do pátio do número 10.

Parou no patamar do primeiro andar, diante da porta de um médico;

Max Gallo   A Chama não se Apagará

ficou em dúvida, leu e releu a placa: "Doutor Pierre Morlaix, clínica geral, ex-interno dos hospitais de Paris", afinal tocou a campainha.

O médico atendeu logo. Era um homem de uns cinqüenta anos que usava uma grande gravata-borboleta. Thorenc explicou que sofria de fadiga e dor de cabeça.

O médico o examinou, achou-o tenso; contudo, nada de muito grave, concluiu.

— A época não é muito propícia à despreocupação. O senhor está preocupado, ou melhor, "pós-ocupado", se eu tivesse a coragem de usar esse horrível neologismo. Não sei bem o que lhe aconselhar. O remédio eficaz não está em meu poder. Portanto, tome algumas cápsulas de aspirina, umas infusões e trate de pensar em outra coisa.

Acompanhou Bertrand até a salinha de espera. A janela dava para a Rua Royer-Collard.

Bertrand não pôde deixar de olhar pela vidraça.

O mendigo estava em pé, no meio da rua fechada por uma viatura. Policiais entravam pelo portão do número 10, enquanto outros vigiavam a extremidade da rua.

Thorenc recuou rapidamente. O doutor Morlaix olhou a rua, por sua vez, e observou atentamente o visitante.

— É Juransson, o impressor — disse. — Um de meus pacientes.

Hesitou e, sem tirar os olhos de Thorenc, murmurou:

— Um amigo meu.

A noite já invadira a rua e a sala de espera. O médico e Thorenc continuaram de pé, um diante do outro.

— Não tenho mais ninguém marcado — disse o médico —, e são raros os pacientes que aparecem por acaso, como o senhor.

Meteu-se pelo corredor que levava à sala de consulta.

— Acho que o senhor não tem pressa de sair. Está frio. As ruas não são seguras. Encontra-se todo tipo de gente, muitas vezes importuna. Sente-se. Posso lhe oferecer uma grapa. No seu caso, é o mais indicado.

Serviu a bebida e, enquanto Thorenc bebia, ele o observava.

— Foi o mendigo que o assustou? — perguntou.

Tirou um pente e começou a pentear lentamente os cabelos grisalhos, jogando-os para trás.

— Eu já o tinha visto — repetiu. — Está ali desde ontem de manhã. Os policiais costumam enxotá-los, mas parece que a ronda não viu esse aí. Espantoso, não é?

— Os sapatos dele estavam limpos, quase novos — murmurou Thorenc.

Apesar da sensação de relaxamento provocada pelo álcool, ele sentia dificuldade em falar, como se as palavras não conseguissem desatar o nó que lhe apertava a garganta.

— O exercício da medicina me ensinou que a falta de atenção aos detalhes é responsável pela maior parte dos erros de dignóstico — declarou o médico um tanto sentencioso.

Levantou-se, apagou a luz e abriu a cortina.

— Em outras palavras, a vida não passa de uma infinita série de detalhes.

Virou-se para Thorenc.

— Eles foram embora, mas penso que deixaram alguns... — procurou a palavra exata e soltou-a com um ar de desprezo — ... alguns alcagüetes, talvez o nosso mendigo mesmo!

Thorenc chegou perto da janela. A Rua Royer-Collard não passava de um sulco escuro onde o breu da noite se concentrava. A Rua Gay-Lussac, lá no final, estava mais clara.

— De qualquer maneira — prosseguiu o doutor Morlaix —, sou seu médico de família há anos, não é?

Voltou a ocupar a escrivaninha e apanhou a agenda.

— Vou registrar aqui a sua consulta.

Depois, ergueu os olhos:

— Não sei seu nome e também preciso do seu endereço.

Alçou os ombros e observou:

— O senhor hesita, é evidente. Mas precisa se decidir. Eu me decidi. Afinal de contas, o senhor podia ser...

Parou, de repente, hesitante, também ele, preocupado como se percebesse que estava sendo muito imprudente, desde a chegada de Thorenc.

— Bertrand Renaud de Thorenc, Bulevar Raspail, 216 — disse o visitante em tom resoluto.

E acrescentou estendendo a mão ao médico:

— Obrigado, doutor Morlaix.

— Os médicos têm certas facilidades — confiou Morlaix, acompanhando Thorenc até o patamar da escada. — Não sou temerário, mas a época obriga a correr riscos, não é? Thorenc, Thorenc... — repetiu após um breve silêncio. — Gostei de suas reportagens sobre a guerra da Espanha. Fui um admirador de Malraux: que fim levou ele? Agora são os que eu chamo de contaminadores — Céline, Drieu, Brasillach — e, naturalmente, a escória dos medíocres que ocupam todas as tribunas. No entanto, é uma infecção passageira, grave, decerto, mas vamos curá-la...

Enquanto falava, Morlaix segurava e sacudia a mão de Thorenc.

— Não hesite, sou solteiro, não comprometo ninguém além de mim mesmo, o que não é grande coisa: uma única vida.

As fachadas escuras tornavam a noite ainda mais densa na Rua Royer-Collard, e Thorenc fantasiava vultos saindo dos pórticos e vindo ao seu encalço.

Entre o Bulevar Saint-Michel e o Raspail, depois de margear as grades do jardim do Luxembourg, seguiu pelas ruas Guynemer, d'Assas, Vavin, traçando arabescos ao sabor de suas inquietações; ia de uma calçada à outra, rememorando esta tarde em que, por duas vezes, escapara da prisão — uma armadilha malmontada, é verdade —, primeiro, na casa de Julie Barral, depois, na de Juransson.

Fora ajudado por dois desconhecidos. E ao pensar nesses dois homens, o sindicalista anônimo e o doutor Morlaix, comoveu-se quase às lágrimas.

Ele, que tanto sofrera por ser filho único de uma mãe omissa e de um pai cuja identidade ele ignorava, experimentou o sentimento de haver descoberto, enfim, a fraternidade.

Há alguns anos, não teria tido a coragem de usar essa palavra, mas ele próprio havia mudado. Eram tempos trágicos os de agora: como não utilizar grandes palavras? Parecia-lhe que cada indivíduo, homem ou mulher, estava sendo levado ao máximo de si mesmo. Forçosamente, a mediocridade, o egoísmo, a covardia, a inveja, o ciúme, a traição, assim como a coragem, o devotamento, a generosidade, o heroísmo tornavam-se extremos.

Ele sofria com a idéia de que talvez Delpierre também houvesse sido preso.

Tentou não pensar nos tais instrumentos cirúrgicos enfileirados na mesa do comissário Marabini. Mas não conseguia afastar essas sangrentas visões de carne retalhada e olhos vazados.

Entretanto, foi com amabilidade que, ao cruzar com dona Marinette Maurin no *hall* do prédio, disse-lhe que conhecera o marido dela numa barreira da polícia, no metrô.

— O senhor nem queira saber o que eles encontram nas sacolas! — exclamou a zeladora. — Pedaços de carne de porco, litros de azeite... Esse mercado negro é uma injustiça. Eles têm mesmo que tentar impedir! É o papel da polícia, e isso, pelo menos, é bom para todos os franceses. O senhor não concorda, senhor de Thorenc?

Ela o acompanhou até o elevador, dizendo que uma mulher veio visitá-lo, mas não quis deixar o nome.

— O senhor tem sorte. Sabe escolher: linda, mas autoritária, nervosa... Bateu na minha porta de um jeito, que eu pensei que ia me quebrar os vidros!

Seria Lydia Trajani? Como ela teria descoberto seu endereço?

— Ah, ela vai voltar — murmurou dona Marinette. — Não sei o que o senhor lhe fez, mas ela está chateada com o senhor.

Remexeu febrilmente os bolsos do avental e tirou uma folha de papel que entregou a Thorenc.

— Ela deixou isto. Pediu para eu lhe entregar, disse que era de seu interesse.

O bilhete era sucinto: "Venha Avenida Foch, 77, Lydia T."

Ele agradeceu à zeladora e enfiou o papel no bolso do paletó.

Ficou feliz por voltar ao silêncio do ateliê. Evitou acender a luz. A noite era de uma brancura de estrelas mortas. As fachadas dos prédios altos, do outro lado do bulevar, pareciam falésias em que a erosão esculpira formas estranhas, estátuas mutiladas pela sombra, sacadas ameaçadoras e pesadas como rochas suspensas a pique.

Thorenc deitou-se no sofá, o ouvido colado no alto-falante do rádio que enfim captava Londres, onde uma voz entusiasta cantarolava:

Rádio Paris mente
Rádio Paris é alemã...

Em seguida, anunciaram a queda de Tobrouk, conquistada pelos ingleses, e a vitória dos franceses livres de Leclerc em Koufra. Milhares de italianos se renderam.

Thorenc desligou o rádio.

Quer dizer que a Itália estava começando a pagar por sua entrada na guerra em junho de 1940, pelo "soco nas costas" — como disseram, então — que desfechara.

Ele revê o enorme escritório de Mussolini que atravessara sob o olhar irônico do Duce. Relembra as poses presunçosas do ditador, cheio de si e arrogante.

Agora, a estátua de gesso começava a rachar.

Era preciso viver, resistir. Em um dia, um dia apenas, por duas vezes ele quase fora preso, jogado como carne no balcão dos açougueiros.

Como aconteceu com Julie Barral, Juransson e outros. E Delpierre?

Pôs-se novamente a esperar.

No meio da noite, o telefone tocou.

Delpierre foi lacônico:

— Nove horas amanhã na École.

Thorenc teve a sensação de que todo seu corpo, músculo por músculo, se descontraía.

8

Hesitou em sair no meio da noite. Parou diante da entrada do prédio, pensando em voltar para o ateliê.

O frio glacial, o silêncio, o vazio do Bulevar Raspail pareciam prolongar o toque de recolher que terminara há pouco.

Arrependeu-se de ter cedido à impaciência, ao desejo de agir, de acabar com a espera e ir mais cedo à Rua d'Ulm para encontrar Delpierre na École normale. Ainda faltavam duas horas.

Quando resolveu voltar e já estava empurrando a porta do prédio, percebeu os faróis baixos de dois carros que vinham da Estação Montparnasse. Os jatos de luz de contornos imprecisos avançavam rapidamente, saindo do solo qual uma lava amarelada que o nevoeiro transformava em gotículas incandescentes espargidas por toda a largura da rua.

Sem pensar, ele atravessou o bulevar imediatamente e colou-se à fachada dos prédios da calçada oposta; depois, caminhou rente às paredes em direção ao cruzamento da Rua Vavin.

O clarão dos faróis passou raspando por ele.

Escondeu-se o mais que pôde no recuo de uma porta e viu quando os veículos diminuíram a marcha e pararam na frente do seu prédio.

Seis homens — conseguiu contar — desceram.

Os motores continuaram ligados. À luz nevoenta dos faróis, as silhuetas adquiriam contornos imprecisos. Mas Thorenc percebeu os longos casacões, os chapéus. Sem sombra de dúvida, esses homens à paisana eram policiais, gente de Marabini e Bardet, talvez; a menos que fossem da Gestapo que, segundo Pierre Villars, tinha certos setores, como os de Boemelburg, instalados no Hotel Boccador, na Rua des Saussaies, 11; ou então a Abwehr do major Reiler, que ficava no Hotel Lutétia, no próprio Bulevar Raspail, uns cem metros abaixo.

Percebeu que os homens se reuniram primeiro junto dos carros; depois, dois deles postaram-se de cada lado da entrada, enquanto os outros entraram no prédio.

Thorenc olhava fascinado, sem pensar em se afastar, sem se preocupar com a aurora que expulsava a noite, substituindo-a pouco a pouco por uma densa neblina que lentamente se concentrava em espirais no chão.

Observando esses homens que vigiavam a entrada, e as duas viaturas cujo ronco dos motores chegava até ele, teve a impressão de assistir ao ensaio de uma futura cena de sua própria vida. Mas, por enquanto, somente o cenário e os demais atores estavam presentes. Ele mesmo ainda não passava de espectador.

Porém, um dia, talvez na Rua d'Ulm, daqui a algumas horas, até mesmo esta noite ou amanhã, ele teria de assumir o papel que lhe estava destinado.

Esperou.

Depois de alguns minutos, os homens saíram do prédio. Um deles, talvez o comissário Marabini ou o tenente Wenticht — dessa distância, na penumbra, ele não podia distinguir os rostos —, acenou com as mãos, chamando os dois policiais postados de cada lado da entrada.

Entraram todos nos carros, fizeram meia-volta no bulevar, passando rente à calçada em que Thorenc se achava.

Por alguns segundos, ele temeu que o vissem e parassem os carros. Abaixou a cabeça e espremeu-se no canto do portão, como se a madeira e a pedra pudessem absorvê-lo. Mas viu os faróis traseiros dos carros desaparecerem na neblina que parecia mais densa sobre o Sena, na parte baixa do bulevar.

Seguiu para a Rua d'Ulm.

Quem teria revelado seu nome, Juransson ou Julie Barral? A menos que o doutor Morlaix, em troca de alguma vantagem, houvesse passado à polícia as informações que conseguira, dizendo que Thorenc ia justamente à gráfica de Juransson? Ou então os policiais estariam fazendo apenas uma visita de rotina para pressioná-lo. Como saber?

Era este o veneno da Ocupação: a suspeita que se insinuava em cada mente, a dúvida que corroía a confiança que se podia ter em alguém.

E se o traidor fosse Delpierre que, pelo menos até esta noite, não estava preso? Quem sabe, para escapar à tortura, à cirurgia brutal com que Marabini e Bardet certamente o ameaçaram, teria revelado os nomes de Barral, Juransson e outros mais?

Thorenc entrou num café na esquina da Rua Vavin com a Rua d'Assas.

A princípio, sentiu-se tranqüilo: três ou quatro fregueses acotovelados no bar, operários de macacão azul que falavam alto e bom som sobre a dificuldade de alimentar os filhos.

— Antes, a gente não tinha nada, mas fome, a gente esquecia o que isso significava quando tínhamos trabalho — resmungou um deles.

Eles não prestaram muita atenção a Thorenc que apanhou *L'Œuvre*, o jornal de Marcel Déat, entre os que estavam em cima do balcão, e foi ocupar uma mesa no fundo da pequena sala, sem deixar de vigiar a entrada do café, levantando constantemente os olhos.

Começou a ler o editorial de Déat que exaltava seu novo partido, a Aliança Nacional Popular, "o único partido político sério, que milita no sentido de uma colaboração ortodoxa e cuja importância e representatividade são reconhecidas pelas autoridades da Ocupação".

Thorenc ficou convencido de que Déat perdera o juízo, ou melhor, a exata percepção da realidade. No jornal, ele descrevia os membros do RNP usando camisa azul, calça ou culote pretos, um cinto ou um cinturão, e boina. O ex-normalista, o filósofo, o deputado socialista no qual se havia acreditado nos anos 30 — o próprio De Gaulle julgara-o um dos mais lúcidos políticos do futuro — punha-se a detalhar o emblema do RNP que cada membro deverá exibir no peito, da seguinte maneira: "Uma ferradura para simbolizar a agricultura, envolta em três chamas, azul, vermelha e branca, seguras por u'a mão forte... Essa mão lembra o punho erguido da Frente Popular, mas ela une em vez de dividir, alia em vez de opor. E não é preciso dizer que as três cores e as três chamas representam a gama dos partidos reconciliados na Nação..."

Também na primeira página, o jornal reproduzia as palavras que Louis-Ferdinand Céline exclamara por ocasião de uma brilhante recepção no Instituto Alemão, na presença de Alexander von Krentz, do escritor Ernst Jünger, do capitão Weber, chefe da Propagandastaffel, do doutor Epting, diretor do Instituto, do romancista Friedrich Sieburg, autor do célebre romance *Heureux comme Dieu en France* (*Felizes como Deus na França*), e de Sua Excelência o Embaixador do Reich, Otto Abetz: "Racismo primeiro! Racismo antes de tudo! Dez mil vezes racismo! Desinfecção! Limpeza! Uma só raça na França: a ariana... A França só é latina por acaso; na verdade, ela é celta e germânica pelos três costados!"

Continuando a ler *L'Œuvre*, Thorenc teve a impressão de que esse jornal expressava o delírio de um punhado de homens — a rigor, alguns milhares — exaltados por uma espécie de loucura que esses nazistas inoculavam e alimentavam, porque, entregando a França a esses loucos, eles perverteriam e destruiriam o país.

Lembrou-se do que Hitler confidenciara e um de seus íntimos repetira: "Eu perverterei esta guerra..."

Conseguira.

Em Vichy, um velho senil governava uma França submissa e mutilada. Na zona ocupada, os alemães exacerbavam os ciúmes, os ódios, os delírios, e os utilizavam para dominar. Déat representava o papel do grande político e, enquanto isso, os Douran, os Marabini e os Bardet denunciavam, pilhavam, prendiam, torturavam.

Thorenc pôs o jornal em cima da mesa, perto da xícara de um líquido quente e marrom que acabavam de lhe trazer.

Parou de ler, tentando imaginar a continuação da cena que acabava de presenciar como se houvesse desempenhado seu próprio papel. Iriam espancá-lo tão logo o tivessem numa dessas viaturas? Ou iriam contentar-se em adverti-lo em casa, sem nem levá-lo preso, pensando intimidá-lo? Mas haveria necessidade de seis homens para isso?

Os Patriotas

* * *

Levantando a cabeça, viu dois novos fregueses no balcão. Achou que o observavam enquanto fingiam conversar. Ambos estavam de capotão e um deles usava um chapéu de aba caída que lhe encobria um pouco os olhos.

Bastou esse simples detalhe para Thorenc ter a sensação de que torciam seu sexo ou esmagavam seus testículos.

Envergonhou-se de sentir esse pavor, esse pânico. Seria assim tão fraco e medroso? Ou todo homem, inclusive o que se tornaria um herói, sentia essa angústia de fera acuada que se debate desordenadamente à procura da maneira de escapar?

Sentiu-se compelido a mudar de lugar, mas foi surpreendido pela determinação que o dominou, tão violenta que dissipou o medo no justo momento em que se levantava. Foi até o balcão, acotovelou-se perto dos dois homens, e pediu uma outra xícara "disso". Mostrou o líquido que o dono despejava nas xícaras. Os dois homens começaram a rir com ar cúmplice.

O dono deu de ombros:

— É quente e preto. Dêem-se por satisfeitos. Talvez um dia eu não possa servir nem... isto!

Thorenc se afastou e foi ao toalete. Puxou o ferrolho, encostou-se na parede respirando lentamente e se acalmou pouco a pouco.

Precisava aprender a se livrar da imaginação e do pânico que ela gerava. Devia temer sempre o pior, mas a única maneira de controlar e neutralizar o medo era prever soluções.

Olhou em torno e notou uma pequena tábua solta no teto. Tentou levantá-la segurando nas beiradas, alçou-se o máximo que pôde usando a força dos braços, empurrou a tábua com a cabeça e, na escuridão, vislumbrou uma espécie de calha pela qual poderia deslizar.

Sempre havia uma saída.

Soltou-se, lavou as mãos na pequena pia, e voltou para a sala.

Os dois fregueses que lhe pareceram suspeitos tinham ido embora.

Serviram-lhe uma segunda xícara do arremedo de café.

Bebeu, pagou e saiu.

Max Gallo   A Chama não se Apagará

Ainda estava adiantado.

Subiu outra vez a Rua d'Assas e depois a Rua Montaigne. Em toda a extensão dos muros do liceu que ocupavam uma boa parte da rua, vários "V", alguns meio apagados, haviam sido traçados como um desafio aos policiais alemães e franceses que estacionavam suas viaturas na esquina do Bulevar Saint-Michel.

Thorenc percorreu as ruas desse bairro que tão bem conhecia, evitando as proximidades da Rua Royer-Collard, numa tentativa de tirar do pensamento a lembrança de Juransson. Delpierre dissera: é preciso aprender a esquecer.

Bateu a Rua Mouffetard várias vezes como se estivesse escolhendo uma das filas que se estendiam em frente às bancas da feira.

Na bruma gelada, mulheres arrastavam o passo, tal qual na feira da Avenida Pasteur. Observou-as. Pareciam não ter idade. Notou o quanto ficavam deselegantes cobertas por várias camadas de roupas que davam a impressão de cinzentas ou escuras, como se todas vestissem luto. Os rostos estampavam uma tristeza um tanto rude. De vez em quando, erguiam-se na ponta dos pés para ver quanto ainda restava de rutabaga e tupinambor no balcão do verdureiro. Estreitavam o xale nos ombros e não falavam, talvez porque, nessa circunstância, se vissem como rivais.

A Ocupação também era isto: cada um por si. A fraternidade só existia entre os que lutavam. Quando não era destruída pela suspeita.

Os investigadores vigiavam cada espaço do mercado onde, no entanto, nenhuma revolta surgia, a não ser, às vezes, o grito irado de uma mulher reclamando que estava na frente de outra. Procurava testemunhas para corroborarem o que dizia, mas ninguém abria a boca. Desviavam os olhos e, do fim da fila, chegavam vozes distantes, anônimas: "Tá bom, chega de conversa! Que chateação! Cale a boca!"

Era como se temessem, acima de tudo, qualquer protesto. As dificuldades do dia-a-dia já eram tão grandes que não podiam ser aumentadas; a vida era tão precária que não queriam correr nenhum risco.

Thorenc afastou-se e, desta vez, seguiu na direção da Rua d'Ulm.

Será que a resistência e a revolta só poderiam vir da juventude, como no 11 de novembro de 1940, na Champs-Élysées, de ginasianos como Henri Villars, ou dos alunos do Liceu Montaigne que desenhavam o "V" da vitória nas barbas dos alemães?

Pensou em Geneviève, em Delpierre, em Pierre Villars, em Juransson, no major Villars, no major Pascal, em Julie Barral e Isabelle Roclore, em todas as pessoas de suas relações, que, cada qual à sua maneira, recusaram a sujeição. No entanto, não eram todas jovens. Mas talvez a covardia, o medo, o servilismo é que envelhecessem as pessoas prematuramente.

Torenc cumprimentou o porteiro da École. Ouviu os sinos de Saint-Étienne-du-Mont e de Saint-Jacques-du-Haut-Pas badalarem nove horas.

Entrou pelos corredores e avistou Delpierre que o esperava encostado numa pilastra da galeria que circunda o pátio interno.

— Eu me perguntava se... — começou, convidando Thorenc a acompanhá-lo.

Entraram num quarto de estudante no segundo andar do prédio principal. Delpierre trancou a porta e observou Thorenc.

— Tivemos sorte, nós dois — diz ele.

Senta-se na cama, com as costas apoiadas na parede, o corpo cansado. E, em voz baixa, começa a relatar. A Gestapo e a SS, mais a Abwehr, os homens de Reiler e de Wenticht, as Brigadas de Marabini e Bardet, decretaram, três dias atrás, uma série de ordens de prisão e buscas domiciliares.

— Estiveram lá em casa hoje de manhã — murmurou Thorenc.

Delpierre ouviu o relato de olhos semicerrados.

Comentou que os alemães, Marabini e Bardet só podiam ter agido por denúncia. E acrescentou:

— A Gestapo e a Abwehr ficariam cegas e impotentes se não fossem os milhares de franceses que os ajudam e dão informações. Marabini e Bardet utilizam os dossiês, as listas que as ligas de extrema direita ou a Chefatura de Polícia prepararam antes da guerra. E os dedos-duros estão presentes em todo lugar.

Delpierre empertigou-se e olhou pela janela. Começava a nevar.

— O senhor conhece Geneviève Villars há muito tempo, Thorenc? — perguntou.

A pergunta tão surpreendente, a entonação carregada de suspeita e de subentendido indignaram Thorenc de tal maneira, que ele não respondeu. Aliás, o fato de Delpierre voltar a chamá-lo de senhor, abandonando o tratamento familiar, demonstrava que queria manter distância novamente, romper qualquer cumplicidade nascida entre eles durante os três anos em que ali mesmo conviveram na juventude.

— Estive no Palais de Chaillot* ontem de manhã — continuou Delpierre. — Eu devia encontrar o professor Georges Munier. Pensávamos em aumentar a tiragem e a difusão de *Résistance*.

Interrompeu-se e lançou uma olhadela a Thorenc.

— O senhor sabe, não é, que Geneviève Villars era muito ligada a Munier? Participaram juntos de algumas escavações nos arredores de Nice e no Tibesti...

— Iam se casar — cortou Thorenc. — Foi antes da guerra...

— Pois ontem de manhã... — repetiu Delpierre, fingindo não ter ouvido o interlocutor.

Ele viu chegar uma dezena de caminhões carregados de SS. De armas na mão, os homens cercaram o Palais de Chaillot, enquanto os agentes da Gestapo e da Abwehr invadiram o prédio.

À noite, Delpierre soube que Munier, o professor Lewitsky e outros pesquisadores do Museu do Homem haviam sido presos, e documentos apreendidos.

— Geneviève? — perguntou Thorenc com voz surda.

— Presa, mas libertada durante a noite. Voltou para casa.

Delpierre, que até então falava sem olhar para Thorenc, encarou-o de repente.

— Ela era a viga mestra da rede, ela e Georges Munier. Nem a Gestapo, nem a Abwehr ignoravam que ela é filha do major Villars, um dos chefes do SR, o Serviço de Informação do exército do armistício. Eles sabem que o SR

---

* Referência ao prédio em que está instalado o Museu do Homem, em Paris. (N.T.)

mandou prender e fuzilar vários agentes alemães na Zona Livre. Ela é irmã de Henri Villars que foi detido na Praça de l'Étoile, para interrogatório, no 11 de novembro, e de Pierre Villars, ligado aos comunistas e cujo papel na guerra da Espanha, quando trabalhava com Jean Moulin e Pierre Cot no Ministério do Ar, eles conhecem perfeitamente. Pois eles a libertaram! O senhor há de convir que é o caso de conjeturar...

Delpierre começou a andar, cruzando o pequeno quarto nos dois sentidos.

— Pois ela voltou para casa — insistiu Delpierre. — Talvez até tenha ido ao Palais de Chaillot, esta manhã.

— O senhor também não foi preso — rosnou Thorenc. — E eu estou em liberdade. Será que ainda devo confiar no senhor? E o senhor, será que está seguro a meu respeito?

Delpierre abaixou um pouco a cabeça sem deixar de encará-lo, depois pegou um dicionário na estante em cima da cama, tirou um envelope grosso metido entre as páginas e o entregou a Thorenc.

— Não tenho outra pessoa — constatou. — Você vai precisar atravessar a linha de demarcação.

Deu rapidamente o endereço de um fazendeiro em Puy-Léger, na região de Moulins. O homem havia providenciado a travessia de diversos prisioneiros que conseguiram fugir e de aviadores ingleses.

E prosseguiu:

— Mas a situação pode muito bem ter mudado. Nos dias de hoje, em quem podemos confiar por muito tempo, Thorenc? Portanto...

Se Thorenc dispusesse de um canal melhor, devia utilizá-lo. O essencial era que os documentos chegassem o mais rápido possível às mãos do major Villars.

Thorenc pegou o envelope. No momento em que se preparava para sair do quarto, Delpierre o segurou pelo braço.

— É melhor que não procures Geneviève Villars — disse. — Bertrand...

Ia continuar mas mudou de idéia e alçou os ombros:

— Estes papéis são importantes.

Thorenc não respondeu.

9

Thorenc caminhou lentamente em pleno nevoeiro. No fim da Rua d'Ulm, uma cortina cinzenta toldava a cúpula e a Praça do Panthéon. Virou-se esperando ver Delpierre, mas a entrada e a fachada da École estavam encobertas, e os transeuntes não passavam de silhuetas tão vagas quanto fugidias.

Afligiu-se por um momento.

Delpierre mal prestara atenção ao fato de a polícia ter ido ao Bulevar Raspail, esta manhã. Entregou-lhe o envelope como se estivesse ansioso para se livrar da incumbência, fornecendo apenas vagas informações sobre o fazendeiro de Puy-Léger que deveria levá-lo à Zona Livre. Talvez o homem já tenha sido preso, ou desistido de bancar o traficante de clandestinos, a não ser que tenha virado informante dos alemães e entregue todos os que desejam atravessar a linha de demarcação!

Thorenc apalpou o envelope que enfiara na bainha do sobretudo, por dentro do forro. A precaução pareceu-lhe irrisória: bastava uma busca no metrô, e seria preso.

Então era isto, a Resistência, uma justaposição de atos temerários onde cada ator jogava roleta-russa: depois de apertar o gatilho, passava a arma ao camarada seguinte?

Ficou um bom tempo parado na praça. Tinha a sensação de estar sozinho no centro de uma imensidão de silêncio. Pensou no deserto do Fezzan, nos soldados das Forças Francesas Livres que combatiam num exército regular, sob as ordens de um general francês. Faziam uma guerra franca e, sem dúvida, decisiva, visto que Hitler acabava de constituir o Afrikakorps, sob o comando do general Rommel, numa clara demonstração de que a África do Norte, o Egito, a Líbia tornaram-se um teatro essencial de operações.

Isso lhe deixava apenas um sentimento de desânimo e injustiça. Que estava fazendo aqui, arriscando a vida nesta guerra clandestina? Os ferimentos não tinham a brutal nitidez de uma amputação. Deterioravam-se. A ameaça era a gangrena. A suspeita de traição não poupava ninguém. O próprio Delpierre ousara duvidar até de Geneviève Villars! E ele, Delpierre, que se dava ares de chefe, quem era ele? Um irresponsável que confiava documentos a um homem procurado ou vigiado pela polícia!

Thorenc passou da angústia à ira, do ressentimento à indignação. Jurou a si mesmo que ia para a Inglaterra, alistar-se nas FFL para combater sem máscara. Mas, primeiro, precisava atravessar a linha de demarcação. E foi então que pensou em Lydia Trajani com quem se encontrara alguns meses antes, no posto de controle de Moulins, e que o levara de carro até Vichy.

No bolso do sobretudo, achou o papel que dona Marinette Maurin lhe dera. Bastou segurá-lo para se lembrar do que Lydia havia escrito: "Venha Avenida Foch, 77. Lydia T."

Por que não?

Depois da derrota, nada mais obedecia às habituais e evidentes regras da razão. O inesperado impusera sua lei.

Por que não Lydia Trajani?

Thorenc mergulhou no metrô.

Lydia Trajani adiantou-se de braços abertos, na ampla sala revestida de mármore e espelhos bisotados que refletiam um no outro as molduras de arabescos dourados.

— Eu sabia, tinha certeza que você vinha. E fez bem — disse ela.

Vestia uma túnica longa e solta de seda branca, que esvoaçava a seu redor desnudando os seios pelo viés do decote trespassado. Os cabelos negros caíam-lhe pelos ombros. Dir-se-ia uma oriental cujos olhos contornados de rímel ocupavam todo o rosto.

Pegou Thorenc pelo braço.

— Temo por você — murmurou ela levando-o para o salão.

Max Gallo ✠ A Chama Não se Apagará

As janelas davam para a Avenida Foch, mas o nevoeiro era tão denso que a sala parecia flutuar no meio de um mar cinzento.

— É lindo, não é? — continuou ela mostrando os quadros, tão numerosos que as molduras se encostavam umas nas outras.

O apartamento, em que Thorenc podia perceber a sucessão de cômodos, era de um luxo acintoso. Estava repleto de peças de valor que pareciam ter sido amontoadas: estatuetas e bibelôs antigos, tapetes, móveis marchetados.

— Von Brankhensen foi quem me deu tudo isto! — exclamou.

Riu e explicou:

— Ele requisitou o apartamento e me deu. Os proprietários, judeus, fugiram para os Estados Unidos. Deixaram tudo. Tudo! Como num conto de fadas. Von Brankhensen abriu a porta e disse: "Instale-se, minha querida, você está em sua casa." Um sonho! Ele nunca vem aqui, eu é que vou à casa dele.

Convidou Thorenc a se sentar diante dela, tocou a sineta para chamar uma empregada e pediu que servisse café.

O general estava morando no antigo palacete do barão Robert de Rothschild, perto do Élysée. Lydia ia vê-lo todo dia. Thorenc não podia imaginar a riqueza e a beleza desses aposentos, dizia ela.

— Von Brankhensen é um autocrata, do tipo que combina bem com o luxo, um amigo tão requintado quanto generoso.

Parou de falar enquanto a copeira servia o café. Thorenc fechou os olhos. Esse aroma esquecido era como uma volta aos tempos antigos, a tudo o que se tornara inacessível: o direito de ser o que éramos, de pensar e escrever o que queríamos.

Bebeu devagar, saboreando cada gole como para se persuadir de que a verdadeira vida ainda existia e um dia, portanto, ele haveria de desfrutar de novo os prazeres e as liberdades.

— Os empregados dos Rothschild... — recomeçou Lydia.

Ela cruzou as pernas, revelando as panturrilhas bem torneadas, os joelhos e o início das coxas. Percebendo o olhar de Thorenc, riu e murmurou:

— Você continua o mesmo!

E voltou ao assunto:

— Os empregados dos Rothschild foram todos mantidos por Von Brankhensen. Até uma velha lavadeira judia, pois o general é um homem que sabe viver. Ele dá festas de Natal a todos eles, coisa que os Rothschild nunca fizeram.

Levantou-se:

— Venha cá!

De mãos dadas, ela o levou a percorrer os salões, o escritório-biblioteca, os banheiros de torneiras douradas, e se afastou para que ele entrasse primeiro no quarto onde sobressaía uma enorme cama de baldaquim.

— Eu durmo sozinha — murmurou ela. — Feito uma donzela.

E se dependurou no pescoço de Bertrand.

— Às vezes recebo um adorável tenente do Estado-Maior de von Brankhensen. Ele quer casar comigo, mas teme o ciúme do superior hierárquico. Por mim, não tenho a menor vontade de me ligar a esse belo rapaz, pelo menos não de imediato. Não recusei um ministro, o senhor Maurice Varenne — pronunciou o nome com a seriedade pomposa de um mordomo de comédia, — para virar madame Konrad von Ewers... Prefiro os artistas, como você!

Derrubou-o na cama, afastou-lhe os braços e montou em cima dele.

— Foi você quem me tirou de Bucareste e é o responsável por tudo isto...

De súbito, ela assumiu um ar severo, quase obstinado.

— Eu me lembro de tudo e de todos. Tenho minha contabilidade pessoal. Há os que me ajudaram e os que me ignoraram, rejeitaram ou traíram.

Deitou-se ao lado de Thorenc.

— Há os que me deram prazer e outros com quem o tempo me pareceu custar muito a passar — acrescentou.

Thorenc não fez um gesto, enquanto Lydia Trajani desfazia o nó de sua gravata e desabotoava a camisa. Deixou que ela lhe acariciasse o peito lentamente até escorregar para os pés da cama e forçá-lo a afastar as pernas.

Ele enfiou os dedos entre as mechas negras, reclinou-se e cedeu ao desejo e ao prazer, esquecendo-se de onde estava. Depois, empurrou Lydia, forçando-a a se deitar, e penetrou-a com fúria, agarrando-a pelos cabelos com uma das mãos, enquanto lhe comprimia os seios com a outra. Conteve-se, aguardando o instante em que ela se abrisse toda e, num movimento instintivo, projetasse os quadris soltando uma espécie de arquejo pelos lábios entreabertos.

Então, ele se abandonou, afundando nesse corpo agora dócil, morno, lânguido, agradecido.

— Sou freqüentemente convidada para os coquetéis, almoços e jantares que von Brankhensen oferece. Você não pode imaginar: centenas de pessoas vão a todas as recepções. O mordomo disse que eram praticamente os mesmos convidados de Robert de Rothschild — contou Lydia.

Calou-se por alguns minutos, e Thorenc, virado para ela, sentiu-se fascinado pela perfeição desse corpo de pele trigueira. Não conseguiu deixar de apoiar a cabeça no ventre dela e ouvir o surdo latejar do sangue pulsando na artéria.

Lydia segurou o rosto de Thorenc entre as mãos e o comprimiu contra o corpo:

— Seria muita estupidez se você morresse quando nada mudou realmente para esses espertalhões, nada! Seja tão astucioso quanto eles, senhor de Thorenc!

Ela o afastou, sentou-se, dobrou o braço e apoiou o rosto na palma da mão, sem deixar de olhar para Thorenc.

— Se você soubesse o que eu escuto! — continuou ela. — Eles falam abertamente na minha frente. Pensam que não ouço, que fico entediada, que sou burra como toda mulher bonita. É o papel que eu represento. Não com você! Com você, não! O senhor de Thorenc é o meu luxo...

Achegou-se mais e apoiou o queixo no peito de Bertrand.

— Déat, Alexander von Krentz, meu tenentinho von Ewers estavam no último almoço. E também Werner von Ganz, que não escondeu que é muito íntimo de dona Cécile de Thorenc, sua mãe, que esses senhores tanto apreciam...

Enquanto falava, pôs-se a afagar o peito de Bertrand.

— Déat é o mais infame de todos: um fanático de olhar depravado. Ele me mete medo. Diz que o marechal Pétain está caduco, os ministros são corruptos, e que ele, Déat, é o único em quem os alemães podem confiar. Pediu para Alexander von Krentz pressionar o diretor Michel Carlier e conseguir o apoio do *Paris-Soir* para a Aliança Nacional Popular. Foi aí que eles começaram a falar dos jornalistas, dos escritores. Werner von Ganz contou que conheceu os mais importantes na casa de Cécile de Thorenc, na Praça des Vosges, e que a maioria partilhava de um verdadeiro espírito europeu. E Déat disse, até decorei a frase quase que palavra por palavra: "Dona Cécile de Thorenc é certamente uma pessoa admirável, mas por que não tenta convencer o filho Bertrand Renaud de Thorenc, um gaullista, como certos normalistas, Delpierre, Salomon, Cavailhès, todos mais ou menos enjudeuzados, a exemplo desses pseudo-etnólogos do Museu do Homem que só vêem raça na América Central e não percebem, aqui mesmo, a força e a perniciosidade da raça judaica?"

Lydia Trajani levantou-se e se aproximou da janela.

— Eu não perdi uma única palavra — continuou. — Alexander von Krentz então confessou que você e outros o decepcionaram; e que era preciso agir com um pouco mais de firmeza em relação a vocês. Boemelburg, da Gestapo, ia cuidar disso. Mas deviam proceder por etapas e, ao mesmo tempo, mostrar-se implacáveis com os que estavam engajados na Resistência: destruí-los, esmagá-los, fuzilá-los.

Lydia Trajani voltou para a cama e se apoiou na armação do baldaquim.

— Eles me apavoram. Von Brankhensen era o único que não se interessava pela conversa. Está mais preocupado com os negócios, com as compras de material.

Ela sorriu e mostrou o quarto, girando sobre si mesma como um pião, de braços abertos.

— Até que ele se sai bem...

Espichou-se e apanhou um penhoar.

— Von Krentz deixou claro que você seria advertido e, por enquanto, ficariam só nisso em consideração a Cécile de Thorenc. Mas seria a última vez. Depois, ele estava decidido a soltar os cães da Rua Lauriston. E disse que os franceses se odiavam tanto que nem era preciso instigar uns contra os outros. Era como briga de galos: engalfinhavam-se até a morte. Déat riu muito e disse que às vezes era preciso afiar os bicos e atar navalhas nas garras dos franceses.

Enquanto Thorenc se vestia, ela rodopiava em torno dele.

— É pavoroso demais — continuou ela. — Por isso eu fiz questão de preveni-lo você. Von Ewers, meu tenentinho, achou logo seu endereço. Tenho certeza de que a zeladora mostrou à Gestapo o papel que eu deixei. Aliás, ela deu a entender que ia mostrar. Mas eu estou pouco ligando! Achei até que seria melhor assim. Eles desconfiam uns dos outros. Von Brankhensen é poderoso, é ele quem controla o sistema nervoso da guerra. O pessoal francês da Rua Lauriston só se dedica a pequenos tráficos. Falaram-me de um certo Henry Lafont que trabalha com dois policiais, Marabini e Bardet. Ele quer me conhecer. Von Ewers me aconselhou a evitar: Lafont é um safado, um tipo perigoso. Mas me atrai. Gosto de brincar com o fogo. Aliás, é por isso que você está aqui!

Foi até a janela. O nevoeiro começava a se dissipar. Viam-se os prédios do outro lado da avenida.

— A Gestapo está instalada bem em frente — indicou. — No número 84. Se...

Virou-se para Bertrand e continuou:

— ... se um dia você for parar lá, não esqueça que eu estou aqui pertinho. Ou será que já terei ido embora? Sonho muito com os Estados Unidos. É coisa para mais tarde, quando eu for rica. Atualmente, em Paris, há tanto dinheiro passando de mão em mão...

Ela ri e conclui:

— Portanto, vou ficando por aqui um pouco mais.

Thorenc enlaçou-a pela cintura e sussurrou que esse dinheiro queimava, e, se ela dispunha de meios, devia deixar a Europa o mais depressa.

Ela deu de ombros. Pois não tinha acabado de dizer que gostava de brincar com fogo?

— Quando a gente goza, não sofre — murmurou ela colando-se nele. — Você me puxa os cabelos que parece que vai arrancar tufos, aperta meu seio, me morde, eu arranho você, dói, mas não é uma dor de verdade. A gente goza! É isso que eu amo. A vida em Paris, para mim, é isso!

Ele a abraçou e deixou escapar como se fosse uma proposta obscena:

— Me ajude. Preciso alcançar a Zona Livre.

Ela sorriu, cúmplice.

Terceira Parte

10

Thorenc ergue os olhos.

Lê a placa da rua que vai atravessar, vindo da Avenida Foch. Desde há alguns minutos, tinha impressão de estar menos exposto do que quando precisou subir novamente algumas dezenas de metros pela aléia lateral da avenida, ao sair da casa de Lydia Trajani. Sentiu-se como se fosse uma caça atravessando a matilha: sentinelas armadas, oficiais arrogantes, civis de rostos meio encobertos pela aba quebrada do chapéu de feltro escuro. A cada passo, tinha a impressão de que iriam reconhecê-lo, agarrá-lo, rasgar a bainha de seu sobretudo, encontrar o envelope, e arrastá-lo a pontapés para dentro desses prédios em cujo frontão esvoaça a bandeira da cruz gamada.

Tentou manter o sangue-frio, caminhou de braços cruzados, cabeça baixa, procurando não se sobressaltar quando os carros pretos frearam diante da sede da Gestapo e uns tipos saíram empurrando um pobre coitado de cabeça descoberta, que lançava olhares aterrorizados ao redor — e ele, Thorenc, sentiu vergonha por se afastar como se temesse cruzar esses olhos e entender o apelo.

Eu fugi, pensou. Sou um covarde, um poltrão.

Ele pega a primeira rua à esquerda. Caminha sem levantar a cabeça como um pedestre que enfrenta rajadas de vento. Encontra a rua deserta, as calçadas vazias e, ao longe, na Praça Victor-Hugo, viaturas alemãs e soldados.

Desvia novamente, entra por uma rua estreita feito uma falha entre duas falésias cinzentas. Pouco a pouco, recupera a calma. Avista um velho que passeia com seu cachorro. Descruza os braços e inspira profundamente.

Aceitar a derrota e a ocupação é tornar-se um covarde, um fujão, um medroso, é andar de cabeça baixa, como acaba de fazer, para que não leiam nem compaixão nem revolta em seus olhos, para que imaginem uma completa submissão em sua atitude.

Mas conseguiria enganá-los?

Lembra-se das palavras de Lydia Trajani, no momento em que a deixou.

Os espelhos do vestíbulo devolviam e multiplicavam a imagem da jovem de tal maneira que Thorenc tinha a impressão de que ela girava em torno dele, e, no entanto, ela estava em sua frente, acariciando-lhe o rosto num gesto de ternura cheio de melancolia e comiseração.

— Então, você precisa chegar à Zona Livre — repetiu ela. — Meu pobre querido.

Afastou-se dele, indo e vindo no amplo vestíbulo, e então começou a andar depressa, subitamente empolgada, parecia que os reflexos de sua imagem se entrecruzavam, misturando, superpondo os brancos véus de seu penhoar.

— Você também, senhor de Thorenc, é igual a eles, é sim, é sim... pensa que eu sou idiota...

Ergueu os braços, revelando com esse gesto os tufos negros de suas axilas e, por um instante, ele parou de ouvir o que ela dizia, seduzido de novo por esse corpo flexível, esses seios que se entremostravam pesados e firmes.

— Quando vi você com dois amigos no Colibri, acha que eu pensei o quê? Que estavam falando de mulheres e de cavalos?

Ela riu, jogou a cabeça para trás e plantou-se diante dele:

— Há três tipos de gente, hoje em dia. Os que fazem fila em frente às lojas: a multidão, que nem formigas, os pobres coitados. Ouço como batem boca por um lugar na fila. Olhe para eles, esses homens, essas mulheres, seus filhos magros e pálidos, de olhos fundos, com seus cachecóis de tricô enrolados no pescoço e galochas nos pés...

Apontou o indicador para Thorenc.

— Você, senhor de Thorenc, não é de entrar em fila por cento e cinqüenta gramas de pão, setenta e cinco gramas de carne ou um quilo de rutabagas e tupinambos; isso a gente vê logo; portanto, você pertence a uma das duas outras categorias. Quanto a mim, estou numa...

Girando sobre si mesma, ela mostrou os espelhos do vestíbulo, a série de cômodos:

— Eu aproveito, estou metida nisto até aqui — disse ela, levando a mão na altura do pescoço—, estou com os vencedores, você entende? Só tenho uma vida. Gosto de seda, de *champagne*, de homens como você...

Tocou o rosto dele meio bruscamente.

— Mas o senhor de Thorenc e seus amigos, que não têm cara de quem faz fila diante das lojas, não são do mesmo tipo que eu. E se não são, é porque são do outro: o dos gaullistas, o da Resistência...

Pronunciou essas duas palavras com desprezo e deu de ombros.

— Estou pouco ligando, contanto que isso não me ameace, e se eu puder tirar partido, por que não?

Ela se dependurou no pescoço de Thorenc.

—Você precisa passar para a Zona Livre? Não pergunto o que vai fazer lá. Além do mais, isto aqui está perigoso para você, eu avisei. Como lhe devo alguma coisa, não quero que você seja preso, mas, por hora, estamos quites.

Afastou-se dele.

—Vou lhe ajudar a ir para a Zona Livre. Se um dia, você e seus amigos forem os vencedores, não se esqueçam de mim.

Enroscou-se nele, afetando ares de vampe.

— Uma mulher frágil, que só procura satisfazer os homens...

Depois, com o ar sério, enérgico mesmo, empurrou-o para a porta.

— Esteja aqui amanhã às oito horas.

Na soleira, ela murmurou ainda:

— Até lá, trate de não ser preso!

Thorenc pára na beira da calçada como que esperando passar uma fila de carros, embora não passasse nenhum.

Fica assim alguns segundos lendo e relendo a placa da Rua Lauriston, para descobrir que estava na altura do número 53.

Inclina-se um pouco. Mais adiante da rua, nota viaturas paradas diante de um pequeno palacete de quatro andares, cinzento e banal; provavelmente o número 93 onde se abancaram os comissários Marabini e Bardet, que deixaram a Polícia para ficarem a serviço dos alemães, e aonde vão também os dois antigos leões-de-chácara, Ahmed e Douran, depois do serão na Boîte-Rose. Ali, onde reina esse Henry Lafont que Lydia Trajani tanto deseja encontrar, apesar do aviso do tenente Konrad von Ewers.

Thorenc atravessa a Rua Lauriston, segue por uns cem metros, e vira à direita como se quisesse despistar alguém.

Anda mais depressa, foge de novo, angustiado com a idéia de não conseguir escapar. Eles estão em toda parte, eles o acuam.

Onde passar a noite?

Devem estar vigiando seu ateliê. Mas nem precisam ficar à espreita no Bulevar Raspail. A senhora Maurin vai avisá-los quando ele chegar: ela tem tanto medo por si mesma e pelo marido, o guarda Maurin, que sabe que deve obedecer aos que detêm a força e fazem as leis. Mas o ocupante e seus cúmplices é que fazem as leis. E os bravos guardas municipais, com seus cassetetes brancos presos no cinturão, os guardas de trânsito, os que percorrem as ruas dois a dois, de bicicleta, com a pelerine cobrindo a roda traseira, esses guardas bonachões que são chamados de "Andorinhas", lá estão eles detendo estudantes, porque assim lhes ordenou o senhor Xavier Vallat, comissário-geral para as Questões Judaicas. E eles devem executar as ordens!

Desobedecer? Resistir? Isso leva à prisão, ao fuzilamento. Prendem um capitão-de-mar-e-guerra como d'Estienne d'Orves, condenam à morte um general como De Gaulle: quem haveria de proteger os pequenos, os sem-graduação, os humildes, os agentes da Polícia, se eles resistissem?

Thorenc chega à Praça do Trocadero.

Há ônibus estacionados. Soldados alemães descem para admirar o panorama, serem fotografados diante da Torre Eiffel, como Hitler na foto reproduzida na capa da revista *Signal* exposta em fileiras no mostruário de todas as bancas.

Eles invadiram tudo.

Lembra-se do que Delpierre contou. Dos caminhões cheios de SS que chegam nesta mesma praça, soldados que cercam o Museu do Homem. E

Georges Munier, Lewistsky, tantos outros foram presos, só Geneviève Villars foi solta...

Thorenc entra no café que fica na esquina da Avenida Kleber com a Raymond-Poincaré.

Quase todos os lugares estão ocupados por alemães, soldados e oficiais que colocaram bonés e quepes nos bancos e nas mesas.

Suas vozes, suas risadas, ressoam na sala.

Thorenc tem a impressão de que eles o olham como um intruso ou um sobrevivente, quase um resquício.

São os donos.

Logo esqueceremos Kléber e Poincaré, homens da vitória. Só restarão a derrota, a humilhação, a suspeita.

Por que libertaram Geneviève? Que transação ela teria feito com eles?

Sente-se sujo por esses pensamentos que lhe insuflou Delpierre, e até o próprio irmão de Geneviève, Pierre Villars. Desconfiar de Geneviève: temerária demais, disse Pierre. Afastar-se dela, visto que a puseram em liberdade, aconselhou Delpierre.

Ele se apóia na balcão.

Somente ali se encontram alguns franceses que não trocam um olhar sequer.

Pede um conhaque. O *barman* alça os ombros.

— Reservado àqueles senhores — responde fazendo um movimento de cabeça em direção à sala.

Depois, apanha uma garrafa e enche um copinho bojudo que Thorenc esvazia de um trago.

Sente-se um pouco melhor.

Apalpa o envelope dentro do sobretudo.

Cada hora, cada dia de liberdade ganha é uma vitória contra eles.

Agora, só precisa passar a noite.

Thorenc atravessa a sala. Os olhares dos homens fardados prendem-se nele.

Os Patriotas

Paira um odor de lã impregnada de suor. Ele tenta não ver, não sentir, não ouvir. Fecha-se na cabine telefônica.

Poderia experimentar dormir na casa de sua mãe, na Praça des Vosges. Mas, diante da idéia de ter de disfarçar o desprezo, a raiva, talvez a obrigação de ouvir um Werner von Ganz, com certeza o último amante de Cécile de Thorenc, ele desistiu.

Durante alguns segundos, teve a tentação de voltar para casa e se entregar à sorte, ao acaso, à fatalidade. Sente-se atraído por esse abandono.

Mas há essas risadas e, de repente, até cantos que se elevam e invadem a cabine em modulações abafadas.

Também pode telefonar a Isabelle Roclore. Sua ex-secretária no *Paris-Soir* hospedou Stephen Luber e a irmã dele, Karen. Ela já correu risco.

Mas hesita.

Talvez o apartamento de Isabelle, na esquina da Rua d'Alésia com a Rua da Tombe-Issoire, tenha virado uma ratoeira como o de Julie Barral.

Lembra-se dos cômodos brancos, do corredor, das cortinas fechadas da noite que passou ali, provavelmente bêbedo, fazendo amor numa semi-inconsciência com Karen Luber. Que fim levou ela? E Stephen Luber? Imagina irmão e irmã presos, torturados, entregando o nome de Isabelle, talvez até o dele, Thorenc.

Se não puder dormir em casa dela esta noite...

Hesita, mas acaba discando o número do *Paris-Soir*.

A telefonista — uma voz desconhecida — pede que ele repita o nome de Isabelle Roclore; é o bastante para que ele pense que ela já foi presa, interrogada, talvez ali, na Rua Lauriston, onde os homens espancam e torturam.

Mas a voz jovial repete:

— Isabelle Roclore, a assistente do diretor? Claro.

Portanto, ela ainda estava lá, agora trabalhando com Michel Carlier.

Ele escande as palavras:

— Da parte de Bertrand Badajoz.

Isabelle iria se lembrar dessa reportagem do tempo da guerra civil espanhola, dos fuzilados com os rostos cobertos por enxames de moscas.

Max Gallo   A Chama Não Se Apagará

— Esta noite, em sua casa — disse ele apenas.
Depois de um longo silêncio, ela respondeu:
— Vinte e uma horas.
 E desligou.

11

Thorenc caminha devagar. Consulta novamente o relógio de pulso. O tempo custa a passar. Sente-se ao mesmo tempo abatido e febril. Aonde ir? Ainda faltam umas dez horas para ir à casa de Isabelle Roclore.

Ele hesita, volta atrás, inquieta-se.

Acha que a qualquer momento vão interpelá-lo, revistá-lo, encontrar os documentos que traz no forro do sobretudo. Às vezes, tem certeza de estar sendo seguido. Pára diante de um quiosque, compra vários jornais, sempre olhando ao redor.

Talvez o convite de Lydia Trajani para que ele a visitasse tenha sido uma arapuca; seria seguido pela polícia que o prenderia e identificaria seus contatos: Delpierre e Pierre Villars, que ela vira no Colibri. Se assim for, ele os estará levando a Isabelle Roclore. Ela será presa e torturada. E denunciará Stephen e Karen Luber.

Thorenc se mortifica, mas controla-se pouco a pouco.

Esse medo que eles difundem como um veneno é a principal arma que utilizam. Com ela, eles intimidam, paralisam as pessoas.

Thorenc olha os soldados, deselegantes nos casacões, abancados nos terraços dos cafés da Champs-Élysées.

A manhã está terminando. Velado, o sol de inverno difunde uma luz meio cinza, vaporosa e prateada. Em frente ao Soldatenkino, o cinema Marignan que lhes foi reservado, aglomeram-se mais alemães. E em toda parte, essas mulheres que riem agarradas nos braços deles. Não são prostitutas, mas simples moças francesas, alegres e despreocupadas. Enquanto desce a avenida, Thorenc as observa. Elas não abaixam os olhos. Não o vêem.

Vivem o momento, companheiras de um guerreiro vencedor numa espécie de inocência e cinismo misturados.

Fica repetindo as palavras a meia voz, como um idiota que fala sozinho:

— Não, não são putas!

Está ao mesmo tempo desesperado e humilhado como se sua própria mulher, sua filha, sua irmã se tornassem despudoradas diante dele.

Senta-se no terraço de um café. Olha, de braços cruzados. O que é a nação para essas moças? E para esses embasbacados que ficam na frente do Hotel de Crillon à espera da troca da guarda alemã? Ele os observou; leu em seus rostos a admiração pela força vitoriosa, por essa disciplina que transforma homens em autômatos; viu que estavam fascinados como escravos diante de seus senhores. E parecia que todos prendiam a respiração para escutar a ordem gutural e ouvir bem a batida dos tacões na calçada, a cada passo.

Ele próprio sentia um estremecimento quando as ordens ressoavam, secas.

A que ponto chegamos!

Põe os jornais em cima da mesa. Conhece a maior parte desses jornalistas de meia-tigela que escrevem em *L'Œuvre*, *Paris-Soir*, *Les Temps nouveaux*, *Au Pilori*. Sente repulsa por eles. São uns oportunistas e renegados. Um deles era pacifista: "Sou pacifista integral", repetia; e, no *Le Matin*, exorta à guerra contra a Inglaterra. Outro era comunista; e agora elogia a revolução nacional-socialista! E aquele que escreve: "Morte ao judeu! Morte à vilania, ao fingimento, à astúcia dos judeus! Morte a tudo que é falso, feio, sujo, repugnante, negróide, mestiço, judeu!" E essa mulher, com quem antes cruzava nas entrevistas coletivas, que pede que todos os judeus sejam reunidos em campos de concentração, "lugar ideal para ensinar os judeus a trabalhar para os outros. Magnífica oportunidade de assumirem a responsabilidade de se redimirem servindo à Humanidade que eles levaram à desgraça!"

E depois, de editorial a crônica, a manifestação das invejas, dos ajustes de contas. Déat investe contra os "malefícios de Vichy", o pessoal de Pétain, considerado anglófilo! E o ódio vira-se contra De Gaulle, "a pior espécie de homem..., deslumbrado com as ofertas de dinheiro, que só um país como a Inglaterra pode fazer..."

Fecha os jornais, procura se acalmar. Não deveria espantar-se com a fraqueza e a covardia de uns, a inconstância de outros, sobretudo dessas moças que vivem ao sabor da hora, preocupadas em usufruir cada momento com quem lhes possa dar prazer. Ainda mais que esses soldados, que trocam um marco por vinte francos, são ricos; eles esvaziam as butiques, compram tudo o que elas querem, até as mulheres que nem mesmo sabem que estão se vendendo.

Thorenc levanta-se e afasta-se de cabeça baixa. Os jornais ficaram na mesa. Ele pensa nos manifestantes de 11 de novembro de 1940, em Henri e Brigitte Villars, nos colegas de Geneviève, nos professores Munier e Lewitsky que acabam de ser presos.

Quem pesa mais na balança: os que lutam, os que se submetem, ou os que tiram proveito, sejam quais forem as circunstâncias?

Ele chega à Praça Gaillon. Quantas vezes já jantou no Drouant. Aproxima-se, reconhece o manobreiro, que agora abre as portas dos carros alemães. Vê escritores entrando no restaurante, atores com quem se dava antes da guerra. Sentiu uma momentânea tentação de segui-los. Onde poderia estar em mais segurança do que no meio desse mundo de "espertalhões" de que falava Lydia Trajani?

Passa lentamente diante do restaurante. Poderia comer aspargos com *sauce hollandaise* ou pato Médéric, por cinqüenta e cinco francos.

Mas não pára.

Num botequim da Rua dos Halles, ele pede o prato do dia, por dez francos e cinco tíquetes de carne: bofe de boi com *sauce bourguignonne*.

É vermelho e negro, como seu humor.

12

Thorenc atravessa a rua rapidamente e pára colado à fachada do prédio de Isabelle Roclore.

Uma bruma gelada flutua rente ao chão, escondendo o cruzamento da Rua d'Alésia com a Rua da Tombe-Issoire. Fica à espreita. Nenhum ruído de passos ou de motor. Um silêncio petrificado como um bloco envolvido por essa atmosfera branca e gelada que aperta a garganta e sufoca de tão fria.

Espera. Não foi seguido. Enfia-se pela entrada e sobe a escada tateando, sem acender a luz. Quando chega ao quarto andar, Isabelle abre a porta do apartamento antes mesmo que ele se aproximasse. Pela mão, ela o puxa para dentro e fecha a porta. Está tudo escuro.

Thorenc sente a respiração de Isabelle. Sussurra que ele fale baixo. Talvez ela esteja sendo vigiada. Não responde pelos vizinhos que acabam de se mudar. Amanhã, ele tem de ir embora cedo, assim que terminar o recolhimento. É preciso que continuem pensando que ela mora sozinha.

Ele aspira o perfume que ela exala. Ela roça em Thorenc. De repente, num gesto instintivo, ele a abraça e a aperta contra si. Tem necessidade desse contato, depois de passar a manhã toda vagando pelas ruas com o sentimento de estar sozinho contra todos, como uma espécie de visionário que procura lutar contra a manifesta certeza da indiferença, da cumplicidade, da covardia frente à força. De fato, várias vezes chegou a pensar que estava louco.

Também precisa se acalmar.

Isabelle fica um instante assim juntinho dele, mas depois o empurra com brutalidade, de punhos cerrados, dando cotoveladas para se desprender. Ela não levanta a voz, mas o tom é violento, raivoso, eivado de desprezo:

— Foi para isso que você veio? Não me admira. Mas está pensando o quê?

Ele acaba por afrouxar o abraço.

Então ela não compreendeu que seu gesto não tinha qualquer intenção equívoca, que ele não sentia nenhum desejo por ela? Segue-a pelo corredor parcamente iluminado. Na sala, as cortinas estão fechadas.

Ela empurra a porta do quartinho onde, não faz muito tempo, ele encontrara Stephen Luber e depois Karen, a irmã do alemão.

Isabelle não diz mais uma palavra, limita-se a olhá-lo de relance, quando ele pede desculpa, murmurando:

— Você me perdoe, compreenda...

E continua a explicar que se conhecem há tantos anos. Fizeram amor tantas vezes. Ainda continuam ligados, senão ela não o teria acolhido por esta noite.

E diz o que ele sente realmente:

— Somos da mesma família, Isabelle. Estamos do mesmo lado.

Ela o observa demoradamente.

— Estou com os nervos à flor da pele — diz ela.

E vai até a cozinha.

— A gente precisa estar alerta o tempo todo. Desconfiar de todo mundo.

Pergunta se ele quer jantar e, enquanto fala, põe na mesa um prato, patê e presunto.

Sorri.

— Michel Carlier quer que eu seja uma assistente eficiente, de modo que me dá um pouco do que seus amigos lhe levam. Aproveite.

Ele a interroga: — Carlier? *Paris-Soir*?

Isabelle é a única que ficou do pessoal de antes da guerra. O patrão fez questão de conservá-la. Ela teve o salário aumentado e goza de muitas vantagens.

Em frente ao prato, ela coloca uma garrafa de *bordeaux* e explica:

— Carlier conseguiu que o Kommandantur de Bordeaux entrasse em conciliação com não sei quem. A título de agradecimento, ganhamos duas caixas de *bordeaux*, mas na certa o Kommandantur recebeu dez vezes mais!

Senta-se diante dele e volta a falar.

— Apesar de tudo, gostaria que você soubesse que eu quis me demitir.

Olhando para ele, ela acrescenta:

— Desculpe, mas não tenho pão.

Levanta-se e vai se apoiar no aparador.

— O mais insuportável é a avidez deles. Carlier parece um animal insaciável, um rapinante. Abriu uma produtora em sociedade com um alemão, Alfred Greten, da Continental, e com Massimo Girotti, da Itália Films. Em cada filme que produz, ele põe a mulher Viviane Ballin. E a joga nos braços de Alexander von Krentz ou Werner von Ganz...

Pára de falar e se debruça apoiando as duas mãos na mesa. Olha para Thorenc que corta o presunto devagar.

— Carlier me contou que esse Ganz é amante de sua mãe, Cécile de Thorenc; em todo caso, um íntimo...

Isabelle endireita o corpo.

— Sabe o que Carlier disse?

Bertrand sacode a cabeça.

— Que você joga nos dois times com muita habilidade: sua mãe é seu aval junto aos alemães; ela o protege e o salva. E você mantém suas amizades — Isabelle se debruça novamente —, seus *amores* gaullistas!

Ela começa a andar pra lá e pra cá na cozinha.

— Como é que ela se chamava mesmo? Geneviève Villars...

Pára de andar, pergunta se Thorenc quer mais alguma coisa, e continua:

— Prenderam muita gente no Museu do Homem, mas ela foi solta. O que acha disso?

Thorenc se levanta e segura Isabelle pelos ombros. Não gostou da maneira como ela pronunciou as últimas palavras.

Ela se solta.

— No cargo que ocupo, sei de muita coisa — enfatiza ela.

Convida-o a terminar de jantar, mostrando o presunto e o patê. Até lhe serve vinho, enquanto o observa com uma ironia um tanto altiva.

— Por que veio dormir aqui? Quem está ameaçando você? Sabem que você está aqui? E depois, se eles soltaram Geneviève Villars...

Ele dá um berro:

— Chega! — e uma bofetada.

Foi como se ele expelisse, nesse grito, nesse gesto, a angústia e a raiva, as humilhações e as suspeitas acumuladas, as dúvidas que o dilaceravam a respeito de Geneviève e o medo presente a todo momento, tudo junto. E desaba, esgotado.

Isabelle Roclore dá um pulo. Soca o rosto de Thorenc, os ombros. E desabafa:

— Calhorda, vendido!

Ele aceita os socos, as acusações, sem reagir.

— Você sempre foi assim — diz ela se esganiçando —, sempre em cima do muro.

E faz um esgar de desprezo.

— É preciso desconfiar sempre de homens como você, sedutores que iludem todo mundo! Mentir e enganar fazem parte dos seus hábitos...

De repente, cai sentada na cadeira e desabafa sacudindo a cabeça:

— Você gritou comigo, devem ter ouvido no prédio todo, com certeza.

Esfrega a bochecha.

— E me esbofeteou!

Sua voz parecia a de uma menina chorosa. Thorenc se aproxima, senta-se ao lado dela e passa o braço em torno de seus ombros.

— Estamos no mesmo barco, eu já disse — murmura ele. — Estou sendo procurado. Devo ir à Zona Ocupada, a todo custo. É nisso que estou metido. Precisava de um lugar para passar a noite e me lembrei de você. Confio inteiramente em você.

Ela se vira para ele, olhos nos olhos.

— Não agüento mais — admite ela.

Ser assistente de Michel Carlier é um calvário. Ela tem de acompanhá-lo em todas as entrevistas que ele marca. Com François Luchaire, do *Temps Nouveaux*, com Déat, com Alexander von Krentz ou Werner von Ganz. Vê como ele intriga, bajula, denuncia até. Apropriou-se de várias produtoras cinematográficas que pertenciam a judeus. Viviane Ballin já fez duas viagens oficiais à Alemanha com vários atores, mas ele é que promove tudo com Werner von Ganz.

— Eles detestam você — diz ela, subitamente. — Carlier é um poltrão, mas quer sua pele. Sei que ele falou de você a Henry Lafont.

Fica agarradinha a Thorenc, como se estivesse com frio.

— Um assassino que os alemães tiraram da prisão e agora dirige um bando de matadores. Ele é quem manda executar, prender, torturar, roubar. Carlier treme diante dele. Lafont está instalado na Rua Lauriston, 93.

— Eu sei — murmura Thorenc, baixinho.

— Eu me encontro com essa gente — declara Isabelle. — Se descobrirem o que eu faço, vão me cortar viva, em pedacinhos. Carlier me contou que, quando Lafont ordena uma execução, exige que lhe tragam a cabeça da vítima.

Isabelle está tiritante. Ele a estreita em seus braços.

Ela se levanta e o arrasta para o quarto. Ele hesita, mas ela segura sua mão com uma tal determinação que ele se deixa levar. Na porta do quarto, ela solta Thorenc e vai até o armário embutido.

As cortinas estão fechadas. Os abajures das duas mesinhas-de-cabeceira difundem uma luz azulada.

Thorenc olha para Isabelle. Ela emagreceu. Transmite uma energia que ele desconhecia nela. Em seus olhos havia gravidade mas também desalento. Ela não envelheceu e, no entanto, não era mais a jovem secretária que fora sua amante e que ele tratava com desenvoltura.

Ela se volta, encosta-se nas portas do armário embutido e olha fixamente para Thorenc. Tem um ar feroz, mas seus olhos exprimem aflição e medo. Sacode a cabeça e, num gesto intempestivo, abre as portas do armário, suspende as roupas penduradas nos cabides e apanha uma valise preta que mal consegue carregar.

Coloca a maleta no chão, ajoelha-se, solta os fechos e levanta a tampa. Thorenc se aproxima. Ela ergue a cabeça e olha para ele franzindo os olhos como se apenas neste momento percebesse sua presença.

— Eu não devia — murmura ela. — Se Stephen Luber soubesse, ia me odiar, ia me matar.

Thorenc descobre os potenciômetros, os mostradores, os botões de um radiotransmissor.

— Eles transmitem daqui? — pergunta em voz baixa.

Isabelle Roclore faz que sim, depois, que não. Esconde os olhos com as mãos. Thorenc pergunta de novo, mas ela se cala, com ar zangado, fecha a maleta bruscamente, e põe de volta no armário, embaixo dos vestidos.

Senta-se na cama. Parece mais calma, quase tranqüilizada.

Começa a se despir lentamente, como se Thorenc não estivesse em pé a seu lado, ou como se há anos passassem a noite juntos; enfim, como se nunca houvessem se separado desde a última vez em que dormiram juntos, há pouco menos de dois anos, antes da guerra ou durante uma licença de Thorenc.

Enquanto desabotoa o vestido, Isabelle fala. Nem ela mesma compreende por que sentiu necessidade de mostrar a ele o radiotransmissor que um colega de Stephen Luber deixara ali algumas semanas atrás. Ele vem de quatro em quatro dias, ou de cinco em cinco, para transmitir. Fica sozinho no quarto; não leva mais que quinze minutos.

— Para Londres? — murmura Thorenc.

Isabelle levanta os ombros:

— Londres ou Moscou. Sei lá — responde.

Ela ficou só de sutiã, mas puxou uma ponta da colcha e cobriu a pelve e as coxas.

— Stephen está na Côte — diz ela. — Em Nice, Toulon ou Marselha. De vez em quando ele vai a Vichy. A irmã dele...

Olha para Thorenc com ar maroto:

— Karen, que você conheceu aqui...

E sorri complacente:

— Alguma vez você deixou passar uma oportunidade de fazer amor?

Thorenc senta-se junto dela.

— Karen conseguiu atravessar a linha de demarcação pelos lados de Arbois — continua ela.

Em lentas contorções, ela se afasta de Thorenc como se pudesse incomodá-lo com sua presença, subitamente pudica, e mete-se sob as cobertas.

— Se eles forem presos — conclui ela —, a polícia francesa vai entregá-los a Gestapo e eles serão torturados, julgados e decapitados na Alemanha.

Thorenc acaricia-lhe os cabelos, demoradamente e, pouco a pouco, sente-se tomado de desejo.

— Eu queria que você tivesse confiança em mim — murmura ela.

Ele segura o rosto dela entre as mãos, inclina-se e a abraça. Ele nunca duvidou dela, diz ele. Pois não foi se refugiar em sua casa, esta noite?

Ri em silêncio. Mas, se soubesse o que ela escondia em casa... — não diz uma palavra sobre o rádio, mas indica o armário com um movimento de cabeça — ... talvez não tivesse vindo. Pensava estar em segurança, e estava mais exposto do que nunca.

Está a ponto de contar que tem uma missão a cumprir na Zona Livre, mas hesita e contenta-se em dizer que também ele assume alguns riscos.

— Somos loucos — diz ela enrodilhando-se.

— Você poderia agir de outra maneira? — pergunta ele.

Ela faz que não com a cabeça.

— Então é uma loucura sensata — diz ele. — Um dia...

Isabelle tapa-lhe a boca com a mão.

— Acho que devemos viver cada momento — murmura. — Não podemos fazer projetos.

Ergue-se, apóia-se nos cotovelos e tira o sutiã.

— Deite-se — ordena a Thorenc.

— É um projeto — responde ele, espichando-se ao lado dela.

13

Até que a empregada de Lydia Trajani abrisse a porta do apartamento, no instante preciso em que o relógio de pêndulo, talvez o da biblioteca, que ele notara na véspera, começasse a bater oito horas, Thorenc sentia-se invulnerável.

Mas a criada inclinou-se convidando-o a entrar no vestíbulo e desapareceu. E imediatamente, ele viu um quepe de oficial alemão em cima de um dos consoles de tampo de mármore e pés torneados, em frente à porta de entrada. Um quepe que os espelhos bisotados multiplicavam em imagens deformadas e aumentadas.

Ficou paralisado na soleira, os olhos fixos no quepe.

Teve a súbita impressão de recuperar a lucidez. Repreendeu-se por ter atravessado Paris sem pensar, um segundo sequer, no que Lydia podia tramar. Não teve a menor preocupação, como se todas as inquietações da véspera não passassem de fantasmas que a confiança, a entrega, a fragilidade e também a resolução de Isabelle, sua ternura e sua meiguice houvessem dissipado durante a noite.

Tomara o metrô na Estação Alésia. Cochilara imprensado entre passageiros de rostos opacos e roupas surradas, cuja presença o tranqüilizou. Sentira-se protegido por essa massa trabalhadora, indiferente e muda, que não seria detida ou submetida a nenhum controle, nenhuma investigação, àquela hora da manhã.

Quando saíra do metrô, na Praça da Étoile, a noite ainda envolvia o Arco do Triunfo. Mas um vento forte soprava, descobrindo os contornos, já deixando entrever os blocos escuros dos prédios.

O frio insuflara-lhe um sentimento de alegria.

Andando depressa, atravessou a praça sem fazer caso das patrulhas alemãs que subiam a Champs-Élysées. Nesta manhã, esses poucos homens lhe pareceram ridículos, silhuetas irrisórias nesse cenário monumental que a História modelara século após século e que um incidente, ainda que trágico, não conseguiria destruir.

Assobiava ao entrar na Avenida Foch, pensando na maneira como Isabelle Roclore o abraçara na escuridão da entrada de seu apartamento.

Ainda nua, parecera-lhe tão frágil, tão magrinha. Dependurada no seu pescoço ela murmurou que fora preciso acontecer a guerra, a derrota, a invasão, *tudo isso* — e repetira essas duas palavras —, para que afinal eles se conhecessem melhor!

— Não adiantava nada sermos amantes do jeito que éramos — sussurrara ela.

E acrescentara, abraçando-o com força:

— Não quero dizer mais nada.

Ele sabia que ela estava lhe pedindo para ser prudente, para continuar vivo. Como resposta, segurou-a pela nuca, com firmeza, e a beijou na testa demoradamente.

A cena lhe inspirara esse sentimento de confiança, a certeza de que nada de ruim podia lhe acontecer, pois a ternura e os votos de Isabelle o protegeriam.

E, de repente, esse quepe de oficial no console da entrada do apartamento de Lydia Trajani fez com que ele se desse conta de que nunca estivera tão ameaçado.

Thorenc entra, mal ouvindo a empregada que o convidava a passar ao salão onde o senhor oficial o esperava.

A empregada parou para olhá-lo de relance, antes de explicar:

— Mademoiselle ainda está dormindo, mas deixou instruções e o senhor pode confiar nela.

Pronta para abrir a porta do salão, a criada se inclina, mas Thorenc levanta a mão: vai ficar ali, no vestíbulo.

Recua sensivelmente de modo a poder pular rapidamente para a escada. Precipitara-se de olhos vendados na armadilha, mas vai se debater.

A criada fita-o espantada, e desaparece explicando que vai prevenir o tenente Ewers.

Thorenc fica sozinho.

Recua mais em direção à porta de entrada.

Só lhe restam alguns segundos para se decidir. Tem a impressão de sufocar, de tanta emoção.

Apalpa a parte de baixo do sobretudo. A mensagem entregue por Delpierre ainda está lá junto à bainha por dentro do forro.

Não pode correr esse risco.

Estende a mão para a maçaneta, pronto a sair pela porta e correr para a escada, quando soa a campainha.

A criada reaparece e abre a porta; diante dela, um soldado alemão cumprimenta e pergunta por *Herr Leutnant* von Ewers, dizendo que o carro já chegou.

Um ruído de passos, e o tenente surge no vestíbulo.

Konrad von Ewers é um homem jovem de rosto macilento, cabelos louros raspados nas têmporas e na nuca. Sob a testa alta e abaulada, grossas sobrancelhas aprofundam seus olhos azuis. Alto, espigado num uniforme muito justo, ele exibe no peito uma Cruz de Ferro.

Batendo os tacões, ele saúda Thorenc com uma inclinação de cabeça um tanto cerimoniosa, enquanto acena para o soldado.

— Então, devo levá-lo a Vichy — diz ele sorrindo para Bertrand.

Fala um francês ligeiramente perpassado por uma modulação um pouco entrecortada.

— Mademoiselle Lydia Trajani é um tanto imperiosa — acrescenta convidando Thorenc a sair. — Ela me disse: "Konrad, já que você vai a Vichy diversas vezes por mês, pode ir amanhã para fazer um amigo atravessar a linha de demarcação. Ele está apaixonado pela mulher de um ministro e, por causa da influência do marido, não consegue *ausweis*."

Von Ewers começa a descer a escada, na frente de Thorenc.

— Naturalmente eu não acreditei em uma palavra dessa fábula e Lydia não me pediu para acreditar, mas — ele abre os braços — sua passagem da Zona Ocupada para a zona não ocupada não vai alterar em nada o destino da guerra, não é? Sendo assim, por que não levá-lo a Vichy e satisfazer o desejo de Lydia?

O dia está começando a abrir e nesgas de um azul vivo desenham, a leste, uma franja irregular que vai se alargando pouco a pouco.

O tenente Konrad von Ewers faz Thorenc sentar-se à sua direita no banco de trás do carro.

Tira o quepe e as luvas e os entrega ao chofer.

— De qualquer maneira — explica, quando o carro dá a partida —, os senhores perderam a guerra. Mas — ele sorri — nós também, apesar das aparências...

Mostra as bandeiras que esvoaçam em diversos edifícios da Avenida Foch e caminhões da Wehrmacht de onde saltam soldados que se dirigem para o Arco do Triunfo.

— E a Inglaterra também perdeu — continua. — A Europa toda — vocês, nós, eles — perdeu a guerra! São raros os que sabem disso, e mais raros ainda os que o admitem, não é, senhor Renaud de Thorenc?

Impassível, Bertrand se vira para o tenente.

— Só exigi uma coisa de Lydia — continua Konrad von Ewers. — Que ela me dissesse seu nome, sua verdadeira identidade. Estou feliz em conhecê-lo, senhor de Thorenc. Na Escola Militar, líamos regularmente suas reportagens, suas entrevistas. É verdade!

Von Ewers fica um bom tempo em silêncio, olhando o desfile dos bairros de Paris. Só volta a falar com Bertrand depois de deixarem as aglomerações do subúrbio sul, quando começam a surgir as grandes extensões cultivadas envoltas por um nevoeiro imóvel, que não chega a encobrir o azul do céu.

— Sabe quem vai ganhar a guerra, senhor de Thorenc? Stalin, meu caro! E nós, os alemães, seremos os únicos a lutar contra ele. Vocês vão nos deixar morrer nas grandes estepes geladas. Será uma nova e gloriosa lenda, sem dúvida nossa última proeza...

E começa a rir:

— Mas ainda não chegamos lá!

Dá um tapinha no joelho de Thorenc.

— Por enquanto, eu sou o vencedor, o senhor é o vencido. Mas ambos concordamos em considerar que Lydia Trajani é uma mulher de uma beleza excepcional e de uma inteligência um pouco perversa, não é?

Thorenc, com as beiradas do sobretudo presas entre os joelhos, ainda não disse uma palavra.

14

Sentado num quarto do último andar do Hotel Saint-Mart, em Chamalières, Thorenc está diante do major Joseph Villars.

A maior parte dos oficiais que pertencem ao 2º Bureau do Exército está instalada nesse austero hotel de três andares. Altos pinheiros, cujos galhos roçam a fachada, encobrem um pouco as torres nos cantos do telhado de telhas. Chove. Ouve-se o batuque irregular da tempestade na pequena sacada que dá para o parque e, mais adiante, a estrada de Clermont-Ferrand a Vichy.

Villars recebeu o jornalista dizendo com certo sarcasmo:

— Muito bem, Thorenc, com que então você chega a Vichy num carro alemão, é levado ao hotel pelo tenente Konrad von Ewers, do Estado-Maior do general Brankhensen, que lhe aperta a mão, e janta com ele no Chanteclerc, o restaurante da moda? Sabe que von Brankhensen é a viga mestra do exército alemão? Ele rouba tudo! Você escolheu bem o chofer, meu caro Thorenc! Depois vai me explicar por quê...

Estendeu a mão, com ar subitamente grave.

— Trouxe os documentos?

Thorenc entregou o envelope que Delpierre lhe confiara.

— Perfeito, perfeito — murmurou o major.

Tranqüilizado, ele começou a ler, o queixo apoiado nos punhos, os cotovelos na escrivaninha.

Atrás dele, uma janela grande abre para a sacada. Os vidros estão cobertos de lama, de tal forma que os pinheiros parecem envolvidos em nevoeiro.

De vez em quando, Villars levanta a cabeça e fixa o olhar em Thorenc. A semelhança entre o oficial e sua filha é tão grande que Bertrand sempre se sente perturbado. Promete a si mesmo indagar do major por que motivo

Geneviève foi libertada. Mas teme não ter coragem. Questionar já não é suspeitar?

Villars dobra os documentos:

— Esse tenente Konrad von Ewers correu um risco danado fazendo você atravessar a linha. A Gestapo e a Abwehr também fiscalizam os oficiais. Tiveram sorte, vocês dois. Agora me conte: onde você descobriu esse von Ewers?

Desde que chegou a Vichy, Thorenc tinha a sensação, muito maior ainda que em Paris, de estar sendo observado e seguido. As primeiras palavras de Villars logo lhe confirmaram que já o espionavam desde que desceu do carro de von Ewers, em frente ao Hotel d'Auvergne.

Fora seguido: na certa pelos homens de Villars. Souberam que havia jantado com o tenente no Chanteclerc, o restaurante da moda. Aceitou o convite como um desafio, e também para embaralhar as pistas e confirmar que estava apostando tudo.

Na mesa, von Ewers mostrou-se loquaz. Sua família, disse ele, é aparentada com a de Werner von Ganz.

— Um amigo de sua mãe, dona Cécile de Thorenc, não é?

E afirmou que von Ganz, como inúmeros alemães, está perdidamente apaixonado pela França. Não só o embaixador Otto Abetz, como Alexander von Krentz também partilham desse sentimento.

— Somos a quinta-coluna pró-francesa do exército alemão! — acrescentou com uma gargalhada.

Depois segurou e apertou o pulso do conviva:

— Mas vocês precisam nos ajudar, Thorenc! Sobretudo quando formos lançados na guerra contra a Rússia. Esse vai ser o principal confronto, um combate entre civilizações!

Ergueu a taça.

— Como lhe disse, se não ganharmos a guerra, se os povos da Europa não lutarem ao nosso lado, Stalin e o comunismo — a barbárie russa, Thorenc, os asiáticos — serão os únicos vencedores.

Villars ouve Thorenc relatar seu encontro com von Ewers na Avenida Foch.

— Será preciso não perder o contato com essa Lydia Trajani sobre a qual já temos muitas informações — diz o major. — E com von Ewers, naturalmente.

Levanta-se, segura o ombro de Thorenc e abre a janela. A água cai sobre a paisagem como uma grande cortina franjada.

— Não sente necessidade de respirar um pouco? Você está sendo cercado há meses. Não está sufocado com toda essa gente seguindo você, em Paris e em Vichy?

Fecha novamente a janela.

— É claro que, desde a sua chegada, alguns dos nossos estiveram na sua cola. Mas a polícia do Marechal... — suspira — ... enfim, do governo, também estava.

Volta a sentar-se e continua:

— Laval conta com um partidário fiel, Marquet, o ministro do Interior. E é prestigiado por todos os ministros, visto que, para os alemães, ele é o homem de confiança, o símbolo da colaboração. E também o almirante Darlan, o sucessor do Marechal, o ambicioso...

Villars faz uma careta.

— Darlan talvez seja mais perigoso que Laval, pois tem ar de oficial honesto, enquanto o outro tem cara de trambiqueiro safado. Mas é Darlan que quer oferecer bases aéreas na Síria para os alemães atacarem os ingleses. Ele pretende ter um encontro com Hitler e envolver a França numa aliança com a Alemanha.

O major sacode a cabeça.

— Terrível, não é? O Marechal está senil, os ministros são corruptos. É só traição e o diabo.

Com a ponta dos dedos, ele tamborila a beirada da mesa.

— Mas é uma completa ilusão. O Marechal dá seu passeio diário com passo firme. Todos o observam, pensam que a cabeça dele está tão aprumada quanto as costas. Os bispos o bendizem; nos púlpitos, os padres elogiam sua obra, as mulheres se ajoelham, os ex-combatentes o saúdam com lágrimas nos olhos, e as crianças cantam, você conhece o estribilho:

Marechal, estamos aqui,
Diante de ti, salvador da França...

Villars caçoa:

— Às vezes eu mesmo me deixo levar e esqueço essa perfídia que foi o armistício. Imagino que, afinal, ele vai realizar um ato corajoso, romper com os alemães, convocar a frota a deixar os portos e ir para a África do Norte, isto é, para a Inglaterra. Fantasias, meu caro Thorenc! Conheço bem essa gente que o rodeia, são o pai e os irmãos de minha mulher, Paul de Peyrière, o general Xavier de Peyrière e Charles de Peyrière, o embaixador. Freqüentadores, desde antes da guerra, do Círculo Europa da senhora sua mãe...

Levanta-se outra vez, posta-se diante da janela e continua a falar, de costas:

— Uns fantoches! A atmosfera em Vichy está empesteada, é por isso que nos instalamos em Chamalières e não na capital de opereta... Você também foi seguido pelos agentes da Gestapo — acrescentou voltando-se para Thorenc. — Certamente fizeram um relatório sobre o tenente von Ewers... a menos que ele esteja agindo sob comando, para se infiltrar, graças a você, entre nós!

Como o jornalista, de corpo retesado e rosto crispado, apressa-se a responder, Villars lhe dá um tapinha nas costas.

— Vamos, vamos, Thorenc, não esbraveje! A espionagem, a informação são como o bilhar: só os novatos vão diretamente na bola da vez. Os profissionais só jogam com efeito, no ricochete.

O major volta a se sentar à escrivaninha.

— Você foi notável no cumprimento da missão que lhe confiamos — diz ele pousando a mão sobre os documentos. — Eles vão ser transmitidos aos ingleses e aos canadenses, mas estou pensando em você para outra coisa...

Ele fala devagar, de mãos juntas.

— O clima vai mudar rapidamente. Os alemães — e o que disse von Ewers confirma isto — vão atacar a União Soviética. Daí em diante, os comunistas entrarão oficialmente na Resistência.

Olha para Thorenc.

— Só estão esperando isso, foi o que me disse meu filho Pierre. E ele os conhece de perto, de muito perto até, para o meu gosto...

Põe-se a rabiscar maquinalmente.

— A situação vai endurecer. Os comunistas vão querer recuperar o tempo perdido e apoiar a Rússia com ações violentas, espetaculares. Como a Special Operations Executive inglesa já quer incendiar a Europa, corremos o risco de uma verdadeira guerra clandestina, cruel, na qual entraremos todos, uns e outros. Vamos precisar de dinheiro, de armas, de ligações regulares com Londres, com De Gaulle. Já há quem prefira o Intelligence Service aos Franceses Livres do BCRA...

Alça os ombros.

— O fato é que precisamos de contatos, de rádios, precisamos poder sair da França e voltar clandestinamente...

Apruma-se.

— Eu perguntei se você tinha vontade de respirar melhores ares durante algum tempo — diz ele encarando Thorenc.

Não espera a resposta.

— Quer ir explicar nossos problemas ao pessoal de Londres, contar nossas necessidades, firmar um acordo entre nós, aqui, e eles, lá? O contato que o major Pascal, que você encontrou em Marselha, estabeleceu, não é suficiente.

Levanta-se e, sorrindo, vai até Bertrand:

— Foi solicitado um encontro para você. Estamos esperando a resposta. É bem provável que seja em Lisboa. Eu aviso. Mas esteja preparado.

Villars leva Thorenc até a porta do quarto. Na soleira, enlaça seus ombros com familiaridade.

— Minha filha Geneviève está em Vichy — diz em voz baixa.

E acrescenta que ela está refugiada no Château des Trois-Sources.

— Já nos encontramos lá, lembra? No verão de 1940, parece que foi há cem anos...

Estreita o abraço:

— Vá vê-la.

Murmura algumas palavras, tão baixinho, que Thorenc não chega a compreender.

Bertrand se afasta, atravessa o parque, indiferente ao temporal, agora mais forte ainda, que dobra os galhos dos pinheiros, alguns tão encharcados que vergam até o chão lamacento.

15

Thorenc não olha para Geneviève Villars.

Sentaram-se longe um do outro no banco da clareira que fica em frente à entrada do Château des Trois-Sources.

Depois de dez dias, é a primeira vez que não chove, mas a relva, as folhagens, a madeira do banco estão muito molhadas. Tudo goteja. O ruído torrencial do Allier sobe do vale e, sob esse fragor longínquo, distingue-se o rumorejo da água no bosque.

Cai a noite.

Bertrand vira a cabeça, estica o braço no encosto do banco, porém mal consegue tocar o ombro de Geneviève com as pontas dos dedos.

Murmura que não pôde vir antes, que estava no hotel à espera de um chamado do major Villars. Também precisava ir ao Ministério da Guerra, no Hotel Thermal, para encontrar o tenente Mercier, ajudante-de-ordens de Xavier de Peyrière — "o general, seu tio", repete ele.

De repente, começa a altear a voz, como se estivesse empolgado, excitado com sua própria narrativa:

— Mesmo em Vichy, os atos de resistência se multiplicam. Um sargento dos Grupos de Proteção ao Marechal decolou com um avião, um Goéland da delegação alemã na Comissão de Armistício de Wiesbaden, que acabava de pousar em Vichy. Chegou a Londres com dezenas de documentos. O próprio tenente Mercier pensa em se juntar às Forças Francesas Livres, mas prestou juramento a Pétain e sente-se pessoalmente ligado ao general Peyrière.

Thorenc pára de falar. Ouve novamente o murmurinho da água. Tem a impressão de estar-se afogando. Precisa falar.

Nesses dez dias, teve tempo de conhecer todas as ruas, todos os cafés, todos os restaurantes. Odeia Vichy.

— Um ninho de víboras! — desabafa.

E esforça-se para rir:

— Num batistério...

Via o Marechal sair todo dia do Hotel do Parc, cumprimentar a guarda que lhe presta honras, os desocupados que ali se amontoam, uns até se ajoelham.

— São peregrinos. Alguns usam trajes regionais, agitam cartazetes com o nome de suas províncias de origem: Quercy, Anjou, Rouergue...

Levanta-se, anda pra lá e pra cá diante do banco, pára às vezes na frente de Geneviève, e olha fixamente para ela.

Percebe que ela emagreceu, a testa tão alta que parece ter perdido cabelo. Ele se aflige. Tem a impressão de que os olhos dela estão mais fundos.

E continua:

— É um reino de opereta. E como é desprezível! Todo dia Pétain denuncia, em vão, o que ele chama de miragens de uma civilização materialista, perigos do individualismo...

Dá de ombros. Viu os ministros, esse tal de Maurice Varenne, e os industriais, como seus vizinhos do Bulevar Raspail, digladiarem-se por uma parcela de poder, uma vantagem, uma autorização, enquanto os alemães ditam as regras, corrompem, compram tudo: a sucata, o trigo, os homens!

— O senhor chegou aqui num carro alemão — murmura Geneviève.

Thorenc pára de andar.

— Foi seu pai quem lhe contou isso? — pergunta ele em tom agressivo.

Dá mais alguns passos.

Então Geneviève sabia que ele estava em Vichy há dez dias. Na certa sabe que ele parte amanhã para Marselha de onde vai embarcar para Lisboa e, portanto, deixou para procurá-la no último dia.

Sente-se culpado, envergonhado mesmo. Queria dizer que todos os dias pensava em telefonar, em visitá-la, que chegou a subir várias vezes ao belvedere de onde se descortina o vale do Allier a uns cem metros do Château des Trois-Sources. Mas não tomava o caminho que leva à clareira em que se ergue o Château. Voltava a Vichy e percorria as ruas devagar. Ouviu os falatórios, trocou algumas palavras com o ministro Maurice Varenne que lhe disse:

— Estive com o tenente von Ewers, do Estado-Maior do general Brankhensen. Uma personalidade interessante, de idéias corretas, não é? Ele falou muito bem de você.

Varenne sorriu e acrescentou:

— Não sabia, meu caro Thorenc, que você estava tão engajado na política da colaboração, mas fico contente!

E com mais desenvoltura:

— Quase não vejo mais nossa encantadora Lydia Trajani. Você por acaso a encontra de vez em quando?

Thorenc volta a se sentar, agora um pouco mais perto de Geneviève.

— Sou constantemente seguido — murmura. — Dois homens que não me largam, que me esperam toda manhã na porta do Hotel d'Auvergne. Eles nem se escondem mais.

Geneviève olha em torno, fingindo perscrutar a penumbra que já envolve as altas copas.

Bertrand explica que só hoje conseguiu se livrar deles, saindo do hotel pela cozinha:

— Só descobri essa saída esta manhã.

Ela sorri: não cai nessa mentira.

Então ele fica indignado e exalta-se para disfarçar o mal-estar que o invade pouco a pouco.

Ela terá lido, ou ouvido, os últimos discursos de Pétain? O velhote e seus adeptos estão com medo. O Marechal denunciou a "propaganda sutil, insidiosa, que ataca, deforma e calunia a obra de seu governo".

Thorenc chega mais perto de Geneviève.

— Ele teve a coragem de dizer: "Vocês não foram vendidos, nem traídos, nem abandonados... Venham a mim com confiança" — e denuncia, naturalmente, o comunismo, a dissidência, advertindo: "Vocês estão sofrendo e ainda sofrerão por muito tempo, pois ainda não terminamos de pagar por todos os nossos erros..."

Geneviève vira-se para ele e o observa.

— Nossa ação é útil — murmura ele. — A dissidência somos nós. Ele nos teme!

— Vamos caminhar — diz ela levantando-se.

Vai em direção ao bosque. A escuridão é quase total, mas, para além das grandes árvores, em nível mais baixo, distinguem-se as luzes dos bairros de Vichy que margeiam o vale do Allier.

— Você precisa saber, você e os outros. Já contei a meu pai...

Thorenc passa o braço ao redor de seus ombros e a estreita contra si, enquanto leva o indicador aos lábios num gesto de silêncio. Não quer que ela fale. Não quer ouvi-la. De fato, foi por isso que não quis vê-la até agora.

Ela o empurra e continuam a andar, cada qual num lado da vereda.

Ela fala em voz alta, como se quisesse que sua voz atravessasse a densa escuridão do bosque.

— Quando me prenderam, fui logo isolada dos outros. Fiquei encerrada num pequeno compartimento da Rua des Saussaies. Ouvia gritos. É insuportável, é como se eu é que estivesse apanhando. Veio um alemão, um rapaz à paisana, de ar sorridente, falando um francês perfeito. De saída, disse que a polícia alemã, a Abwehr e a Gestapo sabiam tudo sobre a nossa rede, que era inútil me interrogar, que tinha provas suficientes para me condenar à morte.

Geneviève pára.

— Também me falou de você, de meus tios Xavier e Charles de Peyrière, de meu avô Paul, amigo do embaixador Abetz e de Alexander von Krentz.

Thorenc continua a andar como para mostrar que se recusa a ouvi-la, mas ela fala mais alto ainda e vai ao encontro dele.

— Esse tenente, Klaus Wenticht...

— Amável, simpático, sedutor... — descreve Thorenc. — Já o encontrei. Ele também me interrogou.

— Muito esperto — continua Geneviève. — De vez em quando ele se ausentava deixando a porta aberta, e eu ouvia os gritos dos que estavam sendo torturados. Vi Georges Munier passar com o rosto ensangüentado. Puxado pelos ombros por dois soldados. Quando Wenticht voltava, pedia desculpas e dizia que seus colegas tinham conseguido confissões que me acusavam. E dizia: "Não gosto desses métodos. Eles, por seu lado, acham que fui contaminado pela vida parisiense, que me tornei frouxo..."

Finalmente, ela abaixa a voz:

— Wenticht falou de meu pai. Os alemães não ignoram nada de suas atividades. Disse: "Daremos um basta, quando quisermos."

Ela se debruça na mureta que circunda o mirante. O rio corre como uma torrente que parece ameaçar a cidade, e essas luzes que piscam como sinais de desgraça.

— Wenticht me deixou várias horas sozinha...

Thorenc foi para perto dela. Seus ombros se tocam. Apóiam-se um no outro, pode-se dizer.

— Depois voltou todo contente e declarou que tinha encontrado uma solução para me livrar de tudo isso. Queria dizer: das torturas, dos gritos, do julgamento, da morte... Eu tinha parentes politicamente importantes, úteis. Alguns ligados a influentes personalidades alemãs. Claro que o major Villars era um inimigo, mas os filhos não são responsáveis pelos atos dos pais...

Geneviève se endireita e volta-se para Thorenc. A noite está bastante clara para que ele perceba a tensão na fisionomia dela.

— E Wenticht me disse: "No final das contas, vou lhe dar uma chance. A senhorita vai ser solta. Gostaria muito que fosse para Vichy e observasse o comportamento de uns e de outros. A senhorita é filha do major Joseph Villars, pode entrar em qualquer lugar. Eu queria muito ter juízos objetivos sobre o clima reinante no Exército do Armistício e no meio do governo. Dou-lhe uma hora para se decidir. Se disser não, vou entregá-la a meus colegas."

Thorenc quer abraçá-la. Ela se afasta.

— Eu disse sim — murmura. — Wenticht me soltou, me deu um *ausweis*, e aqui estou.

Baixando a cabeça, ela acrescenta que não entregou ninguém. De fato os alemães sabiam tudo. Portanto, ela não confessou nada. Mas está livre, e Georges Munier, Lewitsky e tantos outros ficaram à mercê deles.

Thorenc a abraça e ela relaxa, finalmente.

— Aceitei a barganha — diz ela. — Achei que seria mais forte que eles.

Ergue a cabeça.

— Mas não sei mais... Talvez eles tenham me aniquilado de um modo mais eficaz do que se me matassem. Até meu pai suspeitou de mim. E você, eu o esperei, e você só veio esta noite porque vai embora amanhã!

Ela o afasta, senta-se na mureta de costas para o vazio.

Thorenc enlaça-lhe a cintura.

Ela explica que o pai conseguiu trazer Blanche de Peyrière para a zona não ocupada, mas os irmãos, Brigitte e Pierre, recusaram-se a sair de Paris com a mãe.

— Você pensou, teve medo que eu tivesse traído? — gemeu.

Ele a apertou com mais força e ela murmurou:

— Talvez isto seja, de fato, uma traição.

Ela pula da mureta e seu corpo cola-se ao de Thorenc, que prende suas coxas entre as pernas.

— Vou voltar para lá — diz ela.

Ele queria dissuadi-la, mas sabia que é inútil. Pressiona todo seu corpo contra o dela, como para comunicar-lhe sua energia, a confiança que tem nela.

Com voz velada, entrecortada, ela diz que vai vingar Munier, Lewitsky... Vai mostrar a todos que não é traidora. Se duvidarem dela — faz uma pausa e reclina a cabeça no peito de Thorenc: "até meu pai, até você" —, vai formar sua própria rede. Ainda não sabe como nem com quem, mas há de conseguir. Se for preciso, lutará sozinha.

Ela não teme mais nada, repete dando pancadinhas com a testa no peito de Thorenc.

Klaus Wenticht errou; a vaidade o perdeu. Deveria mantê-la presa, mandar matá-la. E ri sarcástica: ele pensou que vencia pela inteligência! Pretensioso esse Wenticht que confunde esperteza com inteligência!

Thorenc contentou-se em ficar abraçado a ela e acariciar-lhe a nuca e as costas, devagarinho.

Quando ela se cala, ele diz:

— Vem comigo, seu pai vai concordar. Partimos juntos até Lisboa e de lá você segue para Londres e junta-se às Forças Francesas Livres.

Max Gallo   A Chama Não se Apagará

— É aqui que eles estão — murmura ela. — É aqui que eu fico.

Joga a cabeça para trás e declama:

— "A chama da Resistência Francesa não deve se apagar e não se apagará…"

E num sussurro:

— Será a rede "Prometeu".

De braços dados, eles voltam a caminhar no bosque, apoiados um no outro.

16

Thorenc abre a janela.
Avista a clareira, o banco na orla do bosque, de frente para o Château des Trois-Sources.
A luz é viva e alegre. Parece flutuar entre as ramagens clareando o sub-bosque. Como imaginar a penumbra úmida de quase três meses atrás, quando Geneviève Villars...
Thorenc levanta a cabeça. O sol o ofusca. Fecha os olhos.

Esse ar suave que acaricia seu rosto lembra Lisboa, os passeios pelas ladeiras da cidade velha, e ao longo dos cais entre o Mosteiro dos Jerônimos e a Madre de Deus, o deslumbramento que sentiu ao descobrir, nas vitrines das confeitarias, aquele monte de bombinhas de creme, aquelas pilhas de tabletes de chocolates, e, alguns passos adiante, vendedores de cigarro que abriam as malas cheias de maços coloridos na penumbra das portas-cocheiras.
Sentiu-se inebriado e livre no meio dessa multidão ruidosa que invadia a rua apesar dos tlintlins furiosos dos condutores de bonde.

Jacques Bouvy, o enviado do BCRA, o serviço de informação da França Livre, preveniu-o contra essa euforia. Agentes alemães e italianos estavam à espreita. Só se podia falar nas ruas, pois os quartos de hotel não ofereciam segurança.
Os homens da Abwehr, da Gestapo, e o equivalente italiano, a OVRA, já haviam eliminado diversos correspondentes do Intelligence Service ou da França Livre. Em Portugal, eles se sentiam em casa: afinal de contas, Salazar era um ditador, ligado a Franco e a Mussolini.
— O senhor não está seguro em Lisboa — insistiu Bouvy.

Max Gallo ※ A Chama não se Apagará

Alguns dias depois, Thorenc encontrou o agente inglês, Thomas Irving, que também lhe recomendou prudência. Mas Irving também o aconselhou a desconfiar de Jacques Bouvy...

— Sei que esteve com ele — disse.

E traçou um retrato impiedoso dos franceses livres, a começar por De Gaulle:

— Ele se acredita Joana d'Arc! — repisou. — Alguns dos nossos, ligados ao primeiro-ministro, e o próprio Churchill, acham que De Gaulle é louco. Na Síria, suas tropas ameaçaram atacar nossos soldados! Então isso é comportamento de aliado?

Irving tomou o braço de Thorenc com familiaridade.

— Trabalhe conosco: terá fundos, armas, explosivos e, antes de tudo, rádios. Precisamos saber o que os alemães estão preparando. Temos de estar informados sobre os movimentos dos submarinos em Bordeaux, Brest, Lorient, Saint-Nazaire. É vital, Thorenc! Não podemos vencer se os alemães controlarem o Atlântico. É a batalha decisiva. Precisamos destruir a malta de submarinos do almirante Dönitz e, para isso, vocês franceses são indispensáveis.

Thorenc passou alguns dias acabrunhado, pois adivinhava os embates e os conflitos entre De Gaulle e os ingleses.

Seria preciso tomar partido?

Caminhou sozinho pelo Parque Florestal.

Nem Bouvy nem Irving podiam imaginar o que se sentia ao ver desfilar as fanfarras alemãs na Champs-Élysées, ao ouvir seus pífaros e tambores. Nenhum dos dois conhecia a humilhação da Ocupação, o medo de ser preso, torturado.

Apesar das advertências de ambos, Thorenc se sentiu mais seguro em Lisboa.

Só não ver mais um uniforme alemão, não ouvir as músicas, os cantos, as palavras alemãs, não sentir um aperto na garganta quando surgia uma patrulha, uma viatura, poder comprar chocolate e cigarros já era ser livre!

Transmitiu a Bouvy e Irving os pedidos do major Villars e passou-lhe as indicações de alguns radiotelegrafistas que o major conseguira espalhar na zona não ocupada.

Os Patriotas

Andando em companhia de Jacques Bouvy na última noite que passou em Lisboa, Thorenc pensou em Isabelle Roclore e no radiotransmissor que ela escondia no armário do quarto. E só essa lembrança, além da idéia de que no dia seguinte partiria para Marselha via Oran, bastou para que sentisse medo. Tinha certeza: à medida que fosse se aproximando da metrópole, a angústia não o largaria mais.

Thorenc murmurou — tão baixinho, que Bouvy pediu que ele repetisse — que às vezes tinha a tentação de sair da França e ir lutar nas Forças Francesas Livres. O outro estancou o passo e o encarou. Era um homem baixo e corpulento, mas ágil de movimentos.

— Sabe que eu peço, toda semana, para ser mandado de volta à França de pára-quedas? — disse ele. — Se vou morrer — e gesticulava o punho sublinhando cada palavra —, desejaria que fosse no solo da pátria. Você tem sorte, Thorenc!

... Bertrand reabre os olhos.

O major atravessa a clareira em companhia do doutor Boullier, proprietário do Château des Trois-Sources. Joseph Villars faz largos gestos. Thorenc fecha o vidro da janela e senta-se no enorme salão pavimentado de quadrados de mármore preto e branco.

Villars entra na sala, cumprimenta-o com um aceno de cabeça e exclama:

— Mercier foi formidável! Conhece Mercier, Thorenc? Até um mês atrás ele era ajudante-de-ordens desse abutre, desse general Xavier de Peyrière. Consegui que ele fosse nomeado para o Serviço de Manobras Antinacionais.

Alça os ombros.

— É uma cobertura muito conveniente: prendemos alguns comunistas, é verdade, mas perseguimos e liquidamos agentes alemães. Sabe...?

Aponta o indicador direito para Thorenc.

— Há dois ou três dias, um desses tipos da Abwehr não me largava. Devem ter sabido que você desembarcou em Marselha, se não farejaram sua chegada a Vichy. Eles estão em toda parte. Nossos bestalhões do governo e da polícia os recebem de braços abertos e ainda lhes facilitam o trabalho.

Villars pára de percorrer o salão de um lado para o outro.

Max Gallo ⚜ A CHAMA NÃO SE APAGARÁ

— A polícia parisiense acaba de agarrar alguns milhares de judeus estrangeiros que vão ser mandados para os alemães. A colaboração é isso!

Enfatiza com a cabeça e retoma a narrativa:

— Em suma, esta manhã, o tipo da Abwehr estava atrás de mim. Está visto que eu não queria que ele me seguisse até aqui, até você...

O major senta-se, fica um instante em silêncio, e continua:

— É verdade que Mercier demorou a se juntar a nós. Mas os últimos discursos de Pétain lhe abriram os olhos. Ver o Marechal aprovar a visita de Darlan a Hitler, parabenizar os franceses da Síria que atiraram contra as tropas de De Gaulle, para grande satisfação dos alemães, e dos ingleses também, e ouvi-lo dizer: "Franceses, vocês têm memória curta!", e Xavier de Peyrière declarar que De Gaulle é Caim, os judeus e a maçonaria juntos, foi o que acordou Mercier.

Villars entrelaça os dedos na nuca, estica as pernas. Com os olhos semicerrados, ele conta como, nesta mesma manhã, Mercier o livrou do homem que os seguia.

— Esperou por ele, colado à parede, deu um salto e o agarrou pelo colarinho e pelos fundilhos; suspendeu o homem e atirou-o contra a parede. Belo trabalho!

O major levanta-se e abre as mãos.

— De modo que consegui chegar aqui em total segurança.

Inclina-se para Thorenc:

— Fale de Bouvy e Irving.

Thorenc relata, pausadamente, as discussões que teve em Lisboa, os compromissos assumidos pelo BCRA e pelo Intelligence Service.

Villars tem os olhos fixos em Thorenc, como se não quisesse perder uma única expressão do interlocutor.

— A situação mudou em três meses — murmura, quando o jornalista se cala.

Com voz velada, cabeça baixa, ele fala, abrindo e fechando as mãos.

— A opinião pública está se mexendo. Houve manifestações em maio em Marselha e Lyon, e dia 11 de maio — ergue subitamente a cabeça — meus filhos Henri e Brigitte estavam presentes quando a Rua de Rivoli foi invadida por milhares de manifestantes que queriam celebrar o dia de Joana d'Arc.

E volta a baixar a cabeça.

— Gritavam "Viva De Gaulle!" Os alemães tiveram dificuldade em dispersar o ajuntamento.

Cala-se por um instante, as mãos crispadas.

— Não acredito que meus filhos tenham sido presos — murmura.

E continua em tom mais alto:

— Os comunistas estão cada vez mais atuantes. Meu filho Pierre me falou sobre uma proposta deles. Queriam constituir uma Frente Nacional.

Villars sorri, sacudindo a cabeça.

— Maneira de dirigir todo mundo... Enfim, no Norte, eles conseguiram que cem mil mineiros entrassem em greve.

Levanta-se e vai abrir a janela.

— A primavera, Thorenc... Há um ano, estávamos num buraco, voltamos a nos mexer, mas ainda não saímos dele.

Volta-se, confidencia que os oficiais do exército do armistício estão formando estoques de armas em muitos lugares.

— Eles são contra os alemães — explica. — Estão começando a achar que a Inglaterra não vai capitular. E ficaram abalados com a chegada de Rudolf Hess à Escócia. O herdeiro de Hitler render-se ao inimigo dá o que pensar! Mas ainda confiam em Pétain. Incorrigíveis!, como diz De Gaulle. Ainda não se deram conta que Pétain tem oitenta e cinco anos.

Sorri.

— Veja só o que já estão dizendo em Vichy, no Le Chanteclerc onde todo o mundo elegante, como você sabe, almoça e janta: "Pétain prega a volta à terra; ele bem que podia dar o exemplo!" Um dito de espírito! Mas é o bastante para os cortesãos que dobram a espinha para o Marechal, para Darlan e Laval. É tudo tão grotesco quanto sinistro.

Villars aproxima-se de Thorenc:

— De Gaulle é que sabe esgrimir as palavras. Veja o que ele diz de Pétain: "Triste invólucro de uma glória passada, içado no pavilhão da derrota para endossar a capitulação e enganar o povo estupefato"!

Apóia a mão no ombro de Thorenc.

— Os franceses vão acordar tarde. Muito tarde! E nós, nós estaremos mortos. Teremos tido razão cedo demais. Mas sejamos grandiloqüentes durante alguns segundos: é preciso haver sementes para que o trigo cresça. A história é feita de gente heróica e esquecida.

O major encaminha-se para a porta.

— Geneviève? — pergunta Thorenc.

Villars pára, mas não se vira.

— Eu queria que ela fosse à Espanha e de lá seguisse para Londres — responde o major. — Ela recusou. Está morando em Villeneuve-sur-Yonne, com o nome de Geneviève Durand, enfermeira diplomada. Vai de uma fazenda a outra. Ela dá injeção, faz curativo. Está organizando a rede. Levanta os locais de pouso de aviões e de pára-quedas.

Vira-se bruscamente.

— Ela vai a Paris com muita freqüência. Retomou contato com Delpierre. Está em ligação com a Organização Civil e Militar. Lembra-se de Lévy-Marbot? Você o conheceu em Marselha. Primeiro ele queria ir para a Inglaterra, mas acabou voltando para Paris. É um dos responsáveis pela OCM.

Villars dá alguns passos em direção a Thorenc. Quer que o jornalista vá a Marselha e depois a Lyon, a fim de reatar as ligações entre as diversas redes que foram constituídas sob a direção do major Lucien Pascal e Henri Frenay.

— E Paris? — pergunta Thorenc.

Villars abana a cabeça. Entreolham-se demoradamente.

— Mais dia menos dia, vão prender Geneviève outra vez — murmura Villars. — Você sabe disso tanto quanto eu.

A porta se abre de repente. O doutor Boullier precipita-se na sala gesticulando e gritando que os alemães acabam de atacar a Rússia.

— Estão ferrados! — repete.

— Vai demorar, ainda vai demorar muito — comenta o major Joseph Villars.

Quarta Parte

17

Thorenc ouviu os passos, depois os sussurros, e teve a impressão de estar com o rosto e os ombros cobertos de suor. Mas sentiu frio.

Levantou-se e escutou. Alguns rumores deram-lhe a certeza de que eles estavam atrás da porta do quarto, esperando, decerto, que a servente do hotel lhes desse a senha.

Encolheu-se, de punhos cerrados, a cabeça enfiada entre os ombros, todo encurvado.

Vão me esbofetear, pensou. E viu-se protegendo o rosto com os cotovelos, como uma criança medrosa; e essas imagens que lhe vinham à mente provocaram, ao mesmo tempo, um ambíguo sentimento de pânico e de satisfação. De repente, deu-se conta de que iriam algemá-lo, prender seus pulsos na cabeceira da cama e não conseguiria se esquivar das pancadas.

Saltou para junto da janela e empurrou as venezianas. O céu já clareara, mas a rua ainda estava escura.

Debruçou-se procurando um ponto de apoio: um ressalto, um beiral uma marquise. Mas, de súbito, mãos torceram seus braços, puxaram-no para trás, gélidos aros de metal rodearam seus pulsos, e a voz sarcástica, perpassada de ódio e de desprezo, dizia:

— Então, senhor Bertrand Renaud de Thorenc, estamos tomando a fresca, contemplando o Vieux-Port?

Sentiu-se repentinamente tranqüilizado. "Enfim!", pensou como se não fizesse outra coisa, desde que deixara Vichy, a não ser aguardar, esperar por este momento.

Os Patriotas

Sentiu uma profunda calma, forte e indestrutível, como se pertencesse a uma espécie superior à desses quatro homens que o cercavam, sacudiam, empurravam contra a parede do quarto, entre o armário e a janela, e despejavam o conteúdo de sua mala na cama, esvaziavam os bolsos de seu paletó, abriam as gavetas, xingavam, enquanto um quinto homem mantinha-se afastado, encostado à porta, braços cruzados, um cigarro no canto da boca, de sobrecenho franzido, sem o perder de vista.

Thorenc virou a cabeça e, para além da barra cinzenta do cais do Vieux-Port, viu, outra vez, o mar abrasado.

Foi essa luz ardente e gritante que o chocara quando chegou a Marselha, uma semana antes.

Ficou parado durante vários minutos no pátio da Estação Saint-Charles. Imediatamente, teve vontade de tomar o primeiro trem de volta para Lyon ou Vichy.

A cidade que se estendia à sua frente, embaixo das escadas, pareceu-lhe uma cratera fervilhante que jorrava barulho e calor.

Deu alguns passos, olhou em torno, e, no momento em que começava a descer as escadas, o vento soprou e doeu em seu rosto como chicotadas. Teve a sensação de estar sendo esfolado. Nem ao menos saberia dizer se esse vento que lhe feria a pele e a garganta era quente ou frio.

Virou-se diversas vezes para evitar que ele lhe batesse na cara, e foi assim que avistou o major Lucien Pascal que caminhava atrás dele. Com um movimento de cabeça, o major incitou-o a continuar descendo a Canebière.

Ao cabo de alguns metros, Pascal o alcançou finalmente.

— O vento veio recebê-lo — disse ele. — É um bom agouro!

Pegou Thorenc pelo braço e levou-o a um café de frente para o cais do Vieux-Port. As rajadas de vento faziam assobiar as cordas, tremular as velas e os oleados.

Sentaram-se na sala dos fundos, de piso de cerâmica vermelha coberto de serragem. Com a ponta do pé, Pascal traçou um risco.

— Antes, depois... — dizia ele mostrando os dois lados do risco.

Inclinou-se para Thorenc e explicou:

— Nós nos engajamos, você e eu, por motivos patrióticos e morais. Pelo senso de honra, se preferir. Mas, agora, estamos *também* do lado certo! Hitler perdeu, meu caro. Em 1812, chegamos até Moscou, e a amplidão e o inverno russos nos venceram. Os alemães vão lutar, eles têm couro duro, mas seu Führer não é Napoleão. Eles nem sequer vão chegar a Moscou. Já estão patinhando. Vão se arrebentar lá. Já estou vendo os pontos escuros de seus capacetes de aço espalhados na neve.

Pascal alçou os ombros:

— No entanto, não será tão simples assim. Ao longo dos meses, a grande multidão dos oportunistas vai pensar em seu próprio futuro e se passar por resistente... Enfim — suspirou — isso não é para já!

Mudou para o outro lado os copos de vinho branco que o garçom acabava de colocar no mármore branco da mesa.

— Villars fez bem em enviar você a Marselha. Isto aqui está fervendo e confuso!

Explicou que havia o Movimento de Libertação Nacional, ou Combat, do capitão Henri Frenay; os oficiais do exército do armistício; os dos serviços de informação que seguiam mais ou menos o major Villars; e, finalmente, ele, Pascal, que representava Londres.

— Você esteve em Lisboa, não é?

Thorenc não respondeu. Pascal impacientou-se:

— Sei que você esteve com Jacques Bouvy e Thomas Irving. Mas é preciso escolher entre De Gaulle e Churchill, e Villars hesita, como Frenay, aliás. Não basta ser antialemão — exclamou esvaziando o copo —, é preciso saber o que se quer: liquidar Pétain ou não, apoiar De Gaulle ou os ingleses, ou — por que não? — os comunistas...

Desde que a Rússia entrou na guerra, eles estavam em toda parte: organizavam sabotagens na Estação Saint-Charles ou na Blancarde; manifestaram-se no 14 de julho em Marselha e em Paris.

— Que é que eles querem exatamente? Aí é que está a questão — murmurou Pascal.

Ele não confiava. O objetivo final só podia ser a insurreição, a revolução.

— Para nós, é a resistência e a libertação — disse ele batendo na mesa.

Eles vão além, Thorenc! E o pessoal de Vichy vai se aproveitar disso para nos sufocar.

Mal Pucheu acabava de ser nomeado secretário de Estado da pasta do Interior, e já sentíamos os efeitos de suas diretivas aqui em Marselha.

— Cuidado, Thorenc: a polícia, aqui, está infiltrada em toda parte. E, pode acreditar, dela ninguém escapa!

O major levantou-se e acrescentou:

— Procure estar com Frenay. Ele é o elemento-chave. Um obstinado, um irredutível, um homem de coragem e cheio de inventividade. Se você quiser tomar pé na Resistência, tem de passar por ele.

Deu alguns passos ao lado de Thorenc, explicando que um governador, Moulin, que se preparava para ir para Londres, teve um encontro demorado com Frenay. E sorriu:

— Você, na certa, está um pouco atrasado, meu caro. Moulin já deve ter chegado à Inglaterra. Mas isso é coisa de Villars! Ele se adianta, depois se atrasa, porque quer continuar independente. Frenay, aliás, tem o mesmo defeito.

Deu um tapinha no ombro de Thorenc:

— Afinal de contas, todos vão ficar do lado de De Gaulle. Não há escolha; ele é o pivô, o *homem de base*, você sabe: o maior, aquele por quem, num desfile, todo mundo acerta o passo.

Pascal parou diante de uma banca de jornal. O vento rodopiava em torno do quiosque, sacudindo as prateleiras de metal de onde o jornaleiro retirara todas as publicações.

O major meteu a cabeça dentro da banca e comprou diversos jornais que precisou apertar contra o peito para que o vento não carregasse. Tentou abri-los, comentando e debochando com o companheiro:

— A Legião dos Voluntários Franceses contra o bolchevismo! Eis o grande assunto destes senhores: Doriot, Déat, Pucheu, Laval e, é claro, Pétain, Darnand...

Abanou a cabeça:

— Bandeira francesa e uniforme alemão, juramento ao Führer, e os pobres-diabos que entram nessa dizem — mostrou um dos jornais — que estão indo lutar contra as potências do dinheiro! E seus amigos...

Acabou por fazer uma grande bola com os jornais que comprou e jogou-a na calçada de onde foi logo carregada pelo vento.

— Seus amigos, sim, seus colegas, Luchaire, Drieu La Rochelle, Brasillach, Déat, Céline, em suma, a corporação dos escritores e jornalistas, bancam os grandes senhores da cruzada antibolchevique! Encontraram afinal uma justificativa para colaborar e lamber as botas dos boches! Bravo!

De repente, dá uma cotovelada em Thorenc.

— Vá ver Frenay e dê logo o fora daqui, pois Marselha é a cidade dos dedos-duros. Todo mundo negocia informações, é uma barganha generalizada e todo mundo está nessa. Mas não esqueça: os tiras têm mais medo que você. Já não estão tão certos sobre o dia de amanhã, então apostam em todos os times: na Gestapo, porque já está em Marselha e eles trabalham com ela; em Vichy, porque Pucheu é o ministro deles, é quem paga seus salários e os promove de posto; e no submundo, pois os criminosos são perigosos mas generosos, "molham" a mão dos tiras e ainda lhes arranjam mulheres. Quanto a nós, não somos de muita valia, mas um bom tira não se fia nas aparências: além do mais, a Inglaterra não capitulou, e, agora, ainda temos os russos. Portanto, também somos levados em conta!

Continuou com o braço apoiado no ombro de Thorenc como se tivesse dificuldade em deixá-lo; e, sob os cabelos pretos e curtos, seu rosto de fato denotava, mais que boa vontade, uma atenção amistosa.

— Naturalmente — continuou —, alguns deles estão conosco. Um pequeno grupo de policiais honestos e corajosos. Os outros desconfiam deles. E depois — contraiu o rosto — há também alguns colabôs, anti-semitas, pétainistas, antigaullistas que pretendem aproveitar as circunstâncias para liquidar todos os seus desafetos: judeus, gaullistas, comunistas simples ou pessoas honestas...

Estreitou os ombros de Thorenc.

— O pior é o comissário Dossi. Ele está indo à forra. A República o demitiu por corrupção. Vichy o tornou chefe das Brigadas Especiais de todo o sul da França. Está em constante ligação com os alemães, a Gestapo, a Abwehr, e com os policiais e os facínoras que estão a seu serviço, em Paris.

— Marabini, Bardet, Henry Lafont... — murmurou Thorenc. — Todo o pessoal da Rua Lauriston, 93.

Pascal aquiesceu com um movimento de cabeça.

— Lembre-se: comissário Antoine Dossi. Esse não dá refresco. Se puder, ele o despacha para a Zona Ocupada, entrega você aos alemães, sem pestanejar. É ele quem caça os judeus estrangeiros. Um cão raivoso, esperto como um lobo e perverso como uma serpente.

Sorriu e insistiu:

— Bicho esquisito, mas perigoso: Dossi, Antoine Dossi...

No quarto do hotel, o homem apoiado na porta deixou cair os braços e avançou para Thorenc que não baixou os olhos.

Aproximou-se até encostar em Bertrand que lhe sentiu o cheiro de suor misturado com um perfume muito forte.

— Bertrand Renaud de Thorenc, jornalista — soltou o homem com a mesma voz irônica em que nem mesmo disfarçava o desprezo, flagrante em cada entonação. — Afinal, ele veio a Marselha: estamos envaidecidos!

Cerrou os maxilares e franziu os lábios carnudos. Passou a mão direita pela calvície que lhe deixava apenas uma delgada coroa de cabelos pretos em torno do rosto.

— Comissário Antoine Dossi — grunhiu pisando o pé descalço de Thorenc com o tacão do sapato.

18

Thorenc tentou esquecer a dor. Ela queima seu pé machucado, sua perna. Incha suas mãos presas nas algemas. Penetra em seu peito, aos arrancos, bem no coração. Às vezes, ele chega a perder o fôlego.

Mas, sentado diante de Antoine Dossi, no vasto escritório cujas janelas se abrem para o cais da Joliette, ele não pestaneja.

Não respondeu a nenhuma pergunta do comissário; várias vezes teve a sensação de que conseguia abandonar seu corpo dolorido e atingir um céu azul onde seu pensamento flutuava sereno.

Não iria falar.

Não diria que estivera com Henri Frenay e seu ajudante Maurice Chevance.

Não pronunciaria o nome do major Lucien Pascal.

Iria limitar-se a repetir que estava em Marselha para fazer uma reportagem sobre as tropas da Síria que ficaram fiéis a Vichy e foram repatriadas pelos ingleses. Diria, uma vez mais, que sua intenção era tornar conhecidos esses combatentes; em suma, ilustrar as palavras do marechal Pétain e do almirante Darlan que tanto elogiaram a coragem desses homens, frente aos soldados aliados a De Gaulle.

Dossi levantou-se empunhando uma pesada régua, aproximou-se de Thorenc e murmurou:

— O senhor Bertrand Renaud de Thorenc está pensando que eu sou imbecil.

Deu uma reguada com toda a força nas coxas do prisioneiro. Tomado pela dor, Thorenc contraiu o corpo por alguns minutos.

Depois, ele sorriu e declarou com voz impostada que o ministro Maurice Varenne, o general Xavier de Peyrière e o irmão, o embaixador Charles e o pai deles, Paul de Peyrière, um dos mais importantes dirigentes da Legião dos Combatentes, todos eles íntimos colaboradores do Marechal, naturalmente teriam ciência do comportamento do comissário Dossi, que haveria de se explicar.

Varenne, especificou Thorenc, era amigo de longa data de Pierre Pucheu, secretário de Estado da pasta do Interior, que ele, Thorenc, também conhecia. Ele e Pucheu foram alunos da École normale supérieur. Será que o comissário Dossi pensava que podia agir à vontade? Pois ia ver só.

Dossi brandiu a régua outra vez, mas acabou por recuar, e voltou a sentar-se atrás da escrivaninha. Largou a régua e começou a se balançar na cadeira, sem desprender os olhos de Thorenc.

Ao cabo de uns bons minutos, ficou parado, as mãos cruzadas diante da boca, os olhos apertados.

— O senhor não se dá conta... — disse em voz surda, a título de preâmbulo.

A fala vagarosa ganhou um tom feroz.

— O senhor e seus amigos não significam nada! Estritamente nada!

Apanhou várias folhas mimeografadas ou datilografadas em cima da escrivaninha.

— Tenho aqui seus jornalecos de merda: *Vérités, Libertés, Libération...* Acham que vão vencer o Reich com isto? Vamos aniquilar vocês, senhor de Thorenc!

Bateu o tacão no assoalho.

— Todos: judeus, comunistas, gaullistas!

E riu sarcástico.

— Vocês são que nem parasitas, que nem piolhos. Estão infiltrados em Vichy. Mas nós vamos fazer uma limpeza em Vichy! Ninguém vai proteger você. Olhe...

Mostrou uma foto, em que Thorenc percebeu um corpo deitado, a cara encostada na terra.

Max Gallo   A CHAMA NÃO SE APAGARÁ

— Senhor Max Dormoy — esclarece Dossi —, o ministro do Interior de Blum! Em 36, ele quis me expulsar da Polícia. Encontraram seu cadáver em Montélimar. Eu estava lá. E se eu quiser, eu te faço mijar sangue!

Dossi abriu uma gaveta, tirou uma pasta azul e começou a folhear os papéis.

— Sabemos tudo sobre o senhor... Sua mãe, Cécile de Thorenc, que se dá ao desfrute com qualquer um...

Sacode a cabeça.

— Na idade dela, mulher velha! Enfim, tem alemão que gosta de carne *faisandée*...

Absorveu-se na leitura, fazendo, meticulosamente, uma pausa em cada página, e citando nomes; por fim, levantou a cabeça e sorriu:

— E os Villars, o senhor conhece bem, não é? O major Joseph Villars vai ser condenado à morte como De Gaulle e o coronel Larminat: doze balas no couro! E Geneviève Villars... É evidente que o senhor não sabe onde ela está escondida! Ela será encontrada. Gaullistas, comunistas, os Villars são um pouco de tudo, o senhor sabe, conhece bem Pierre Villars...

Pegou uma folha e sacudiu.

— Isto aqui é o mais divertido. Você não passa de um semijudeu, Thorenc! Ou vai querer renegar seu pai, Simon Belovitch? Deve se orgulhar de ser o bastardo de um escroque, não é?

Thorenc não piscou, mas a dor que lhe comprimia o peito obrigou-o a morder os lábios para não gritar.

— Esse Belovitch anda rastejando por aí, entre Nice e Cannes — continuou Antoine Dossi. — Os judeus adoram o sol: os vermes precisam de calor. Ele também nós vamos tirar da toca. Já prendemos milhares dessa espécie. Os alemães são loucos por eles. Despachamos todos em vagões repletos. Eu não imaginava que os judeus pudessem feder tanto. Eles cagam nas calças de tanto medo.

Dossi começou a se balançar de novo; depois, fechou a pasta e se levantou.

— Foi um primeiro contato, senhor Bertrand Renaud de Thorenc.

Os Patriotas

* * *

Dois inspetores o puxaram pelos braços algemados e o levantaram da cadeira. Deram-lhe cotoveladas e joelhadas no baixo ventre e o conduziram por um corredor escuro.

Encostaram-no numa porta e lhe tiraram as algemas. Thorenc viu os ferimentos que contornavam seus pulsos como pulseiras avermelhadas.

Depois, abriram a porta da cela e o empurraram para dentro.

Thorenc desabou no chão.

A dor o venceu.

19

Ouviu a voz que saía da sombra. Soava-lhe familiar, sem que conseguisse reconhecê-la. A voz repetia cochichando:

— Está com sede? Está sentindo dor?

Quis reerguer-se com o apoio das mãos, mas doeram tanto que ele gemeu.

Sentiu-se envergonhado por gemer.

Recompôs-se olhando em torno, tentando se acostumar com a escuridão.

— Ali tem água — indicou a voz.

Thorenc vislumbrou um balde, duas baias de madeira e o vulto de um homem agachado em uma delas.

Uma réstia de luz poeirenta saía de uma abertura de alguns centímetros no chão.

Sem se levantar, ele se arrastou pelo chão de terra batida até conseguir apoiar as costas na tábua da divisória da baia.

Ficou de cabeça baixa, olhos fechados durante vários minutos.

Apalpou as mãos intumescidas, os pulsos feridos, as coxas e as pernas doloridas. O pé que Dossi pisara estava inchado, e Thorenc teve a impressão de que o sangue latejava ali com tanta força que as batidas repercutiam em todo o resto do corpo.

— Pode se espichar, dormir — murmurou a voz, agora mais perto dele.

Thorenc reabriu os olhos. O homem se debruçou. Tinha o rosto tumefacto; os olhos não passavam de fendas vermelhas em duas protuberâncias escuras rodeadas de auréolas violáceas que lhe cobriam as faces. Os lábios estavam cortados, certamente pelos socos que levaram.

— Não estou sentindo nada — disse Thorenc.

Levantou-se, apesar da dor, e cambaleou até o balde.

— Pode beber — repetiu o homem.

Thorenc mergulhou as mãos em concha no balde e levou-as à boca, cheias d'água.

Sentiu-se logo melhor, como se a água houvesse afogado um pouco da dor. Como se a tivesse *diluído*.

Sentou-se na baia, de frente para o homem, e pôs-se a examiná-lo.

Além da voz, Thorenc percebeu, sob o rosto cheio de mossas, uma fisionomia e expressões que não lhe eram desconhecidas.

O homem, por sua vez, também o olhava, aproximando-se mais, como para enxergar melhor por entre as pálpebras inchadas.

Balançou a cabeça e ergueu os braços lentamente; esse entreabrir dos lábios talvez fosse a única maneira de sorrir que lhe restara.

— A Croix de Vermanges — murmurou.

Levou as mãos à exígua réstia de luz que penetrava na penumbra da cela.

— Dossi quebrou meus dedos um por um.

E recuou, encostando-se na parede.

— A gente se reencontrou, meu capitão! — concluiu.

Por essa palavra "capitão", Thorenc reconheceu imediatamente o sargento Minaudi.

Foi como se descobrisse, sob a máscara deformada de seu companheiro de cela, os traços do sargento com quem fugira do ataque alemão, depois de haverem lutado o mais que puderam.

Ficou em silêncio durante alguns minutos. Sufocado, mais pela emoção que pela surpresa. Nesse labirinto onde lhe parecia errar desde que foi preso, encontrou, finalmente, uma referência. Não está perdido, portanto, nem abandonado. Continua no caminho certo.

Thorenc pôs as mãos nos joelhos de Minaudi. Recorda cada momento passado naquela casa florestal das Ardenas, quando patinharam na lama da "guerra esquisita", durante todo um outono e todo um inverno.

Max Gallo   A Chama não se Apagará

Depois, reviveu a primavera de 1940, a emboscada que, em plena debandada, ambos — o capitão Thorenc e o sargento Minaudi — armaram contra uma companhia alemã que avançava despreocupada em direção à Croix de Vermanges.

— Eles não podem saber disso — desabafou Thorenc.

Minaudi mostrou as mãos outra vez, murmurando:

— Eu só disse meu nome, mas Dossi sabe muita coisa. É verdade que nós dois somos muito diferentes, muito distantes um do outro para eles imaginarem...

Ficou algum tempo calado, depois acrescentou:

— Muito distantes... O que não impede que a gente esteja aqui, os dois juntos, como na Croix de Vermanges, só que sem fuzil-metralhadora.

Thorenc pressionou os joelhos de Minaudi.

— De qualquer maneira, estamos lutando — cochichou.

— Eles machucaram muito o senhor? — perguntou Minaudi.

— Ainda não.

O ex-sargento sacudiu a cabeça.

— Se Dossi quisesse, o senhor já estaria todo estropiado que nem eu. Se o deixaram inteiro, é porque vão soltar o senhor. Daqui a dois dias, uma semana, ou três meses, isso é com ele. Mas eu...

Bateu a mão no peito.

— Eu sou uma boa presa para o tribunal especial, e no fim...

Apalpou a garganta.

— O tribunal especial foi feito para condenar à morte, meu capitão — acrescentou Minaudi, inclinando a cabeça sobre o ombro.

Levantou-se com dificuldade e foi se sentar ao lado de Thorenc.

— Lembra? — começou.

E falou da estada de Thorenc em Nice, das arcadas da Praça Garibaldi — Minaudi morava no número 7 —, das fachadas vermelho-sangue. Recordou os rochedos brancos do cabo adiante do porto, e a Tour-Rouge.

— Vermelha... — repetiu insistentemente.

Depois abaixou ainda mais a voz e explicou que fazia parte de um grupo de comunistas, na maioria estrangeiros.

— Lembra-se de José Salgado, o professor espanhol que o senhor encontrou em Madri e em Nice?

Havia também Jan Marzik, o checo que queria ir para Londres, mas teve de ficar na França, definitivamente.

Eles fizeram sabotagens em estradas de ferro, pontes, túneis. Alguns membros dessa mão-de-obra imigrante estavam na zona ocupada para constituir a Organização Especial do Partido Comunista.

— Vamos matar os alemães, um por um, com o que tivermos na mão: um revólver, uma faca, até um martelo ou uma torquês.

Thorenc afastou-se um pouco do ex-sargento, para melhor visualizar-lhe o rosto. Mas fora tão espancado, que se tornara inexpressivo. Só a voz havia mudado: irada, surda, mas determinada.

— Eles vão fazer reféns e fuzilar — objetou Thorenc. — Na proporção de dez, cem, mil para cada alemão!

E levantou-se.

Imaginou os corpos caídos, com os rostos cobertos de moscas, como os operários de Badajoz que vira em 1936; e olhou meio horrorizado para Minaudi. A guerra implacável, sem perdão, estava estampada na cara do ex-sargento.

— Sangue atrai sangue — murmurou Thorenc. — Não vamos conseguir matar todos os alemães.

Foi até o balde, apanhou mais água e borrifou o rosto.

— Será sempre um assassinato.

Minaudi mostrou as mãos erguidas na altura dos próprios olhos.

— E isto? — grunhiu.

Em seguida, juntou as mãos formando um círculo, um nó corrediço.

— Se tiver sorte, ainda terei força para estrangular Dossi ou um alemão qualquer. E sem titubear.

Minaudi levantou-se e se aproximou de Thorenc.

— Preciso do senhor... — cochichou.

20

Thorenc quer ver o sol, mas a luz é tão forte, seus olhos tão pouco acostumados a essa luminosidade intensa, que ele parece abobalhado. Fecha os olhos, mas continua de rosto erguido e boca entreaberta como se quisesse beber o resplandecente calor do céu.

Fica uns minutos assim, parado no meio da rua. Carros buzinam, ele dá alguns passos cambaleando. Chega ao cais e descansa a mala.

Tem vontade de rir. Ouve a água batendo nos cascos dos barcos. "A liberdade é uma forma de embriaguez", pensa. E murmura:

— Estou embriagado de liberdade!

Mas, subitamente, essa alegria que lhe invade a mente e o corpo aborrece-o como uma trivialidade chocante.

Ele se vira e considera o prédio acinzentado de onde acaba de sair. Nota as janelas abertas do escritório de Antoine Dossi, no terceiro andar, e vê os policiais de um lado e de outro da grande porta-cocheira, reforçada com ferragens e rebites.

Pensa em Joseph Minaudi.

Apanha a mala, que lhe parece mais pesada, e afasta-se em direção à Estação Saint-Charles.

No instante de entrar na Canebière, avista uma vez mais o prédio e imagina que um dia conseguirão forçar aquela porta de armas na mão.

Não, nesse dia, ele não terá piedade do comissário Dossi.

Dossi não bateu mais em Thorenc, mas humilhava-o quase todo dia.

Com um aceno de cabeça, mandava que dois inspetores o obrigassem a se ajoelhar com as mãos algemadas nas costas.

Sorria, aproximava-se de Thorenc. Roçava a pesada régua em seus ombros.

— Precisa aprender modéstia e disciplina, senhor Bertrand Renaud de Thorenc — dizia ele.

Com os olhos semicerrados, seu rosto demonstrava uma satisfação perversa. Acariciava o lábio inferior com a ponta da língua ou dos dedos, como se sentisse um enorme prazer.

Thorenc o encarava sem desviar os olhos dele.

Dossi era desses homens a quem a desgraça do país, as misérias do tempo serviam de pretexto para uma vingança pessoal.

Ele não suportava o olhar de Thorenc. Atirava-se para ele, mas parava no último momento, limitando-se, às vezes, a empurrá-lo violentamente. Thorenc caía, as pernas dobradas e os braços imobilizados, impossibilitado de se levantar.

— Me tirem daqui este traste! — gritava o comissário.

Os inspetores o arrastavam para um pequeno compartimento anexo ao escritório. As janelas gradeadas estavam inteiramente tapadas, o calor era sufocante.

Thorenc não queria ouvir; mas estava atento.

Dossi berrava, espancava e xingava os prisioneiros. Uns gritavam, outros choravam. Uma mulher havia implorado, soluçante, e o som das bofetadas repercutia dentro da cabeça de Thorenc. Entre cada pancada, Dossi repetia:

— Vagabunda, puta, solta logo os nomes, os endereços!

Depois, o silêncio voltava e logo Dossi irrompia no cubículo.

— O senhor tem protetores, senhor de Thorenc! — dizia ele. — Estão preocupados com a sua sorte. Até os alemães...

O comissário sentava-se, com os pés junto do rosto de Thorenc ainda meio deitado no chão, onde os inspetores o haviam deixado.

— Então, o senhor conhece o general von Brankhensen e o tenente Konrad von Ewers?

Dossi avançava o pé como se tivesse a intenção de acertar em cheio a cara de Thorenc.

— Eles desejam que o senhor seja posto em liberdade. Mas eu, eu sou francês, senhor de Thorenc, executo as ordens do meu governo, e sabe o que o Marechal disse?

E debruçava-se sobre Thorenc.

— "Sinto soprar um mau vento, há algumas semanas..." E ainda querem que eu solte o senhor?

Dava de ombros.

— Mesmo que eu o soltasse — e pode ser que solte —, sei que o senhor voltaria para mim a qualquer momento, e quando isso acontecer...

Levanta-se.

— Ouviu esses porcos? Com o senhor o tratamento será mais refinado. A não ser que eu o despache para o pessoal de lá... Conhece a Rua Lauriston em Paris, décimo sexto *arrondissement*? Meus ex-colegas, meus excelentes amigos Marabini e Bardet são especialistas. E sem falar de Henry Lafont.

Thorenc fazia força para não se mexer, para manter essa indiferença desdenhosa que percebia incomodar, preocupar Dossi.

Mas o medo estava lá, arranhando-lhe o ventre e a garganta.

Depois, ele se tranqüilizava. O major Pascal deve ter notado seu desaparecimento e avisado Villars, em Vichy, que decerto teria recorrido aos Peyrière e a Maurice Varenne, que alertaria Lydia Trajani. Ela já deve ter conseguido que von Ewers e o general von Brankhensen pressionem Dossi. O comissário era esperto demais, prudente demais para se opor à vontade alemã. Era preciso resistir, portanto.

— Ele vai soltar o senhor — dizia seu companheiro de cela.

O corpo do ex-sargento, que Dossi interrogara várias vezes, era uma ferida só.

— Ele pode me arrancar a pele — gemia Minaudi. — Mas o que está na minha cabeça ele não consegue atingir, é profundo demais.

Deitado em sua baia, ele pedira sussurrando que Thorenc alertasse seus camaradas. Devia ir a Nice, Rua Fodéré, 5, perto do porto, à casa de Christiane Destra, e dizer simplesmente que Joseph não falou e não falará.

Minaudi estava reclinado, Thorenc ajudou-o a se sentar.

Os Patriotas

Com voz arrastada, como se cada palavra fosse um sofrimento, ele explicou que era preciso viajar sempre de terceira classe, descer do trem numa pequena estação, antes da prevista. A polícia não podia vigiar todas as paradas.

— Desça em Saint-Laurent-du-Var ou em Cagnes — acrescentou. — Aí, o senhor vai saber se está sendo seguido. Quando as estações estão vazias, um passageiro chama a atenção.

Esgotado pelo esforço de pronunciar essas poucas palavras, ele se deitou de novo e, quando parecia estar dormindo, acrescentou:

— Faça o resto do trajeto de bicicleta. Os tiras são preguiçosos.

Reergueu-se outra vez:

— Gente como o senhor também — concluiu com uma certa agressividade na voz. — Adoram o conforto, o luxo. É por isso que saem perdendo. Não estão acostumados a sofrer.

Uma noite, os inspetores vieram buscar Minaudi que se limitara a fixar os olhos em Thorenc, enquanto era sacudido, arrastado, carregado mesmo, visto que ele já não conseguia andar.

Thorenc continuou encolhido, batendo os dentes, sem se incomodar com as baratas que lhe subiam pelo rosto, enfiavam-se por dentro da camisa. Chegavam a cair do teto; e eram tantas, que suas patas, arrastando-se pelo chão, faziam um ruído ininterrupto.

Thorenc não queria imaginar o que iam fazer com Minaudi. Preferiu guardar a lembrança do sargento que caminhava a seu lado na floresta das Ardenas, que armou o fuzil-metralhadora na Cruz de Vermanges, à espera da chegada da companhia alemã que já ouviam cantar alegremente. E de quando o sargento e ele abriram fogo e fugiram contornando as sebes, pulando os fossos, esgueirando-se por entre os *panzers*, até chegarem a Saint-Georges-sur-Eure. Então, o sargento lhe comunicou a decisão de voltar a Nice, sua cidade natal...

Thorenc levantou-se num pulo. Sacudiu-se e enxotou as baratas.

Se fosse libertado, iria à Rua Fodéré, nº 5, levar a mensagem de Minaudi.

Max Gallo   A Chama não se Apagará

* * *

No dia seguinte, de manhã, foi levado à sala de Antoine Dossi.

O comissário estava recostado, de braços cruzados, no parapeito de uma janela.

— Eu podia — começou servindo-se de uma elipse — ... mas preferi cozinhar o senhor um pouco mais, a fogo lento...

Aproximou-se e esclareceu:

— Eu podia enfiar o senhor numa viatura junto com o outro. Destino: Paris, Seção Especial. Mas ainda é cedo demais! Quero que o senhor morra, e não confio que seja condenado em Paris. O outro, sim! O senhor — avançou com um esgar de desprezo no rosto — ainda tem protetores. Só que — esfregou as mãos — os comunistas estão começando a assassinar os alemães. Mataram um oficial no metrô Barbès. De agora em diante, a guerra vai ser pra valer!

Chegou mais perto de Thorenc.

— Vão fuzilar, decapitar reféns. Quanto ao senhor, vai pegar sua malinha e continuar com sua safadeza, resistindo, como gosta de dizer, e logo logo será um assassino, como os comunistas. E aí...

Recuou alguns passos em direção à janela.

— O tempo de divertimentos para distintos senhores já era!

Pegou um jornal em cima da escrivaninha e mostrou a Thorenc:

— Fuzilaram d'Estienne d'Orves: um bom começo, não é, senhor de Thorenc? A nobreza e a canalha comunista juntas!

Riu e pôs-se a berrar:

— Fora daqui, senhor de Thorenc, fora!

21

Toda manhã, Thorenc senta-se nos rochedos, ali onde a brancura do calcário descascado ladeia o verde-escuro das algas.

Às vezes, quando sopra o vento leste, ele se acomoda debaixo do pinhal, no parque do pequeno hotel em que está hospedado desde que veio de Marselha, saltando em Antibes no exato momento em que o trem partia novamente. Ninguém desceu depois dele; portanto, não fora seguido.

Caminhou para o mar, em direção ao horizonte, ao longo do cabo.

A cada passo, parecia-lhe que mancava menos, como se a vista dessas praias desertas, desses rochedos nus, dos hotéis quase vazios e desse mar azul-rei lhe transmitisse, de imediato, uma energia e uma segurança que o dominavam e reprimiam a dor.

Parou para olhar as ondas que se erguiam em blocos. As mais violentas passavam por cima das rochas e da murada e invadiam a estrada.

Thorenc deixou que a espuma salgada, esses borrifos que doíam como rajadas de areia o molhassem. Era como um batismo: a vida recomeçava. Uma sucessão de batalhas, uma corrida de obstáculos. Era preciso recomeçar sempre, lançar-se impetuosamente. Pois essa corrida é que gerava a energia. Talvez tudo não passasse de ilusão, mas, afinal de contas, as ondas não deixavam de furar a rocha e cada borrifo deixou sua marca.

Escolheu um quarto no último andar do hotel, onde era um dos raros hóspedes. Quando volta da caminhada ao redor do parque, senta-se na sacada, chova ou faça sol, e fica observando o movimento das ondas para além dos cones dos pinheiros. Ali, ele afoga suas lembranças mais tenebrosas — Dossi — e as mais dolorosas — Geneviève Villars, Joseph Minaudi...

Avistou várias vezes uma jovem morena, vestida de branco, que passeava sozinha por entre as árvores do parque.

Essa silhueta imprecisa e fugidia foi o bastante para fazê-lo sonhar.

Imaginou um encontro, as primeiras trocas de palavras, a emoção dos olhares, depois o abraço — e esse novo tempo que começava para ele: uma vida afastada do barulho e da violência, num buraco esquecido pela guerra.

Não passava de um sonho.

Certa manhã, o dono do hotel, um homem encurvado que andava de bengala, amparado por duas camareiras gordas e fortes, aproximou-se de Thorenc.

— O senhor viu a moça? — perguntou. — Ela paga a hospedagem, mas está sozinha. Fico me perguntando: será uma estrangeira, uma alemã — abaixou a voz — ou uma judia? O senhor sabe, a polícia está atrás da gente. O que acha disso, senhor de Thorenc?

Thorenc procurou tranqüilizá-lo, depois deu as costas e foi-se sentar nas pedras.

O vento leste não soprava, mas nenhum recanto estava protegido da guerra.

Num restaurante de Antibes, ele tentou telefonar ao major Pascal. Atendeu uma voz desconhecida que repetia insistentemente:

— Quem está falando? O major Pascal me pediu para anotar todos os telefonemas de seus amigos e dizer que espera sua visita com urgência.

Era a voz da obstinação e da burrice dos policiais. Dossi prendera Pascal e, como não conseguiu arrancar nada, montou uma armadilha.

Thorenc, então, telefonou para o major Villars na Chamalières.

— Não quero saber onde você está, mas fique aí mesmo. Você foi solto para servir de isca, para animar a caçada. Dossi prendeu Pascal e deve estar dizendo que foi você que o entregou. Foi só por isso que soltaram você. Ele lança a dúvida e semeia a suspeita acusando você: olha o dedo-duro, está solto porque pagou com a traição.

Villars grunhiu:

— São uns porcos, maldosos, mas vamos fazer de tudo para libertar Pascal. É um oficial francês, e não vai ser mais difícil do que foi com você. Talvez Xavier de Peyrière se deixe convencer. Trate de sumir de cena por uns tempos.

Não desligou logo, como se hesitasse em dizer alguma coisa mais.

— *Ela* está bem, por enquanto. Vá procurá-*la*, mas não já...

Thorenc caminhou até a noite. Ao longo da estrada do cabo, os únicos ruídos eram o marulho cadenciado das ondas e o constante farfalhar dos pinheiros.

O ar, quase frio, era vivificante. A costa estava imersa na escuridão, exceto por alguns pontos luminosos a leste, ao redor da Baía dos Anjos, onde se erguia a orla do mar de Nice.

Às vezes, um risco de luz sulcava a água. Um pescador fazia-se ao largo.

Tentou pensar em Geneviève. Já que não estava presa, achou, por um momento, que poderia convencê-la a ir para Londres. Pascal lhe contara que dois radiotelegrafistas da França Livre e um agente do Intelligence Service haviam desembarcado de um submarino nas angras alcantiladas.

Thorenc contemplou o mar, seguindo com a vista os rastros dos faróis, e depois acocorou-se, abraçado aos joelhos.

Geneviève recusaria. E ele, como poderia abandonar o campo de batalha onde ela estava decidida a resistir, como Minaudi, como Pascal, como Villars, como Delpierre, ou como esse tal de Colette, um desconhecido que os jornais acabavam de contar que abrira fogo, ferindo dois homens, numa caserna de Versalhes, enquanto Déat e Pierre Laval passavam em revista os alistados na Legião dos Voluntários Franceses contra o bolchevismo?

— Aqui, aqui! — repetiu Thorenc para si mesmo.

E sentiu frio.

As investidas do mar tornavam-se cada vez mais rápidas, pois o vento que se ergueu com a aurora acabou entrando no ritmo de sua respiração e da angústia que voltou.

— Aqui, aqui.

Ainda sentiu dor como se Dossi o espancasse, esmagasse seu pé outra vez. Pensou em Minaudi, fuzilado, talvez, como os reféns que, segundo anunciavam os alemães, seriam executados em Paris, em Nantes e nas cidades do Norte, para responderem pelos crimes dos comunistas.

E, de fato, já começavam a matar soldados e oficiais alemães na rua, no metrô, ou na porta de um bordel.

"Todos os franceses que estiverem na prisão serão considerados, a partir de agora, como reféns, declarara a *Militärbefehlshaber in Frankreich*, e, em caso de novo atentado contra o exército alemão, serão fuzilados reféns em número correspondente à gravidade do ato criminoso..."

Bastou uma distribuição de panfletos, alguns gritos lançados à passagem de uma patrulha, para a corte marcial alemã condenar à morte cinco homens — comunistas, pretextava.

E já havia decretado a execução de d'Estienne d'Orves, que o presidente justificara assim:

"O tribunal achava-se diante de uma difícil tarefa. Precisava julgar homens e mulheres que se mostraram pessoas de valor e de uma grande firmeza de caráter, que agiram somente por amor à pátria... Mas nós, os juízes, temos de cumprir nosso dever para com a pátria e julgar os acusados segundo as leis em vigor..."

Por ordem do governo de Vichy, juízes franceses já haviam condenado à morte outros três comunistas, nessa Seção Especial de que falara Joseph Minaudi. Foram rapidamente decapitados.

Thorenc não encontrou, na zona chamada livre, nenhum jornal que se indignasse com essas notícias que todos estampavam, contentando-se em repetir a frase de Pétain — "Sinto soprar um mau vento há algumas semanas..." — que Dossi mencionara. E em denunciar os assassinos que nem sequer tiveram a coragem de se entregar à Justiça para poupar a vida dos reféns.

Todos iguais, aqui ou lá! repetiu Thorenc para si mesmo, enquanto o vento começava a soprar cada vez mais forte e, a Leste, o horizonte se desanuviava.

22

Thorenc pedalava contra o vento.

Chicoteado pelas rajadas de borrifos salgados, que varriam a planície da Brague e a embocadura do Var, e, excitado pelo esforço, esqueceu a angústia e as ameaças que sentiu durante o trajeto entre Antibes e Nice, enquanto a claridade abrasava o céu, cinzelando os cumes dos Alpes, azul-escuro sobre azul-claro.

Havia policiais no hotel.

Thorenc os vira quando atravessavam o pinheiral e interrogavam a jovem morena.

Lamentou não ter uma arma. Pensou que, de fato, como dissera Minaudi, a hora de matar havia chegado. Então, tomou-se de desespero: estivesse armado e teria atirado para defender aquela desconhecida.

Vira quando ela se encostou no tronco de um pinheiro.

Pelos movimentos que fazia com os braços, pela maneira como brincava com as franjas do xale amarelo, percebeu que ela se esforçava para responder com despreocupação, com uma espécie de aborrecida indiferença, tentando disfarçar o medo que a torturava.

Os policiais foram embora sem pressa, atravessaram o parque como que a contragosto.

A jovem continuara encostada no tronco da árvore. No entanto, amarrara o xale com gestos nervosos e, assim que os policiais sumiram, disparara a correr pelo pinheiral formando, sobre os troncos escuros e a terra vermelha, um risco amarelo e branco que ficou na lembrança de Thorenc.

Decidiu ir para Nice já na madrugada do dia seguinte.

Seguindo o conselho de Minaudi, pediu uma bicicleta emprestada ao dono do hotel, a pretexto de um passeio à volta do Cabo de Antibes, até Juan-les-Pins, talvez até Cannes. Mas o homem, aflito e indignado, não prestou muita atenção no que Thorenc dizia.

— Eu não disse, senhor Bertrand, essa moça é refugiada, tenho certeza. Vou dar queixa, mesmo que ela não pague a conta; não quero ser acusado de cumplicidade.

E abaixou a voz:

— Hoje em dia, a gente é logo culpado, não é?

Thorenc deu de ombros, dizendo que era apenas um pintor que se limitava a encher os olhos com as cores do outono mediterrâneo e não se preocupava com as questões mundiais.

Ouviu com desagrado o hoteleiro repetir que o senhor Bertrand tinha muita sorte. E não teve dúvida alguma de que o choramingas já havia avisado, pessoalmente, a polícia, para não correr risco.

O ventou baixou.

Thorenc começou a pedalar mais devagar, misturou-se a uns ciclistas que vinham do lado oeste da cidade, rodando pela Promenade des Anglais.

Parou na entrada do porto. Sentiu-se emocionado: as colinas encerravam a recordação de sua estada com Geneviève no Hotel de l'Olivier e no Château de l'Anglais.

Deu a volta na Praça Garibaldi, justamente onde conversara demoradamente com Minaudi. Passou o tempo. Geneviève agora está arriscando a vida, a cada passo, e Minaudi já deve estar estirado em alguma vala comum.

Thorenc sentiu a vista turva, talvez devido ao cansaço da corrida. Ficou tonto e desceu da bicicleta. Mas era a própria vida que lhe dava vertigem...

Percorreu o quarteirão da Rua Fodéré a passos largos empurrando a bicicleta.

Não viu nenhum carro. Donas-de-casa aglomeravam-se ao redor de carroças onde peixes e polvos, com tentáculos que se esticavam e se contraíam, estavam expostos diretamente na madeira.

Os odores eram fortes, as vozes esganiçadas, a luz intensa batia nas fachadas vermelho e ocre.

Entrou com a bicicleta pelo portão do número 5.

O chão do pátio era de seixo rolado. Um gato dormia tomando banho de sol. As placas de ardósia, que revestiam os degraus da escada em frente ao portão, estavam rachadas. Na porta que ficava no meio do patamar do primeiro andar ele leu:

CHRISTIANE DESTRA
Costureira — consertos, homens e mulheres

Tocou a campainha, depois bateu.

Esperou com a certeza de que, do outro lado, havia alguém tentando adivinhar quem seria este visitante matinal.

Continuou a tocar, olhando de quando em quando a escada, com medo de chamar a atenção. Quando já ia tocar outra vez, sentiu o cano de uma arma em suas costas, enquanto um braço apertava seu pescoço, e a porta se abria mostrando o rosto de uma mulher baixinha de cabelos pretos cortados *à la garçonne*.

Suas sobrancelhas depiladas reduziam-se a um fino traço preto que tornava seus olhos maiores ainda, tanto que as pupilas pareciam à flor da pele: duas amêndoas claras e luminosas numa tez muito morena.

Duas minúsculas rugas no canto das órbitas chegavam a dar a impressão de que ela sorria. Mas o queixo pronunciado, os lábios cerrados, os maxilares fortes exprimiam determinação e até mesmo dureza.

Quase sem ar, Thorenc tentou se debater. A moça enfiou-lhe um pano na boca, ele levou um empurrão do homem que o segurava e caiu. Obrigaram-no a ficar deitado. Ainda sentia o cano da arma em suas costas.

De súbito, o homem o largou.

Com um zumbido nos ouvidos, escutou uma voz que parecia distante:

— É Thorenc. Bertrand Renaud de Thorenc, um jornalista do *Paris-Soir*.

* * *

Max Gallo   A Chama não se Apagará

Tocaram em seu ombro. Ele se virou e sentou-se. Então, apesar da barba curta que afinava o rosto, reconheceu Stephen Luber.

Tirou o pedaço de pano da boca e ficou prostrado por algum tempo, com dor na garganta, a vista turva, enquanto recobrava o fôlego pouco a pouco.

A moça lhe trouxe um copo d'água e ele fez menção de se levantar. Mas vacilou, e ela o ajudou a andar até uma peça ampla onde as duas janelas fechadas davam para o pátio. Uma pesada máquina de costura ocupava uma mesa. Vestidos, calças, paletós e camisas pendiam de cabides.

Luber estendeu uma cadeira, e Thorenc caiu sentado.

Com a mão direita na coronha do revólver pousado nos joelhos, Stephen Luber murmurou:

— Explique-se.

23

Thorenc caminhou devagar em direção à claridade ofuscante que, adiante da mancha escura dos plátanos da praça, fundia o cais do porto, o facho do farol, o mar e o horizonte.

Desde que saíra do pátio da Rua Fodéré, n° 5, não parava de pensar que essa poderia ser sua última visão.

Sabia que Luber o seguia alguns metros atrás. Viu quando ele meteu a arma no lado esquerdo do cinto, fechou o paletó e enfiou a mão pelo lado de dentro.

Percebeu as rápidas trocas de olhares entre Christiane Destra e Luber, sempre que dizia algum nome.

Sim, encontrara Joseph Minaudi na cela, e já o conhecia de muito antes, desde a guerra, nas Ardenas.

Sim, encontrara José Salgado e Jan Marzik, em Nice, com Minaudi.

Sim, o comissário Antoine Dossi o soltara.

— Assim, sem mais nem menos? — resmungou Stephen Luber lançando uma olhadela a Christiane Destra que continuava de pé, as mãos apoiadas nos dois lados da máquina de costura.

— Assim, sem mais nem menos — repetiu Thorenc encarando um depois do outro. — E não fui seguido.

Levantou-se e viu as mãos de Luber crisparem-se na coronha do revólver.

— E sua irmã, Karen, ela também conseguiu passar para a zona não ocupada? Está em Nice? — perguntou caminhando para a janela.

Ouviu os cochichos trocados entre os dois. Estavam combinando as ações. Olhou o gato deitado nos seixos do pátio, apanhando sol de barriga pra cima, as pernas abertas. Feito morto.

Eles vão me matar, pensou.

Virou-se.

Christiane Destra e Luber estavam lado a lado, diante da máquina de costura. A arma pendia do braço de Luber, colado ao longo do corpo.

Thorenc sentiu a tentação de dizer que era loucura suspeitarem dele. Tinha ido ali para transmitir uma mensagem de Joseph Minaudi, para tranqüilizá-los. E ia transmiti-la.

Christiane Destra adiantou-se. Com os olhos fixos em Thorenc, disse que nunca duvidaram de Joseph; sabiam que ele não falaria. Depois que ele foi preso, ela e Luber voltaram para ali. Pensavam que era um lugar seguro.

Deu mais um passo à frente e ficou muito perto de Thorenc. Era tão baixinha que não chegava nem aos ombros dele; baixando os olhos, ele via a risca que dividia os negros cabelos dela.

— Mas, agora, não sabemos se ainda é seguro — continuou ela. — O senhor pode ter sido seguido.

Pois não ouviram o que ele disse? Apontou para a bicicleta encostada no muro do pátio, na sombra.

De repente, por desafio e também por instinto, pois sabia que Stephen Luber ficaria perturbardo, contou que, algumas semanas antes, dormira uma noite na casa de Isabelle Roclore.

— Ninguém me seguiu à Rua d'Alésia.

Sustentou o olhar de Luber. Até os olhos do alemão estavam mudados. Pareciam menores, mais fundos. O rosto emagrecera. Transformado pela moldura da barba, ganhara uma expressão inquietante. A antiga subserviência que, desde os primeiros encontros há uns quatro ou cinco anos, tanto desagradara a Thorenc, desapareceu. Mas o sujeito parecia mais escorregadio ainda.

— Isabelle não me falou do senhor — resmungou Luber.

— Quer dizer que está vindo da zona ocupada? — retrucou Thorenc.

— Dizem que os muros de Paris estão cobertos de cartazes anunciando execuções de reféns em seguida aos assassinatos de oficiais e soldados alemães pela Organização Especial Comunista.

Falou depressa, e Luber contraiu o rosto. Chegou até a lançar um olhar de socorro a Christiane.

Ela falou asperamente:

— Assassinatos? Chama isso de assassinatos?

E levantou a voz:

— Joseph deve ter apreciado essa palavra. Decerto vocês conversaram sobre isso, não é? Ele lhe disse...

Virou-se para Luber e prosseguiu:

— Na guerra mata-se em qualquer lugar. Nenhum alemão, nenhum fascista, nenhum traidor deve se sentir seguro.

Ela voltou a se aproximar de Thorenc, de maxilares crispados:

— Para continuar vivo, alguns de nós tiveram de estrangular alguns, inclusive policiais que se diziam franceses. E fizeram isso com as próprias mãos, mesmo algemadas. O senhor é capaz de imaginar uma coisa dessas?

Nesse instante, Thorenc persuadiu-se de que Minaudi devia ter agido assim. Era a ele, certamente, que Christiane Destra se referia.

— Chega — resmungou Luber, segurando o pulso de Christiane Destra.

Ela se desvencilhou com impetuosidade, sentou-se em frente à máquina de costura e começou a embainhar a barra de um vestido.

— O senhor sabe de muita coisa... — continuou Luber, depois de um silêncio.

Balançou a cabeça e esboçou um sorriso.

— Nós nos conhecemos há muito tempo... Freqüentamos as mesmas pessoas, e isso não lhe agradava muito.

Inclinou a cabeça e deu de ombros:

— Podíamos falar do senhor e de certas pessoas também. Sabe o que anda correndo por aí? Que Geneviève Villars, presa com um grupo de colegas do Museu do Homem, foi a única que a Gestapo libertou. Até Pierre, o irmão dela, está desconfiado. E o senhor, solto pelo comissário Dossi!

Ergueu os braços como se temesse uma agressão de Thorenc. Mas este ficou imóvel, e Luber acabou enfiando a arma no cinto.

— Sabe o que Lydia Trajani está fazendo? Lembra-se dela? Ela era sua amiga, não era? — perguntou encarando Thorenc.

E esboçou um trejeito que lhe vincou duas rugas dos cantos da boca.

— Está dormindo, como de hábito, é claro, só que com oficiais alemães e um ministro de Pétain. E mora na Avenida Foch, em frente à Gestapo.

— O senhor também conhece Lydia muito bem — desabafou Thorenc.

E caminhou para a porta.

— Aonde vai? — explodiu Luber.

Thorenc virou-se e o olhou firme.

— Já dei o recado de Joseh Minaudi. Por acaso estou lhe pedindo alguma coisa?

O olhar de Stephen Luber estampou sua hesitação e, como se estivesse consciente disso, ele quase fechou os olhos; dir-se-ia que, ofuscado por alguma claridade, deixou apenas uma pequena fresta entre as pálpebras. E uma nova expressão surgiu em seu rosto: a de um homem cruel e dissimulado.

Foi então que Thorenc o achou tão caricatural que teve vontade de rir.

— Você devia raspar essa barba. Está com cara de conspirador, parece até um traidor de opereta! Assim chama muita atenção. E para alguém que atravessa a linha de demarcação, participa de ... não direi assassinatos, mas execuções, represálias... melhor, não é? — perguntou virando-se para Christiane Destra — ... essa cara não é muito adequada nem muito prudente! Se um dia estivermos juntos numa missão, eu lhe pediria de saída para raspar essa barba, Luber: questão de segurança. Senão, vai ter de apresentar documentos a cada passo ou será seguido!

Luber enfiou a mão por baixo do paletó, do lado esquerdo em que estava a arma.

Ele pode me matar aqui ou na rua, pensou Thorenc.

Desceu a escada tranqüilamente, dizendo apenas que, sem sombra de dúvida, ainda haveriam de se encontrar.

Pegou a bicicleta e começou a andar pela Rua Fodéré, em direção aos plátanos da praça que fica a cavaleiro do porto, em direção à luminosidade branca que se estende até o horizonte a partir da massa escura das árvores.

Nesse fim de manhã, a rua está vazia.

Thorenc vislumbra vultos que se abrigam do calor excessivo nos pátios e corredores de entrada do casario baixo.

O verão parece expandir-se numa impetuosidade delirante e desesperada como um último esforço antes da morte.

Thorenc presume que Stephen Luber caminha atrás dele.

Olha os pombos que vão da luz para a sombra nos degraus da igreja do porto.

Bastaria uma pressão de Luber no gatilho, para os pássaros saírem voando, e essa revoada seria a última visão de Thorenc.

24

Thorenc percebeu a mancha amarela qual uma flor entre as silhuetas escuras.

Dirigiu-se imediatamente para ela, pensando na jovem que se escondera no pinheiral do hotel do Cabo d'Antibes.

Custou a se aproximar. A Praça Masséna era uma espécie de arena onde toda a população de Nice parecia estar reunida.

Os curiosos comprimiam-se junto às fachadas; a jovem estava do lado oposto, sob as arcadas.

Policiais o impediram de atravessar a praça, de modo que teve de contorná-la. O centro estava tomado por um palanque encimado por um grande retrato do marechal Pétain. Um pequeno *duce* vestido de preto perorava aos milhares de veteranos da Primeira Guerra. A maioria usava uma boina preta e trajes escuros que lembravam um uniforme. Alguns vestiam camisa azul e um boldrié atravessado no peito. Quase todos exibiam condecorações; na primeira fila, os porta-bandeiras.

O pequeno *duce* falava com uma voz de falsete que às vezes adquiria ríspidas entonações. Dizia que precisavam juntar-se atrás do salvador da França, lutar contra os maus ventos da dissidência, engajar-se na cruzada da Europa contra o bolchevismo.

Alguém gritou: "Viva Joseph Darnand!, e o pequeno *duce* vestido de preto respondeu: "Viva Pétain! Viva a França!"

Em meio a esses clamores, Thorenc avizinhou-se da jovem e parou a alguns metros de distância.

Ela estava mais adiante dos curiosos, como se tivesse sido isolada por eles. Tinha os cabelos negros despenteados e seu vestido branco estava manchado. Ela apertava com as duas mãos as beiradas do xale amarelo, como uma náufraga agarrada a um esteio.

A jovem era comovente em seu desespero.

Sem uma palavra, Thorenc a tomou pelo braço e tirou-a dali.

A multidão abriu passagem, e ele ouviu uma voz de mulher que dizia: "Ela é louca", e outra respondeu: "É uma vadia. Que vergonha!"

Ele teve vontade de insultá-las, de esbofeteá-las, mas preferiu afastar-se o mais depressa para as ruas desertas que levam à beira-mar.

Há uma semana, depois de uma nova estada em Antibes e uma passagem de algumas horas por Marselha, Thorenc está morando em Nice.

Em Marselha, esteve primeiro com Henry Frenay, depois com os oficiais do Serviço de Informação do exército do armistício, remanejados numa grande vila de veraneio e oficialmente encarregados dos Trabalhos Rurais.

Eles lhe transmitiram as ordens do major Villars: devia voltar a Nice e, em comum acordo com Frenay e o major Pascal (que Dossi fora obrigado a libertar), tentar conseguir a convergência dos esforços de todos que se recusam a admitir a derrota. Havia muitos em Marselha e Nice: oficiais da marinha, refugiados parisienses, escritores e jornalistas, como Claude Bourdet cujo corpo magro abrigava uma energia e uma coragem fora do comum.

Está hospedado no Hotel Suisse, no fim do cais dos États-Unis.

A luz da aurora, no mar e na praia de seixos, é tão leve que ele esquece ali suas aflições, a cada amanhecer.

Sai do hotel, atravessa a rua, a praia e, enquanto os pescadores jogam suas redes, ele mergulha. A água é fresca, transparente, esverdeada.

Volta para o hotel e, pouco a pouco, à medida que o dia se torna mais pesado, a angústia o invade de novo.

Ele evita o quarteirão do porto, com medo de encontrar Stephen Luber ou Christiane Destra que poderiam ficar preocupados com sua presença em Nice.

Teme ser reconhecido pelo dono do Hotel de l'Olivier, na Rua Ségurane, e pelo do Château de l'Anglais, os dois hotéis em que se hospedara com Geneviève não faz muito tempo.

Em Marselha, recebeu os documentos que lhe enviaram com o nome de Jean Bertrand, artista plástico. Portanto, ele agora passa por um paisagista, mas teve dificuldade em conseguir um cavalete, tubos de tinta e telas. De resto, sabe que esse disfarce não resistirá a uma denúncia. Tem a impressão de já haver cruzado com Rodolphe de Gallet, o proprietário do Château de l'Anglais.

Convenceu-se, pois, de que essa cidade não passa de uma armadilha.

As pessoas pensam que podem esquecer a guerra, enquanto Darnand desfila pela cidade com a Legião dos Combatentes e as primeiras seções da Milícia que acaba de criar.

Thorenc viu jovens milicianos percorrerem a Promenade des Anglais empurrando e ofendendo a todos os que identificavam como judeus.

Teve de se contentar em olhar e baixar a cabeça quando esses esbirros passaram por ele.

Sentiu-se humilhado por não poder socorrer os velhinhos apavorados que se afastavam às pressas, metidos nos sobretudos pretos que usavam apesar do calor, agora cobertos de crachás.

Mas segurou essa jovem pelo braço.

A moça gemeu e ele a amparou, pois, a cada passo, parecia que ela estava a ponto de desabar. Interrogou-a, mas ela o olhou com ar assustado. Não respondeu quando ele perguntou como e onde ela vivera depois que fugira do hotel em Cabo d'Antibes.

Ele insistiu:

— Eu estava lá, vi você. Quero ajudar.

Enfim, ela murmurou que estava com fome.

Ele almoçava todo dia na Rua Droite, num restaurante da cidade velha que parecia uma taberna. A sala era escura e abobadada. Serviam peixe e legumes fritos no azeite. A dona apresentava duas contas: de uma, ela apanhava cupões, ostensivamente, e devolvia o troco com estardalhaço; da outra, ela sussurrava o total baixinho e metia no bolso do avental as notas que lhe passavam sorrateiramente.

À medida que se alimentava, a jovem se refazia e, quando terminou a refeição, prendeu os cabelos com gestos vagarosos. Tinha um rosto redondo, lábios cheios, olhos ingênuos. A cabeleira cor de azeviche contrastava com a pele muito branca, leitosa.

— Eu dormi ao relento, na praia — admitiu finalmente. — Estou com a roupa toda suja.

Depois, sem olhar para Thorenc, explicou que era alemã de nascimento, mas fora criada na França. O pai fugira dos nazistas em 1933; em outubro de 1940, oficiais franceses o prenderam e o entregaram aos alemães no posto de controle da linha de demarcação.

— Sou judia — acrescentou. — Meu nome é Myriam Goldberg. Não tenho mais documentos nem dinheiro.

Thorenc se levantou.

— Vamos resolver tudo isso! — decretou ele.

Começaram a caminhar à beira-mar, de braços dados. Nunca se sentira tão determinado. Resistir é também proteger. Talvez salvar uma vida, sim, ainda que seja uma única.

25

Thorenc abaixa os olhos.

Não ousa olhar para Myriam Goldberg quando ela lhe demonstra sua alegria e seu reconhecimento, com um bater de pálpebras, uma inclinação de cabeça, um sorriso.

Estão sentados frente a frente no salão de Philippe Villars cujas três janelas dão para o cais Gailleton e para um porto de Lyon. Avistam o Ródano na luz avermelhada desse verão de setembro que não tem fim.

Na margem do rio, no cais, os jogadores de bocha formam pequenos grupos barulhentos. Ouvem-se suas exclamações, às vezes encobertas pela sirene de uma barca que deixa um largo sulco na água reluzente.

— Você nasceu em Dommange — diz Philippe Villars estendendo à Myriam Goldberg a falsa carteira de identidade que acaba de mostrar a Thorenc.

Myriam segura o documento entre as mãos e olha fixo para Thorenc. Ele vira a cabeça. Experimenta um estranho sentimento, misto de timidez e angústia, de enlevo e entusiasmo. Tão inesperado, tão novo, que ele não sabe muito bem como se comportar.

Foi em Nice que descobriu esse sentimento, pouco depois de se terem conhecido, quando reservou um quarto para ela, no hotel onde estava hospedado, e disse ao proprietário:

— É minha irmã, acaba de chegar. Sofreu um acidente de bicicleta.

E mostrou o vestido manchado.

Ela o olhou demoradamente e sorriu.

Ele a puxou dali, subitamente aborrecido. Disse que ela devia comprar roupas e deu-lhe algumas notas. Iria esperá-la em frente às butiques.

Primeiro, ela sacudiu a cabeça recusando, depois, olhou fixamente para Thorenc e, decidida, entrou numa loja de modas na Praça Masséna.

O pequeno *duce* de preto deixara o palanque. No lugar, restava apenas o retrato do marechal Pétain que balançava ao vento. A arena estava de novo deserta.

Partiram para Lyon no dia seguinte, e Thorenc entrou imediatamente em contato com Philippe Villars.

O filho do major Villars montou com alguns colegas da SNCF o que ele chama de um laboratório clandestino, na Estação de Perrache. Ali eles reproduzem e imprimem documentos de identidade e *ausweis*. Estudam as possibilidades de sabotagem do tráfego para o caso de um dia precisarem impedir uma invasão alemã à zona não ocupada.

— É uma carteira de identidade perfeitamente falsificada, mas absolutamente genuína! — exclama Philippe Villars.

Myriam Goldberg ri.

O engenheiro explica que os registros civis da cidadezinha de Dommanges, onde Myriam supostamente nasceu, foram destruídos em maio de 1940. De modo que é impossível qualquer averiguação.

— Vou poder voltar à vida — murmura ela.

Olha novamente para Thorenc.

Ele está comovido. Ela lhe parece tão desarmada, ingênua, e, ao mesmo tempo, ele a imagina resoluta.

Quando ela saiu da loja de modas, em Nice, vestindo uma saia preta, plissada, uma blusa azul e um casaco no braço, ele mal a reconheceu.

Ela disse:

— Preciso cortar os cabelos.

As madeixas soltas caíam-lhe nos ombros em largos e negros caracóis. Como se quisesse poupá-la desse sacrifício, Thorenc murmurou que isso talvez pudesse esperar.

— Agora — afirmou ela.

No fim do dia, ela havia se transformado em uma outra mulher, de cabelos ondulados, mas curtos, de uma elegância sóbria e discreta.

Parada em frente ao espelho de uma butique, ela sorrira.

— Metamorfose... — sussurrara.

Virara-se para Thorenc, repetindo o quanto lhe era agradecida. Ele retrucara, quase com rispidez, que ela não lhe devia absolutamente nada. Detestava que lhe agradecessem.

Calaram-se e voltaram para o hotel, sob um céu que se tingia de violeta e, logo depois, de negro.

Depois de alguns passos, ele já estava arrependido do que dissera.

Na porta do quarto, ele explicara, um tanto balbuciante, que havia a guerra e eles estavam do mesmo lado.

Enquanto falava, ele se perguntava por que sofria tanto para dizer tais obviedades.

— Você e eu, não contamos — concluiu ele.

Sorrindo, ela lhe estendera a mão.

Myriam Goldberg põe a carteira na mesinha diante dela e lê, a meia voz:

— Claire Rethel, nascida em Dommange, em 21 de junho de 1921.

E ri:

— Eu gosto.

Ele não se lembra de haver conhecido uma mulher igual a ela, inteiramente verdadeira no que diz, no olhar e nos gestos. Mesmo Geneviève Villars parecia-lhe mais estudada, mais misteriosa. Myriam, não; ela não tem lado secreto. Está convencido disso. Em todo caso, é nisso que ele quer acreditar.

Foi ele quem sugeriu o nome Claire a Philippe Villars.

— Um sobrenome do Leste é imprescindível — frisou o engenheiro. Por que não Rethel?

E deu de ombros, acrescentando que o primeiro nome era Myriam quem devia decidir.

— Claire — decretou Thorenc imediatamente.

Desculpou-se logo: falara precipitadamente, sem pensar.

— Claire — repetiu Myriam. — É Claire!

Os Patriotas

* * *

Ela se levanta, vai até a janela. Parece desinteressada da conversa.

Thorenc ouve Philippe Villars, que fala a meia voz, quase cochichando.

Estão organizando grupos. O pessoal do Combat, de Henri Frenay, que vai muito a Lyon. Os cristãos, com quem seu primo Mathieu mantém contato, reúnem-se no convento dos Dominicanos, em Fourvière; pretendem redigir e difundir os *Cahiers du témoignage chrétien* (*Cadernos do testemunho cristão*). Por seu turno, os oficiais da contra-espionagem tratam do recolhimento de armas que escondem nas fazendolas da região lionesa e do outro lado do Ródano. Quanto aos obrigatórios *Chantiers de la Jeunesse* (Campos de Trabalho da Juventude), estão se voltando contra a política de colaboração; permitem que os militares façam o recenseamento e o recrutamento dos jovens entre dezoito e vinte e cinco anos, e lhes dêem treinamento militar.

Philippe Villars suspira:

— E há os comunistas...

São muitos entre os ferroviários. Depois que a URSS entrou na guerra, eles estão em toda parte: nos depósitos de locomotivas, nas oficinas, nos trens. Distribuem panfletos e às vezes incitam à greve.

— Resistentes — murmura ele —, mas, antes e acima de tudo, comunistas.

Diz ainda que os grupos clandestinos carecem de dinheiro, de material, como também de homens e mulheres que estejam dispostos a se arriscar e dedicar seu tempo. É preciso encontrar impressores, mensageiros, todos sujeitos a serem molestados, a sofrerem uma batida, uma busca domiciliar.

— As pessoas, na grande maioria, mantêm-se afastadas; espetam bandeirinhas nos mapas, ouvem Londres, mas ainda acreditam em Pétain. Ficam em expectativa.

Myriam Goldberg volta para perto deles e senta-se.

— Claire Rethel... — murmura olhando para eles. — O que ela faz na vida?

Dirigindo-se a Thorenc, Philippe diz que seu primo Mathieu, o dominicano, lembrou que ela podia dar aulas de francês e alemão numa escola católica de Lyon. Ele pode conseguir isso com facilidade.

Myriam Goldberg sacode a cabeça.

— Claire Rethel há de ter coisa melhor a fazer — decide ela.

Thorenc sente-se confrangido. Não quer que ela corra perigo. Já a imagina sendo interrogada por Antoine Dossi, Ahmed ou Douran, Marabini, Bardet, se não pelo tenente Wenticht.

E pensa em Geneviève que ele deve procurar, segundo uma mensagem do major Joseph Villars. Philippe Villars já colocou na mesa o *ausweis* em nome de Jean Bertrand, artista plástico.

Thorenc faz que não com a cabeça e resmunga olhando para Claire:

— Fora de questão, perigoso demais! Você deve ser professora. Daqui a alguns meses, talvez...

Ela o fita e diz, olhos nos olhos:

— É a guerra, nós não contamos!

Acabrunhado, ele se vê preso em sua própria armadilha.

De que adianta salvar uma vida e logo deixá-la correr para a morte?

Quinta Parte

26

Ele contempla o Saône levemente tingido pela luz meio ocre desse começo da tarde de terça-feira, 3 de setembro de 1941.

— Está me ouvindo, Thorenc?

Sobressaltado, Thorenc vira-se para o major Villars que caminha a seu lado, no cais. Tranqüiliza-o com um aceno de cabeça e inclina-se para ele. O oficial toma-lhe o braço.

Segundo ele, a missão que está confiada a Thorenc é perigosa. Os alemães estão irados. Ficaram furiosos com os atentados que os comunistas perpetraram contra oficiais graduados, em Paris, Bordeaux, Rouen, e com as sabotagens das ferrovias. Estão ameaçando, estão fuzilando.

Villars pára. Apóia os cotovelos na mureta sobre o Saône.

— Não posso deixar de advertir você — continua.

Os alemães pregaram um cartaz na Estação de Chalon-sur-Saône, onde fiscalizam a entrada da zona ocupada. Qualquer pessoa apanhada na linha de demarcação será imediatamente fuzilada.

—Você embarca hoje à noite — murmura o major. — Mas é meu dever lembrar os riscos que vai correr.

Endireita-se, puxa Thorenc e continua:

— Não importa que os documentos que Philippe falsificou sejam perfeitos. Você confia nisso, não é? É tudo também uma questão de confiança e psicologia. Um policial é um cão farejador. Se ele for tarimbado, sente o cheiro do medo. Quando os alemães pedirem seus documentos, fique firme. Como ficou, sempre que se viu diante do perigo. Aliás — contrai o rosto —, eu não tenho escolha. É você, e é urgente.

E fala. Já faz mais de uma hora que ele repisa: quer um quadro o mais completo possível dos movimentos da Resistência na Zona Ocupada; o relatório que Thorenc apresentou depois que percorreu o Sudeste foi fundamental. Precisa ser completado com um levantamento no Norte.

— E vá ver Geneviève — acrescentou Joseph Villars com a voz subitamente embargada.

Dá alguns passos em silêncio e aperta o braço de Thorenc. Suas palavras passam a fluir mais depressa.

Todos os movimentos da Resistência, tanto ao norte como ao sul da linha de demarcação, devem unir-se sob a liderança de De Gaulle. É o pensamento de Henri Frenay e, naturalmente, do major Pascal e dele próprio. Mas há hesitações; a maior parte dos oficiais do exército do armistício continua fiel a Pétain.

— Prestaram juramento — repete com raiva. — Continuam acreditando nas virtudes desse velho ambicioso, desse rendido! E condenam De Gaulle!... Sabe o que o general de La Laurencie, apesar de decidido a resistir e de ter sido demitido por Pétain, disse a Frenay? "De Gaulle, nós o *anistiaremos*!" Como intelectual e como político, La Laurencie é uma insignificância, mas busca o apoio dos americanos...

Villars ironiza:

— Esses aí ainda nem entraram no conflito e já querem impor sua política! — encolhe os ombros. — Mas eles pagam, fornecem armas e alimentos aos ingleses, aos russos, acham-se no direito de dar ordens!

De repente, o major apóia-se com todo o peso no braço de Thorenc, e suspira:

— E nós...

Com um movimento do queixo, ele indica a Basílica de Fourvière, os campanários da Catedral de Saint-Jean, o bairro da Lyon antiga, a Igreja de Saint-Paul, no fim do cais.

— Nós vivemos aqui há milênios: Lugdunum, capital dos gauleses... E agora...

Torna a suspirar e essa fraqueza, essa insegurança comovem Thorenc.

— Os alemães estão apenas a uns cem quilômetros de Moscou — continua Joseph Villars. — Vão atravessar o Dniepr. Serão derrotados, é claro;

mas, se não dermos uma guinada violenta, seremos os vencidos dos vencidos. A menos que...

Abana a cabeça.

— Mas quem é que pensa no que que vai acontecer depois? De Gaulle; ele e os comunistas. Esses matam e não têm medo de morrer. Corajosos, organizados. Patriotas? Pretendem-se. Criaram uma Frente Nacional. Lavam com o próprio sangue — e o dos reféns — a deserção de 1939 e as hesitações de 1940. Mas pensam primeiro na URSS e, só depois, na França. É isso.

Faz um gesto como se atirasse alguma coisa longe.

— Se os resistentes não se juntarem em torno de De Gaulle, a França estará sujeita a outros. Hoje, são os alemães que mandam; amanhã, podem ser os americanos ou os russos. E sempre haverá os Pétain e os Laval para explicar que a colaboração com o mais forte é a melhor política possível!

Mostra a colina de Fourvière.

— Assim sendo, de que servem dois mil anos de história?

Apóia-se outra vez na mureta.

— Quando você voltar...

Segura o pulso de Thorenc e aperta.

— Porque você vai voltar, tenho certeza! Eu sinto isto. Você não se dobrou ao comissário Dossi; ludibriou os alemães em Paris. Você tem o instinto de sobrevivência, Thorenc!

Lança um longo olhar a Bertrand e continua:

— Você mantém um bom distanciamento dos acontecimentos. Participa mas não perde a lucidez. Não se deixa enganar. Quando nos conhecemos, eu disse que você seria um homem precioso para um serviço de informações.

Dá um tapinha no ombro do jornalista.

— Depois, tornou-se mais valioso ainda, tornou-se aguerrido. Tenho projetos para você. Lembra-se de Jean Moulin, o governador? Meu filho Pierre foi do gabinete dele...

Villars contou que, depois de ter estado com Frenay, em Marselha, Moulin foi à Espanha e de lá seguiu para Lisboa. Está a caminho de Londres, vai expor a situação da Resistência a De Gaulle.

— Quero que o General conheça também um outro ponto de vista — explica o major. — Por isso preciso que você embarque esta noite, e que volte logo. Depois, irá a Londres. Assim, De Gaule não se prenderá somente à visão de Moulin.

Villars toma novamente o braço de Thorenc e volta a caminhar.

— E procure Geneviève — diz ele. — Não sei exatamente onde ela está. Criou uma rede própria, estabeleceu ligações com Londres, com Delpierre e o pessoal do movimento Franco-Atirador, e com Lévy-Marbot, um dos dirigentes da OCM. Geneviève...

Olha de relance para Bertrand.

— Você a conhece bem: temerária e decidida, inteligente, independente.

E murmura:

— Já lhe disse uma vez: Geneviève, um estilhaço de sílex.

Novamente, Thorenc deixa o olhar seguir o curso do Saône.

A voz de Villars se desvanece. Parece longínqua, como que arrastada pela correnteza, imersa na luz que irisa a superfície do rio.

27

Thorenc vê a jovem que vem em sua direção pelo cais do Saône. Prefere não conjeturar... Não lhe distingue os traços, somente a silhueta que parece trazida pelo sol que já se põe no horizonte.

Pensa que lhe restam pouco mais de cinco horas em Lyon, depois enfrentará o trem, a Estação de Chalon-sur-Saône, e o momento de apresentar seu *ausweis*.

Chama-se Jean Bertrand, agora. É artista plástico.

Pára como se não quisesse ir ao encontro da jovem que lhe acena erguendo a mão à altura do rosto.

— Agora devo dizer: Claire Rethel — murmura consigo. E repete "Claire Rethel".

Como ela soube que ele estaria ali, no cais, a alguns passos da Catedral de Saint-Jean?

Decerto foi o doutor Raymond Villars, irmão do major, em cuja casa ela está hospedada, ali perto, na Rua Saint-Jean número 7, que lhe disse onde encontrá-lo.

Ele vira a cabeça. Ainda não quer reconhecê-la, mas a emoção o sufoca. Olha o relógio de pulso. Sente vontade de rir: faltam seis horas, e não cinco, para a partida do trem da Estação de Perrache.

Podem jantar juntos, portanto.

De súbito, lembra-se da recomendação do major Villars:

— Enquanto espera o trem, procure um bordel. Assim você se acalma. Estará pensando em outra coisa, e os alemães vão sentir o perfume das putas. Isso vai desviar a atenção deles!

E pensa que, se conseguir atravessar a linha de demarcação, amanhã estará com Geneviève.

Esforça-se para trazer à lembrança o rosto dela, o corpo, as noites que passaram juntos, e assusta-se porque não encontra nada, como se o sorriso e os olhos ingênuos de Claire Rethel houvessem invadido sua memória.

Diz a si mesmo que nunca pensou em fazer amor com essa moça, ou melhor, essa menina-moça, e que não deve fazer, não quer fazer.

— Eu vim — diz ela.

Debruça-se no parapeito. Voltada para o rio, ela não olha para ele.

Ele a vê como nunca a vira antes.

Está usando a saia que comprou com ele, em Nice. Seus quadris são largos, as panturrilhas, musculosas. A blusa azul está apertada nos ombros arredondados, um pouco roliços.

Ela o encara. Ele reconhece a brancura leitosa da sua pele, os lábios carnudos.

— Seu trem só vai partir às vinte e uma horas — murmura ela tomando-lhe o braço. — Até lá eu fico com você.

Os seios dela roçam o braço de Thorenc que lhes adivinha a forma. Ele se afasta num movimento brusco, e desvia o olhar com ar de repreensão.

Insiste que ela deve ser mais prudente. Estar sempre em guarda contra si mesma e os outros. Cada dia ela será mais exigida. E vai aceitar. Vai depositar a correspondência nas caixas do correio, depois terá de atravessar a linha de demarcação. Vai se encarregar do transporte de armas ou de dinheiro. Talvez até lhe peçam para estreitar relações com alemães, uma vez que fala a língua deles. Ela vai esquecer que corre perigo. Correr perigo é como droga. A gente acaba dominando a angústia, o medo. Andando na beira do precipício. Gostando de sentir vertigem. Também é uma forma de prazer.

— Desconfie, Claire. Ninguém vai se preocupar com você, a não ser você mesma.

Ela toma-lhe o braço novamente.

— E você, quem se preocupa com você? Não vai atravessar a linha daqui a algumas horas? Também gosta disso?

Max Gallo   A CHAMA NÃO SE APAGARÁ

— É uma missão — responde ele. — Escolhi com conhecimento de causa, depois de anos. Você... você ainda é jovem demais...

Ela pára, cola-se a ele e diz:

— Eu nunca fiz amor.

E não abaixa os olhos.

— Queria que fosse com você, hoje.

Ele não a afasta. Oscila entre a embriaguez e o susto.

— Eu quero — murmura ela. — Agora.

De novo, ele consulta o relógio. Pensa no hotel da Rua Victor-Hugo, perto da Estação Perrache.

— Vamos para lá, agora — repete ela sempre colada nele, a boca entreaberta.

28

Thorenc está de joelhos, as mãos amarradas nas costas.

Tem a impressão de que lhe arrancaram a pele do rosto, que os olhos saltaram das órbitas e escorregam, sanguinolentos, pelas faces. Em torno dele, alemães andam para lá e para cá. Sacodem-no, aos berros, obrigam-no a se abaixar e lamber o chão. Ardem-lhe a boca e a língua.

Reconhece o tenente Klaus Wenticht, aquele que o interrogou há pouco mais de um ano, quando tentava ultrapassar a linha de demarcação.

Wenticht chicoteia seu rosto com o cinto. Seus lábios se racham.

Debruçam-se sobre ele. Alexander von Krentz, o tenente Konrad von Ewers, o capitão Weber e, à paisana, Werner von Ganz exigem que ele revele o nome da jovem que Thorenc vê deitada, nua, em uma cama.

Ela geme. Ele pode ver cada detalhe de seu corpo, os tufos pretos nas axilas e entre as coxas. Não a conhece, repete ele.

Mas eles abrem e batem portas.

Douran, Ahmed, o comissário Dossi, Marabini e Bardet, mais Henry Lafont irrompem no quarto, aproximam-se da cama. Lafont segura pela coleira um enorme cão negro que late.

Thorenc tenta dar um salto...

... Portas batem. Ele olha em torno. Na cabina, as pessoas cochicham olhando-o de esguelha. Sob a luz branca e violenta das plataformas da estação, ele vê soldados armados, postados diante dos vagões. Outros percorrem as plataformas ao longo do trem.

Ouve as vozes distorcidas e metálicas dos alto-falantes que repetem em francês, depois em alemão, que os passageiros devem permanecer em seus lugares, com os documentos à mão.

Vê um oficial e um civil passarem pelo corredor, acompanhados de um soldado armado de metralhadora.

Então, ele dormiu até Chalon-sur-Saône?

Recorda os gemidos de Claire Rethel no quarto do Hotel Résidence, na Rua Victor-Hugo. O cachorro que latia no andar de baixo ou em outro qualquer, enquanto Claire se despia sem constrangimento algum e colocava a blusa e a saia, cuidadosamente dobradas, numa cadeira.

Ela se deitou na cama, as mãos cruzadas na nuca, as pernas um pouco afastadas. E Thorenc ficou fascinado pela brancura dessa pele que ele acariciou, beijou e lambeu.

Mas os latidos do cão que pareciam cada vez mais perto fizeram-no erguer-se várias vezes, sobressaltado com as batidas de portas dentro do hotel.

O oficial empurra a porta da cabina, cumprimenta e estende a mão para recolher os documentos de identidade e os *ausweis*. Examina-os devagar, passa-os ao homem à paisana que se mantém um pouco atrás. É este quem diz:

— Bertrand? Senhor Jean Bertrand?

Thorenc faz menção de se erguer.

Não tem jeito, ele vai morrer.

Ainda sente, em volta do pescoço, os braços de Claire que se agarrou nele no instante em que a voz ressoou na Estação de Perrache anunciando a partida do trem para Chalon-sur-Saône e Paris, em que só seria permitido o embarque de pessoas munidas de um *ausweis* expedido pelas autoridades da ocupação.

Ela sussurrou obrigada várias vezes. Ele repetiu que ela fosse prudente e acrescentou: "Continue viva..."

Ele vai morrer.

Com um gesto, o homem à paisana ordena que o soldado monte guarda na porta da cabina. Devolve os documentos a todos os passageiros, mas fica com o *ausweis* e a carteira de identidade de Thorenc, e afasta-se com o oficial.

O soldado empurra a porta. Com o dedo no gatilho da arma, ele não tira os olhos de cima de Thorenc.

Bertrand sente que outros passageiros desviam o olhar e o evitam. Tem até a impressão de que o homem sentado a seu lado se afastou.

Os alemães poderiam espancá-lo, degolá-lo, ali mesmo no banco, sem que nenhum desses companheiros de viagem se mexesse ou sequer demonstrasse perceber o que se passava.

Por que resistir, por que morrer por essa gente?

Thorenc abre um jornal.

É preciso fingir indiferença e enfado.

Reconhece a foto na primeira página; na verdade, ele começou a ler o jornal pouco antes da partida do trem e adormeceu. O clichê reproduz um grupo de artistas e escritores franceses fotografados numa plataforma da Estação de l'Est. No centro, Viviane Ballin rodeada por Drieu La Rochelle, Brasillach, Derain, Van Dongen, Vlaminck. Perto deles, oficiais alemães: Alexander von Krentz, o tenente Konrad von Ewers, o capitão Weber da Propagandastaffel, e Werner von Ganz. Entre esses últimos, como se fosse também um ocupante, Michel Carlier, diretor do *Paris-Soir* e marido da atriz Viviane Ballin. Acompanha — com "orgulho", diz ele — os criadores franceses.

Resistir? Thorenc dobra lentamente o jornal. Esforça-se para se fazer de desentendido, fingir uma espera resignada, tranqüila.

Ninguém resiste pelos outros, mas por si mesmo, pelo juízo que faz do próprio destino, da própria honra e de seu país. Resiste porque não sabe, não pode aceitar a submissão, porque é incapaz de viver como covarde — olha os outros passageiros —, como esses aí que desviam os olhos.

Pensa em Claire Rethel, em Geneviève Villars, em Isabelle Roclore. Imagina o que lhes acontecerá se caírem nas mãos de um comissário Dossi, de um Henry Lafont.

Culpa-se por não ter conseguido convencer Claire a se afastar da ação clandestina. Se ela for presa, ela que se chama Myriam Goldberg...

Ele a revê deitada na cama do quarto do hotel da Rua Victor-Hugo. Se um dia ela for presa...

Sente-se subitamente desesperado, exaltado, não de raiva, mas de uma fúria que lhe dá vontade de berrar, de se atirar contra esse soldado para acabar com a angústia, a incerteza de todos esses anos que ainda terá de viver com a morte a lhe seguir os passos.

O oficial empurra a porta, entrega-lhe os documentos e o cumprimenta.

Na cabina, os demais passageiros suspiram aliviados, sorriem, trocam algumas palavras.

Thorenc fecha os olhos.

Dormir. Esquecer!

29

Assim que entrou no pátio da fazenda, percebeu o rapaz metido num suéter branco de gola alta, apertado no tórax, com uma estrela de pontas irregulares tricotada em pontos largos no peito.

O rapaz fuma reclinado ao sol, contra o muro de pedras secas do celeiro.

Passa lentamente a mão esquerda pelos cabelos louros.

Exibe um ar descontraído, mas Thorenc não se deixa enganar por essa atitude. O homem está de tocaia.

Deve ter ficado surpreso com a chegada de Thorenc, mas não quer demonstrar que evita um encontro.

Até sorri, tentando estabelecer, de saída, uma espécie de conivência.

Thorenc olha ao redor. O major garantira que a filha morava sozinha.

— Você conhece Geneviève — disse Joseph Villars —, ela não é mulher de se envolver. Ela administra seus casos como um comandante de batalhão.

No entanto, esse rapaz tem ar de quem está em casa.

Thorenc hesita. Olha rapidamente para trás. A estrada está livre. Pode fugir. Talvez, daqui a pouco, ele caia numa ratoeira armada pela Gestapo.

O homem começa a se levantar, afasta-se do muro, balançando-se de um pé para o outro.

Tarde demais, pensa Thorenc.

Explica, pois, que está procurando a estrada de Saint-Laurent, que está vindo de Villeneuve-sur-Yonne e não encontrou ninguém para pedir qualquer informação.

Nesse momento, abre-se a porta da casa principal e Geneviève surge na soleira.

— É um amigo — diz ela, virando-se para o rapaz.

Caminha devagar para Thorenc. O andar está mudado, mais feminino no meneio das cadeiras. Tem os cabelos levantados e usa um colete verde que deixa os braços nus até os ombros.

Ao chegar a alguns passos de Thorenc, ela lhe estende a mão com o braço quase na horizontal, como para deixar claro que não quer que ele a abrace nem a beije, e que o tempo deles passou.

Ele se deixou vencer pela lembrança de tudo que viveram juntos e abaixou a cabeça. Pensou imediatamente em Claire Rethel, nas horas que passaram no quarto do hotel da Rua Victor-Hugo, mas essas recordações o abateram em vez de reanimá-lo.

Tudo se tornou fugidio, precário.

Segura a mão de Geneviève, mas ela a retira logo, cruza os braços, caminha para o rapaz e planta-se ao lado dele, no sol que colore as pedras de tons avermelhados.

— É Marc — murmura ela.

Convida Thorenc a entrar na casa da fazenda. Está na hora da primeira emissão da BBC, explica. Estão esperando um lançamento de pára-quedas no platô, na próxima noite ou nos dias seguintes. De modo que precisam ouvir as mensagens que vão confirmar a operação.

Ela passa o braço em torno dos ombros do rapaz e vira-se para Thorenc.

— Marc é nosso radiotelegrafista.

O rapaz se desvencilha sorrindo e começa a procurar a freqüência de Londres num aparelho escondido dentro de um guarda-louça.

Thorenc nota que ele parece mais moço que Geneviève. Sob o suéter, percebe-se um corpo juvenil, ossudo, mas flexível.

Numa grande sala, de teto tão baixo que Thorenc tem de se curvar para não bater com a cabeça nas traves escurecidas pela fumaça, Geneviève está azafamada. Põe os pratos na mesa, pára de quando em quando, presta atenção no rádio que Marc continua a sintonizar, até conseguir captar, finalmente, o sinal da emissão.

Senta-se, então, esclarecendo que a localização da fazenda, isolada no fim de um promontório que domina o vale do Yonne, permite ouvir o rádio, rodar o mimeógrafo, enfim, emitir mensagens na maior segurança.

De resto, não há muitos alemães nessa região que não possui nenhum local estratégico, o que facilita as aterrissagens de pára-quedas ou aviões.

Marc chegou há um mês, num Lysander que aterrissou no platô à distância de algumas horas da estrada da fazenda. Só precisaram balizar o campo, e a operação não levou mais de dez minutos. Um dos chefes do movimento Libération Nord ocupou o lugar de Marc no avião que decolou imediatamente de volta para a Inglaterra.

Com um gesto autoritário, Geneviève faz sinal para Marc e Thorenc se calarem e escutarem.

Ouviram o locutor repetir numa voz engrolada: "Mensagens pessoais: Lisette vai bem. Gabriel manda lembranças."

Marc abre os braços sorrindo. Murmura:

— Isso é conosco. Vai ser amanhã à noite!

Geneviève põe-se a cantarolar e começa a servir os pratos de batatas com toicinho.

Thorenc nunca a vira assim, alegre, despreocupada; ela diz que vai passar uma boa parte da noite avisando aos membros da rede para prepararem a *dropping zone*.

Estão aguardando a chegada de pára-quedas com vários contêineres, uns três ou quatro de armas, provavelmente.

— Pedimos muita coisa — diz Marc.

— Dinheiro, explosivos, metralhadoras de mão, munições, equipamentos... — enumera Geneviève.

Ao passar perto de Marc, ela acaricia-lhe a nuca.

Thorenc sente-se pouco à vontade, como se acabasse de surpreender a intimidade de um casal em que, por trás da aparência, percebia uma extrema fragilidade.

Tem a desagradável impressão de que Geneviève e Marc estão fingindo, o que o faz sentir-se vagamente em perigo.

Durante todo o jantar, ele evita olhar para Marc e Geneviève quando os dois se tocam, se abraçam, se beijam.

Tem certeza de que não experimenta ciúme nem ressentimento, mas constrangimento.

Parece-lhe que há algo de excessivo no comportamento de Geneviève, e que Marc se retrai como que arrastado, a contragosto, para uma paixão que o sufoca, sobretudo porque não a compartilha.

Thorenc comunica que pretende voltar para Paris já na manhã seguinte.

Pede que Geneviève trace um quadro preciso das atividades de sua rede.

— "Prometeu", a nossa rede... — começa ela.

30

Thorenc sentiu necessidade de silêncio.

Atravessou o pátio e contornou a campina até a beira da falésia.

Mais abaixo, o rio corre lânguido, espreguiçando-se num grande meandro onde se condensa uma bruma cinzenta, enquanto na fazenda o céu é claro, luminoso até.

Thorrenc senta-se.

Pretende reunir as informações que Geneviève lhe passara com voz firme, um tanto arrogante.

— Temos homens em toda parte — disse ela. — Posso contar com eles.

Eram ferroviários, camponeses, carteiros, professores primários, funcionários de prefeitura. Ela fornecera os nomes, embora ele tentasse interrompê-la a todo instante. Medo de que deixassem um vestígio em sua memória e de que um dia, sob tortura, viesse a entregá-los, ele não queria ouvir seus nomes uma única vez sequer. Mas Geneviève os pronunciou numa espécie de exaltação: Marlin, Crespière, Laforêt, Jussier, Nartois, Gauchard...

E repetia o nome — Gauchard — do homem que havia organizado a sabotagem da estrada de ferro a alguns quilômetros de Villeneuve-sur-Yonne. Enaltecia a coragem de Nartois que cortara os fios do telefone que ligam as centrais alemãs a Dijon, Auxerre e Avallon. Crespière derrubara árvores, bloqueando as estradas de Morvan. Estariam todos lá, amanhã à noite, para balizar o terreno onde os pára-quedas pousariam, para esconder as armas e dar sumiço nos contêineres.

Ela falava com a cabeça reclinada no ombro de Marc; às vezes segurava a mão dele, acariciava-lhe os dedos.

Marc mantinha-se empertigado, as mãos espalmadas em cima da mesa, com um sorriso meio ingênuo estampado na cara.

Deixou Geneviève dizer que a vida na rede mudara desde que o radiotelegrafista juntara-se a eles.

— É o nosso Prometeu! — repetiu ela.

Graças a Marc, foi estabelecida ligação direta com as Special Operations Executive, em Londres.

— E De Gaulle? — perguntou Thorenc num resmungo.

Geneviève respondeu que ela só estava preocupada em derrotar e expulsar os alemães e que aceitava ajuda de todos os que partilhassem do mesmo objetivo: dos ingleses, de De Gaulle, dos comunistas, por que não?

Afastou-se de Marc como se quisesse dar mais solenidade a essas palavras.

Explicou que a fazenda também servia de refúgio, um lugar de passagem, uma etapa na rota para o Sul, para a Espanha. Os alemães nunca iam até lá. Isso permitia que ela circulasse livremente por toda a região, onde se tornara conhecida como enfermeira dedicada e experiente. Dispunha de um salvo-conduto para transitar de dia e de noite. Assim, ela levava para a fazenda — e hospedava-os o tempo que fosse preciso — os pilotos aliados, abatidos ou em fuga, bem como ingleses e canadenses que chegavam da Bélgica ou dos departamentos do Norte, às vezes até da Alemanha. Era ela quem organizava a ida deles para a Zona Sul. E...

Fez uma pausa e inclinou-se, imperceptivelmente, para Thorenc:

— Stephen Luber dormiu duas noites aqui, algumas semanas atrás.

Thorenc olhou de esguelha para Marc. O rapaz parecia distante, pensativo.

Thorenc a detestou por mencionar esse nome e contar que Luber lhe confessara ter participado dos atentados contra os oficiais alemães. No corredor do metrô Dauphine, ele matara um oficial da Kriegsmarine que, segundo palavras dele, Luber, "berrara como um porco degolado".

Ela ainda enumerou todos os atentados perpetrados pelo grupo de

Luber. Citava um por um, contando nos dedos: um capitão da Wehrmacht abatido em plena rua; um sargento morto no *hall* do Hotel Terminus; na Porta d'Orléans, um soldado cujo crânio Stephen Luber afundara a coronhadas porque seu revólver havia enguiçado.

Cerrou os punhos e lançou, numa mistura de raiva e desprezo:

— Você é contra, não é?

Ele se senti ferido quando ela se dirigiu a Marc para explicar quem era ele, Bertrand, filho de Cécile de Thorenc, íntimo do Estado-Maior alemão e dos meios artísticos — Geneviève carregou no desdém ao pronunciar estas palavras — favoráveis à colaboração. E lembrou que Thorenc quis obrigá-la a passar algumas horas na Boîte-Rose, o cabaré freqüentado pelos oficiais superiores nazistas.

Thorenc detestou-a pelo tom sarcástico, pela maneira como destruía o passado deles. Ela o desfigurava, sacrificava-o como uma oferenda à sua paixão por Marc.

— Era o 11 de novembro de 1940, vínhamos da manifestação, precisávamos de um refúgio — murmurou ele.

Ela riu.

— É verdade, eu sei, mas não importa: era a Boîte-Rose!

Depois de se calar por alguns minutos — quem sabe estaria recordando a noite que passaram juntos no quarto imundo do hotel de alta rotatividade da Rua Delambre? —, ela continuou em tom ríspido como se quisesse cortar qualquer elo que os unisse:

— Naturalmente, você vai falar dos reféns. Mas nós — virou-se abrangendo Marc — achamos que o sangue que os nazistas derramaram vai gerar ou duplicar o ódio, a revolta. As pessoas, inclusive as covardes, as que esperam para saber quem vai ganhar, vão acabar sentindo-se ameaçadas: vão correr o risco de serem indicadas como reféns.

E ergueu o punho:

— Elas vão ter de escolher! — bradou em voz muito aguda. — Vão resistir porque estarão com medo!

Levantou-se, dizendo que precisava prevenir os camaradas de que os pára-quedas desceriam no dia seguinte à noite.

Max Gallo ❧ A Chama Não Se Apagará

Virou-se para Marc e sorriu.

Sussurrou que estava com frio e acariciou seu suéter. Com gestos vagarosos, o rapaz despiu o agasalho, deixando entrever o torso esguio sob a camisa de algodão cáqui.

Thorenc virou a cabeça para não ver Geneviève vestir o suéter branco.

Ela abriu a porta e declarou já na soleira:

— Nós também vamos matar. Eles precisam saber que são caçados como animais nocivos. Precisam tremer a cada passo, não só em Paris, mas na trilha mais estreita, no interior mais longínquo. Aqui também. Stephen Luber disse que eles precisam saber que a França inteira é um campo de batalha. Portanto, é preciso matá-los.

E desapareceu na noite.

Thorenc não tinha a menor vontade de ficar conversando com Marc.

31

Ele tirita. Entretanto, o vento que verga a relva no alto da falésia e afasta a bruma da curva do Yonne é ameno, quase quente. Cheira a trigo maduro.

Recorda a violência e a exaltação com que Geneviève disse: "Luber me contou como eles queimaram o trigo em Beauce. Nós também vamos incendiar as colheitas, vamos decepar o gado nos pastos. A Alemanha não o terá!"

Acocorou-se, e assim permaneceu por uns dez minutos. Aos poucos, começou a sentir compaixão, quase piedade, por Geneviève. Para sufocar a angústia e abolir o medo, ela precisa de sentimentos extremados, de atos absolutos. Ele a imagina circulando sozinha esta noite, por caminhos escuros, sendo surpreendida de repente por uma patrulha. Interrogada com o facho de uma lanterna focalizado em sua cara. Obrigada a mostrar documentos, a autorização para circular. Afinal, eles a reconhecem e, com gesto largo, permitem que prossiga seu caminho...

Como não teria ela necessidade de sentir a lã do suéter de Marc nos braços, no peito, no pescoço?

Ele, Thorenc, não agiu da mesma maneira quando estreitou nos braços o corpo de Claire Rethel, também abandonada, buscando o calor de alguém? O de Thorenc ou, amanhã, o de outro homem em cuja casa seria forçada a passar a noite porque a cidade estaria vigiada. E porque ela não teria vontade de dormir sozinha com seu medo.

Assim se comportara Julie Barral, franca e destemida, que provavelmente estava morta, agora, ou arquejando de agonia no fundo de uma cela.

Resistir, travar a guerra clandestina é estar muito freqüentemente só e, portanto, sentir frio, frio, frio.

Max Gallo ❦ A Chama Não Se Apagará

* * *

Thorenc bate os dentes.

... Para não tremer, pode-se esquecer a prudência, agarrar-se no pescoço de um homem ou de uma mulher que passe, confiar-lhe o que se devia calar, com o único propósito de dar início a uma cumplicidade, uma intimidade, para compartilhar e deixar de ser só.

Cruzou e comprimiu os braços para se esquentar.

Ele não gostou de Marc, o radiotelegrafista que chegou da Inglaterra. Geneviève errava em contar tudo ao rapaz, do passado dela e da rede. Mas com certeza ela não pôde suportar ter de guardar segredos e enfrentar sozinha a angústia.

Está convencido de que ela deve mudar de região ou ir mesmo para a zona não ocupada. Se ele falar com Pierre Villars, talvez o irmão, avisado, consiga convencê-la. E se ela quiser ir com Marc, que o leve junto, que se mude com ele! Thorenc, porém, não tem dúvida, e é como se o frio penetrasse ainda mais fundo por entre suas costelas e o perfurasse: Geneviève não pode continuar assim por muito tempo, a aumentar a aposta incessantemente, sempre mais e mais tensa e vulnerável.

Um dia ela vai desmoronar.

Ele ouve o motor resfolegante de um carro. Os faróis iluminam o pátio da fazenda. É Geneviève que volta.

Thorenc vai a seu encontro e planta-se diante dela para obrigá-la a parar e impedi-la de entrar logo na casa.

A lã branca do suéter é como um alvo desenhado na noite.

— Vamos conversar — diz ele.

Ela alça os ombros. Afirma, irritadiça, que já deu todas as informações, repassou os fins e os meios de sua rede. Não escondeu nada, tampouco o que pensa. Que ele não tente convencê-la de que não deve matar alemães para evitar que eles se vinguem matando reféns.

Thorenc segurou-a pelo braço e levou-a em direção à falésia.

Ela resiste, de início, mas acaba cedendo, e ficam os dois de pé, lado a lado, olhando o rio.

— Você é imprudente — arrisca ele. — Demasiado segura de si, das pessoas à sua volta...

Ela vira-se para ele, bruscamente.

— Eu faço o que quiser da minha vida privada! — retruca.

Ele dá de ombros, sentindo que não conseguirá convencê-la. Contudo, insiste ainda:

— É preciso compartimentar sempre. Ação, informação, propaganda, organização, ligações. Revelar a cada um somente aquilo que ele não pode ignorar. Marc...

Interrompe-se, pois Geneviève começa a se afastar a passos largos em direção à fazenda.

Ele vai atrás.

— Você se expõe demais, é conhecida demais na região — continua ele. — Os alemães vão localizar o radiotransmissor ou os campos de aterrissagem. E chegarão a você. Não podemos saber quem consegue ficar de boca fechada sob tortura. É melhor não estar a par de nada.

Evita mencionar o nome de Marc e limita-se a sugerir:

— Você se abriu demais com todo mundo.

Ela pára, desafiante.

— Nem todo mundo manteve relações amistosas com os nazistas, nem todo mundo entrevistou o chanceler Hitler, nem todo mundo tem uma mãe que...

E muda de assunto e de tom:

— Você vai embora amanhã? Decisão acertada.

E acrescenta que certamente ele não quer presenciar a descida dos pára-quedas:

— Perigoso demais, não é? E você é um homem prudente! Melhor para você!

Ele volta à beira da falésia. O frio parece mais forte ainda.

Ouve o ronco surdo de um motor que invade, pouco a pouco, o vale. De repente, um projetor varre o prado e Thorenc distingue uma vedeta alemã que desce lentamente a corrente.

Max Gallo   A Chama não se Apagará

O jato de luz desliza ao longo da falésia. Instintivamente, ele se deita na relva úmida e vê o facho branco iluminar a fazenda.

32

Thorenc tem a impressão de que as ruas de Paris viraram chagas purulentas.

Grandes cartazes vermelhos e amarelos estão expostos nas fachadas, nas saídas das estações de trem e de metrô.

Os alemães fuzilaram noventa e oito reféns em menos de dois dias. E Brasillach tem coragem de escrever no *Je suis partout*: "Nada de piedade para os assassinos da Pátria!... O que esperamos para fuzilar os chefes comunistas que estão presos?"

O jornal está aberto em cima da mesa. Pierre Villars acompanhou lentamente, com o dedo, cada frase de Brasillach; depois, aproximou-se de Thorenc e murmurou:

— Pucheu seguiu o conselho. Sugeriu que os alemães só fuzilassem comunistas e, entre eles, um garoto de dezessete anos, Guy Mocquet. Culpado, sabe de quê? De ter um pai deputado comunista! E Pucheu se diz ministro francês do Interior!

Thorenc observa o irmão de Geneviève. Seu lábio inferior está tremendo. Ele gagueja de emoção e fúria misturadas.

— Os comunistas — lembra Bertrand — não podiam ignorar...

— É verdade, nós sabíamos — interrompe Pierre Villars prontamente empertigando-se. — Eu disse *nós*, você compreende...

Dá pequenos socos na mesa e explica:

— Sou inteiramente solidário! De qualquer maneira, você não haveria de querer que eu fosse da opinião de Pétain!

Dobrou o *Je suis partout* e pôs o *Paris-Soir* em cima da mesa. Sob a foto do *Feldkommandant* Hotz, abatido por um tiro nas costas, na Praça da Cathédrale, em Nantes, e a do conselheiro da administração militar Reimers, morto ao cair da noite na Praça Pey-Berland, em Bordeaux, o jornal publica algumas linhas em que Pétain fala do "justo direito" dos alemães. O Marechal acrescenta: "Pelo armistício, nós depusemos as armas. Não temos mais o direito de retomá-las para ferir os alemães pelas costas... Ajudem a justiça. Lanço-lhes este grito com voz alquebrada: não mais permitam que façam mal à França!"

— O safado! — exclama Villars. — Agora ele estimula a delação!

E continua, cerrando os dentes:

— Sabe o que os alemães estão prometendo? Quinze milhões de francos aos que denunciarem os culpados, e a libertação dos prisioneiros parentes das pessoas que fornecerem indicações úteis ao Kommandantur...

Thorenc olha ao redor. A sala do Café La Fragate está fervilhante de conversas alegres.

Na mesa vizinha, mulheres de chapéu, com a *voilette* levantada, falam de *Fantasia*, o filme de Walt Disney que acaba de estrear. Estão entusiasmadas:

— É muito mais que um desenho animado: é poesia...

Fora, o sol ilumina o cais Voltaire.

Villars retoma o assunto:

— Nos salões, inclusive o de sua mãe, chamam o general von Stülpnagel de "o mais encantador de nossos vencedores". Só que esse distinto oficial, esse homem de sociedade manda fuzilar dezenas de reféns!

— O que é que você esperava? — replica Thorenc. — Que ele deixasse seus oficiais serem mortos sem reagir?

Villars dá um risada sarcástica e arrogante:

— Nós precisamos do ódio! É preciso que os boches se sintam isolados, ameaçados. Eles instauraram o toque de recolher às vinte e uma horas. Paris deixou de ser o lupanar deles, agora é uma cidadezinha onde nós os degolamos! O mesmo acontece em Nantes, em Bordeaux, em Rouen. Que eles se fodam uns aos outros! Mas se querem ir ao bordel, que tremam, pois podemos matá-los enquanto vestem as cuecas!

Thorenc não respondeu. Parecia-lhe ouvir Geneviève. E ele se questiona novamente. Talvez seja de fato o único meio de sacudir os franceses, de tirá-los da apatia, da passividade — mostrar-lhes exatamente a cara de Vichy: não a de um velhinho comovente, mas a máscara de um homem que deixa matar os reféns e incita a denunciar os patriotas ao inimigo!

Villars parece ter-se acalmado. Mas Thorenc nota que ele aperta a beirada da mesa com as duas mãos e seus dedos tremem.

— Estive com Stephen Luber em Nice — diz Bertrand. — Geneviève também me falou dele. Ele passou duas noites na casa dela em Villeneuve-sur-Yonne.

Pierre não demonstra ter ouvido.

— Estou preocupado com ela — continua Bertrand. — Acho que tem excessiva confiança em si mesma e nos que a cercam, o que é muita imprudência. O radiotelegrafista está morando na casa dela; de modo que ela corre um perigo maior ainda. Você conhece esse rapaz?

Pierre Villars sorri:

— Marc Nels. Está com ciúme, Thorenc? Não é o momento. A época não está para sentimentos privados. Pensei que você compreendesse isso!

Thorenc se levanta. Decididamente, irmão e irmã reagem da mesma maneira. Apóia-se na mesa e inclina-se para Pierre:

— Se você tem alguma influência sobre Geneviève, que a aconselhe a sair de Villeneuve-sur-Yonne. Com o radiotelegrafista, se ela quiser...

Dá algumas passadas pela sala e volta:

— Os sentimentos privados, Villars, estão em toda parte: na casa dela, na sua casa, em minha casa. Estamos lutando pelos sentimentos privados, pelo direito de amar como quisermos, quando quisermos, seja uma mulher ou o nosso país. Os nazistas é que tiraram da cabeça todo sentimento privado. É por isso, aliás, que eles matam com tanta facilidade.

Saiu do café e começou a andar ao longo do cais Voltaire.

Os passantes demoram-se diante das bancas dos livreiros. Thorenc tem a impressão de que os soldados alemães, tão numerosos há alguns meses, tornaram-se raros e, pelo que pode perceber, parecem inquietos, nervosos; viram-se constantemente como se temessem ser seguidos ou baleados.

Oficiais andam com a mão no coldre do revólver.

Max Gallo **A Chama Não Se Apagará**

Ele pára diante de um cartaz amarelo colado numa parede da Academia Francesa.

BEKANNTMACHUNG	AVISO
In der Abenddämmerung des 21 Oktober 1941, einen Tag nach dem in Nantes begangenen Verbrechen, haben feige Mörder, die ihm Solld Englands und Moskaws stehen, eine Offizier der deutschen Militärverwaltung in Bordeaux auf verräterische Weise erschossen...	Ao anoitecer de 21 de outubro de 1941, um dia após o crime cometido em Nantes, covardes assassinos, a soldo da Inglaterra e de Moscou, mataram a tiros, traiçoeiramente, um oficial da administração militar alemã em Bordeaux...
Noch einmal habe ich angeordnet fünfzig Geiseln zu erschiessen. Wenn die Täter nicht bis zum 26 Oktober 1941 Mitternacht gefasst werden, werden weitere fünzig Geiseln erschossen.	Mais uma vez, ordenei o fuzilamento de cinqüenta reféns. Se os matadores não forem apanhados até a meia-noite de 26 de outubro de 1941, mais cinqüenta reféns serão executados.
Ich biete den französischen Einwohnern, die dazu beitragen die Schuldigen zu entlarven eine Belohnung von 15 MILLIONNEN FRANCS...	Ofereço uma recompensa no valor total de 15 MILHÕES DE FRANCOS aos habitantes da França que contribuírem para a captura dos culpados...
Paris, den 23 Oktober 1941, *Der Militärbefehlshaber in Frankreich* Von Stülpnagel, *General der Infanterie.*	Paris, 23 de outubro de 1941, *O Comando das Forças Alemãs na França* Von Stülpnagel, *General de Infantaria.*

Thorenc tem vontade de vomitar.

Pensa nesses professores primários, nesse deputado, nesses sindicalistas, nessas vidas aprisionadas como reféns, escolhidas no Campo de Châteaubriant, e no oficial francês da força pública que apertou a mão do oficial alemão que foi apanhá-los e conduzi-los a uma pedreira para serem abatidos com três rajadas: às 15h55, às 16 horas e às 16h10.

A Marselhesa que os reféns cantaram só foi interrompida quando a última vida expirou.

Ele sente a presença de alguém atrás dele; vira-se rapidamente. Pierre Villars está a alguns passos.

Caminham os dois lado a lado, sem uma palavra, até o Pont-Neuf.

— Sentimentos privados... — murmura Villars parando na entrada da ponte. — Stephen Luber pensou em explodir a casa de sua mãe, na Praça des Vosges. Está sempre cheia de oficiais alemães e colaboracionistas. A gente vê entrar desde Alexander von Krentz e o capitão Weber, Werner von Ganz, o grande coordenador dos encontros artísticos franco-alemães, até o senhor Epting, diretor do Instituto Alemão, Drieu La Rochelle e, quando não está em Vichy, meu avô Paul de Peyrière. É muito fácil fazer isso; é só distribuir algumas bombas, ficar de emboscada no jardim, na praça, e metralhar os sobreviventes... Pois é, Thorenc, Luber e seus camaradas desistiram pelo que você chama de "sentimentos privados". Por você...

— Por mim? — pergunta Thorenc desconcertado.

— Por você — repete Villars, afastando-se do Pont-Neuf.

Thorenc não se mexeu. Em voz baixa, ele responde:

— Fizeram mal.

Mas diz a si mesmo que a Praça des Vosges não permitiria que os participantes do grupo de ação se dispersassem e se retirassem com a rapidez necessária.

Nesse caso, os "sentimentos privados" podiam ter servido de álibi, de desculpa, disfarce ou pretexto.

33

De repente, gritos rasgaram a noite de Thorenc.

Pareceu-lhe reconhecer a voz de uma mulher em meio aos gritos. Ela dominava todas as outras vozes com um lamento agudíssimo e lancinante que estancou subitamente.

Erguendo-se na cama, ele pensou em Geneviève Villars, depois em sua própria mãe, a mulher que haviam cogitado matar.

Na noite anterior, uma vez que não conseguia dormir, teve a tentação de descer ao *hall* do hotel e telefonar para o apartamento da Praça des Vosges e prevenir Cécile de Thorenc, com poucas palavras, talvez anônimas, sobre o perigo que a ameaçava.

Se lhe salvasse a vida, isso não mudaria absolutamente a sorte da guerra.

Mas desistiu. Sua mãe não compreenderia. Pelo contrário, veria nessas ameaças um motivo a mais para prosseguir, qual uma atriz que, estimulada pelos aplausos, ganha fôlego para a próxima tirada, para uma nova proeza.

Assim é Cécile de Thorenc: uma mulher desorientada, sem rumo, nesta época que ela considera um cenário teatral, em busca da glória, da beleza, da juventude e dos sucessos passados, pronta a sacrificar a vida se for o preço a pagar para continuar em cena, surpreender o público, manter a ilusão de ainda estar no centro dos acontecimentos, de atrair os olhares — e pouco lhe importa que estejam carregados de ódio.

Cécile de Thorenc representa. Interpreta seu papel e, para ela, Alexander von Krentz ou o capitão Weber não passam de atores vestidos a caráter que lhe dão a réplica.

Pobre mocinha desnorteada!

Incapaz de dormir, Thorenc ficou muito tempo andando pelo quarto do terceiro andar de um hotel no Quartier Latin.

Pelas frestas das persianas metálicas, observou o cruzamento da Rua Saint-Jacques com a Rua des Écoles, pouco visível na escuridão do toque de recolher. Quantas vezes atravessara esse cruzamento para ir à Sorbonne ou à *brasserie* Balzar! Ali, ele jantava às vezes numa mesa perto da de Brasillach ou de Drieu.

Pensou nesses escritores perdidos, também eles presos a seus personagens, que talvez nem imaginem que suas palavras se transformam imediatamente em tiros, pancadas, sofrimentos, mortes.

Thorenc dormiu enfim e, logo aconteceram esses gritos como que saídos de seu próprio pesadelo, esse lamento seguido de silêncio.

Levantou-se e foi tateando até a janela.

Viu, então, a quantidade de corpos aprisionados nos fachos das lanternas, uns quatro ou cinco jogados no meio do cruzamento, de mãos erguidas acima das cabeças.

Ao redor, soldados de capacete batiam com as coronhas dos fuzis nesses corpos reduzidos ao silêncio, enquanto dois oficiais iluminavam a cena orientando os golpes.

Mais adiante, dois policiais franceses olhavam encostados em suas bicicletas.

Thorenc afastou-se da janela. Escondeu o rosto nas mãos.

Gostaria de ter uma arma, uma granada. Lembrou-se do fuzil-metralhadora que enterrara no jardim da casa abandonada em Saint-Georges-sur-Eure, no fim de junho de 1940.

Assustou-se quando o ruído dos motores invadiu a noite. Voltou novamente à janela. Viu soldados jogarem quatro corpos num caminhão, agarrando-os pelos braços e pelas pernas. Um deles parecia o de uma mocinha de vestido plissado e pernas nuas.

Pensou em Claire Rethel e, apesar de o silêncio ter retornado, ele não conseguiu dormir.

Na manhã seguinte, subiu a Rua Saint-Jacques.

Max Gallo   A Chama Não Se Apagará

As paredes do Liceu Louis-le-Grand estavam cobertas de inscrições em tinta preta: VIVA DE GAULLE! VIVA A FRANÇA! acompanhadas de uma Cruz de Lorena inacabada. O traço da longa barra horizontal ficara pela metade, decerto interrompido pela chegada de uma patrulha, quem sabe por esses dois tiras franceses que depois se contentaram em ser espectadores.

Thorenc começou a andar mais depressa, como se quisesse fugir do que já não passava de uma cruz seguida de epitáfios, e alcançou o Bulevar Raspail com a certeza de que devia ter evitado esse quarteirão onde se arriscava a ser reconhecido — mas sentiu necessidade de ir até lá e erguer os olhos para o alto vão envidraçado de seu ateliê.

Parou defronte do prédio.

Alguém fechara as cortinas de seu apartamento.

Avistou a senhora Maurin varrendo seu pedaço de calçada. Ainda está usando o mesmo penhoar azul desbotado. Ela rega o vasinho de gerânios que pôs na janela de sua salinha. Neste momento, o marido, que ela trata de "Maurin", sai do prédio. De quepe na mão, ele beija a mulher, põe o quepe na cabeça, e caminha em direção ao cruzamento; de passagem, saúda dois oficiais alemães que vêm da Rua Delambre, talvez da Boîte-Rose ou de algum hotel de alta rotatividade.

Quem teria ouvido os gritos desta noite?

Quantos corpos serão necessários, quantos cartazes amarelos e vermelhos, quantos reféns fuzilados para que a senhora Maurin pare de regar suas flores, para que Maurin pare de bater continência — mão aberta, dedos unidos e estendidos tocando a borda da viseira num rápido movimento de erguer e baixar o braço — para cumprimentar dois inimigos?

Quantos berros, quantos mortos para que Maurin puxe sua arma contra os alemães em vez de ameaçar os que desenham Cruzes de Lorena nas paredes?

Thorenc afasta-se. Vira-se para trás e vê Philippe Pinchemel sair do prédio, enquanto a senhora Maurin lhe dirige algumas palavras. Um carro está à espera dele. O chofer abre a porta para o industrial e estende-lhe um jornal.

Os Patriotas

Na primeira página do *Gringoire*, Thorenc lerá, nessa mesma manhã, que os alemães efetuaram mil e seiscentas prisões entre 6 e 10 de outubro.

Em que vala terão jogado os cinco corpos desta noite? A quantos metros de profundidade é preciso enterrar uma boca para que ela cesse de berrar, definitivamente?

Thorenc caminha a passos lentos ao longo do Jardim do Luxembourg. Em cima do edifício do Senado, vê flutuar uma imensa bandeira nazista.

Sente uma opressão no peito.

34

Thorenc ouve a voz que se distancia, ou melhor, que acaba de sumir, a ponto de ele se debruçar sobre o rádio para tentar retê-la. Mas, repentinamente próxima e nítida, ela volta à tona, às vezes prolongando-se num eco.

Tem a impressão de que ela sai de um longo túnel onde pretendem prendê-la, sufocá-la, mas, afinal, ela é mais forte e jorra como um gêiser irreprimível:

"Se os alemães não queriam encontrar a morte em nossas mãos, deveriam ter ficado em casa em vez de deflagrar a guerra contra nós... Desde que eles não conseguiram submeter o universo após dois anos e meio de luta, podem estar certos de que, sem demora, cada um deles há de virar um cadáver ou, no mínimo, um prisioneiro..."

Thorenc volta-se.

Delpierre está sentado diante do rádio. Numa caderneta apoiada nos joelhos, ele anota sem olhar o que escreve, com os olhos fixos no mostrador amarelo do aparelho.

No sofá, Lévy-Marbot está de olhos fechados. O rosto projetado para a frente, crispado como se quisesse agarrar cada palavra.

— De Gaulle — murmura — ... que talento danado para...

Com um gesto imperioso, Delpierre pede que ele se cale, enquanto a voz continua:

"Atualmente, eu recomendo que não matem alemães no território ocupado. Isso, por uma única e muito boa razão: é que neste momento o inimigo tem demasiada facilidade em revidar com o massacre de nossos combatentes temporariamente desarmados. Ao contrário, assim que estivermos em condições..."

A voz afunda e volta...

"Até, lá, paciência, preparação, determinação..."

Delpierre levanta-se e brande a caderneta.

— Impossível, impossível! — repete ele. — De Gaulle não está aqui. Não sente que a opinião pública acaba de mudar. Este mês de outubro marca a virada fundamental que esperávamos desde junho de 1940.

Começa a andar pela sala.

Abrem a porta. O doutor Pierre Morlaix surge na soleira.

Faz três dias que Thorenc está hospedado na casa do médico.

Foi procurá-lo na Rua Royer-Collard no fim da tarde, sem prevenir, e disse simplesmente:

— Preciso do senhor.

Morlaix o fez entrar. Levou-o para o salão, dizendo, num sussurro, que voltará assim que as consultas terminarem.

Thorenc foi até a janela que dá para o pátio do número 10 da Rua Royer-Collard. A gráfica de Juransson ainda continuava fechada.

Ficou um bom tempo olhando a quantidade de cartas que foram enfiadas por baixo da porta dupla e estavam no chão do pátio.

Não ouviu Morlaix se aproximar. Assustou-se quando o doutor murmurou:

— Juransson, é verdade... o senhor esteve aqui no dia em que ele foi preso.

Morlaix sentou-se.

— Estava ansioso por sua vinda. Pensei que voltaria logo. Não podemos ficar parados, não é? Como já lhe disse, arrisco somente a minha pessoa.

Olhou em direção à janela.

— Juransson foi fuzilado há duas semanas. Soube pela mulher dele. Desde então, eu não durmo mais; penso num modo de agir. Não podemos aceitar que eles assassinem inocentes. Mais de cem! E Pucheu e Pétain nos aconselham a denunciar os culpados!

Levanta-se.

— Eu não imaginava que o governo de Vichy pudesse chegar a este grau de aviltamento.

Cala-se um instante e recomeça:

— Estou à sua disposição. O que posso fazer?

Thorenc decidiu receber Delpierre e Lévy-Marbot na casa do médico. Podem passar por pacientes aos olhos de eventuais curiosos.

Ele acena para Morlaix entrar na sala, sem problema. Estão comentando o discurso do general De Gaulle que a BBC acaba de retransmitir.

— Imobilismo — resmunga Delpierre.

Folheia a caderneta e relê: "Até lá, paciência, preparação, determinação..." E abana a cabeça energicamente:

— É a virada — repete andando de um lado para o outro. — Foram os comunistas que provocaram isso com suas motivações particulares e suas segundas intenções, que não iludem a nenhum de nós. Pierre Villars me confirmou que eles treinaram "grupos de matadores", como fizeram na Espanha para liquidar com os que eram contra Stalin. Só que, aqui, eles matam nazistas: perfeito! Quanto a Pucheu, desmoralizou-se definitivamente quando concordou em ler e comentar a lista dos reféns, e ainda sugerir algumas modificações a Stülpnagel. Um de meus informantes me garantiu que, em Vichy, alguns ministros ficaram estupefatos, indignados mesmo, e estão questionando Pucheu por ter mergulhado de cabeça nesse processo de escolha, se não de indicação, dos reféns.

Delpierre olha de Thorenc para Lévy-Marbot, depois para o doutor Morlaix, e continua:

— Pucheu está condenado, e com ele morre toda a política da colaboração. Os alemães não compreenderam que, enquanto fuzilavam franceses, comunistas ou não, que foram para a morte cantando *A Marselhesa*, estavam matando a colaboração.

Delpierre levanta os braços:

— Centenas de reféns! Que país aceitaria isso? Que povo pode respeitar um governo que colabora com um assassinato coletivo dessa ordem? O problema é que...

Senta-se, parece titubear, afinal se decide:

— Nessa história, os comunistas são os grandes vencedores e é justamente por isso que eles escolheram essa política. Criam tropas na França, no

Os Patriotas

intuito de ajudar à URSS e de se aproximar do poder como os melhores e mais determinados antinazistas.

Sorri.

— Para quem os viu em 1939 e 1940, isso é incrivelmente cômico! "Franceses, vocês têm memória curta", é a única frase de Pétain — ainda que certamente não seja dele — que eu considero pertinente.

— Se isso é verdade — replica Lévy-Marbot —, então os franceses também vão esquecer os atentados, os reféns, Laval, Pucheu, e a nós de quebra! Assim sendo, por que não aguardar, não nos contentarmos — o que já não é tão mal — em transmitir a Londres as informações que conseguirmos colher? Nós nos reunimos sob a chefia de De Gaulle, o que é indispensável, e preservamos a essência vital do nosso povo. Sofremos uma carnificina em 1914, e é por isso que afundamos em 1940. Cultivamos a política desses monumentos aos mortos, desses arcos triunfais. Chega de mandar heróis para as valas de Vincennes e para as pedreiras de Châteaubriant! Mas não importa: você tem razão, Delpierre, este mês de outubro assinala realmente uma virada.

Lévy-Marbot cumprimentou, pôs o chapéu de aba arredondada, e foi-se embora a passos vagarosos.

Thorenc, que o segue com o olhar, diz a si mesmo que ninguém haveria de imaginar que esse transeunte elegante que subia calmamente a Rua Royer-Collard era um dos chefes da Organização Civil e Militar.

— Corajoso, heróico até — murmurou Delpierre. — Se a Gestapo o prender, ele não tem a menor chance. Judeu, resistente, ligado a De Gaulle. Quanto a ti...

Aproximou-se de Thorenc e puxou-o pelo braço com familiaridade.

— Eles não te perdoarão por teres tido o insigne privilégio de entrevistar Hitler... e não o teres seguido!

Delpierre levou Thorenc para o fundo da sala, e Morlaix retirou-se imediatamente.

— Abri uma pequena livraria na Rua d'Ulm — contou Delpierre. — Livros de ocultismo etc. É um disfarce bastante bom e vai durar o tempo que for preciso. Eu queria ir para a Inglaterra, mas ainda não é o momento. O movimento dos Franco-Atiradores precisa ser estruturado. Temos adesões, mas falta dinheiro, nossos jornais são mal distribuídos...

Vai até a janela que dá para o pátio.

— Juransson... Sua última carta — pois esses bravos assassinos dão um envelope, papel e lápis aos que vão ser mortos — é admirável. Ele cita Malraux, frases de *L'Espoir*.

Delpierre faz uma pausa, e declama de cabeça baixa:

— "Somente essa macieira estava viva na pedra, viva da vida indefinidamente renovada das plantas na indiferença geológica..." Compreendeste? A árvore é a nação... "As grandes macieiras eretas no centro do círculo de maçãs mortas" — isto é de Malraux. Nós, Juransson, tu e eu, seremos esses frutos derrubados.

Sentou-se.

— Jean Moulin está em Londres, mas nós também precisamos ir, para fazer De Gaulle compreender quem somos, o que esperamos dele e o que ele pode esperar de nós. Naturalmente teremos de voltar — disse pousando a mão no joelho de Thorenc. — Não vamos abandonar Juransson, não é?

Alguns dias depois, Thorenc soube que alguns milhares de homens e mulheres haviam feito uma peregrinação às pedreiras onde fuzilaram, com três rajadas, os reféns de Châteaubriant.

E quando cruzava clandestinamente a linha de demarcação passando pelo meio de uma campina, ele parou para contemplar "as grandes macieiras eretas no campo inanimado"; depois, a passos largos, alcançou o "traficante" de clandestinos que caminhava curvado à sua frente.

35

Thorenc teve a impressão de que seu coração saltava do peito.

Fechou os olhos, deitou-se de braços cruzados, pernas ligeiramente afastadas, e respirou como quem recobra o fôlego após uma corrida de longa distância.

No entanto, não andou depressa para seguir seu "traficante" que, aliás, parava de quando em quando e acenava para Thorenc se agachar atrás de uma sebe, ou para se deitar na relva quando já estavam perto da linha de demarcação.

A uns trezentos metros da linha, Thorenc avistou pontos luminosos — três — avançando na estrada e, logo em seguida, ouviu as vozes dos soldados da patrulha alemã e até os rangidos das rodas, os estalidos da corrente de suas bicicletas.

Depois, novamente o murmurinho da campina, o rumorejo da água, o farfalhar das folhas, o coaxar das rãs e um mugido inesperado que cobriu todos os outros sons, a que responderam latidos vindos de todos os cantos.

O "traficante" ergueu-se e murmurou:

— Terminou.

Atravessaram a estrada, margearam um córrego e chegaram a uma sebe.

— O senhor já está do outro lado.

Estendeu o braço e apontou para várias áreas mais escuras que a noite. Eram as primeiras fazendas da zona não ocupada.

Thorenc só precisava ficar ali, deitado num celeiro, até o dia amanhecer. Já não corria nenhum perigo, os guardas estavam prevenidos: evitariam a aldeia. Depois, era só caminhar até a Estação de Mereuil e esperar o trem das oito horas.

O "traficante" afastou-se sem uma palavra a mais, sem ouvir os agradecimentos de Thorenc.

Alguns passos adiante, sua silhueta encurvada desapareceu por entre as macieiras.

Thorenc não dormiu.

Levantou-se daí a uns dez minutos, e se livrou da irritante maciez do feno. Sentou-se sob o beiral e recostou-se contra a porta do celeiro. Tem a impressão de estar meio embriagado, como se cada poro de sua pele se dilatasse.

Mal consegue se lembrar do que viveu durante as últimas semanas na Zona Ocupada. O medo e a angústia já se dissiparam.

Esforçou-se inutilmente para pensar que será apanhado pelos homens de Pucheu, esse bando de policiais servis que, segundo Delpierre, já começaram a pressionar e ameaçar o major Villars, estão tentando entravar a ação do Serviço de Informação do Exército, e até prenderam alguns homens ligados a Henri Frenay; apesar de tudo, ele tem a sensação de ter escapado ao perigo, de estar em segurança agora.

Começou a chover e pareceu-lhe estar assistindo a uma espécie de tranqüila comunhão entre a terra e o céu.

O cheiro de erva molhada e frutas maduras emana como um vapor inebriante, e o murmurinho da chuva caindo de manso no beiral é reconfortante.

De súbito, a tempestade que, há menos de dois dias, varreu o Bulevar Raspail acode-lhe à lembrança. Eram os últimos momentos de sua estada em Paris. Fazia mais de uma semana que ele aguardava, na casa do doutor Morlaix, a correspondência de Delpierre com as instruções sobre a travessia da linha. Não se arriscando a sair de casa de medo de perder o correio, passava os dias na sala de estar do doutor Morlaix, lendo, ouvindo a BBC, tão baixinho que precisava grudar a orelha no alto-falante do rádio.

Sobressaltava-se a cada toque de campainha e só sossegava quando ouvia o médico convidar mais um paciente a passar para a sala de consulta.

Um belo dia, no fim da manhã, a porta do salão se abriu e Thorenc, num misto de espanto e prazer, viu entrar Isabelle Roclore, introduzida pelo doutor Morlaix que estendeu a mão para Thorenc dizendo: "É para o senhor", e logo se retirou.

Isabelle sentou-se de rosto fechado. Comportava-se como se não se conhecessem. Disse a senha baixinho e explicou que Thorenc devia ir a Tours contactar o capitão da *Gendarmerie* que lá mesmo ia providenciar a travessia da linha de demarcação. Ela repetiu o nome do oficial, o codinome com que seria reconhecido. Thorenc devia partir já na manhã seguinte.

Ela se levantou e ele não pôde suportar por mais tempo essa atitude, essa dureza. Segurou-a pelos ombros e a fez sentar-se novamente. Puxou sua cadeira para junto dela, mas não se atreveu a qualquer intimidade apesar das noites que haviam dormido juntos.

— Você sabia? — murmurou ele.

— Acharam melhor mandar alguém que você conhecesse — respondeu Isabelle.

Ela emagrecera ainda mais. O turbante de feltro preto que escondia seus cabelos afinava-lhe o rosto. Parecia rejuvenescida e — a palavra ocorreu a Thorenc, de imediato, naturalmente — *enobrecida* pela determinação e pela gravidade do olhar. Essa particularidade, que ele já havia observado por ocasião do último encontro no apartamento na Rua d'Alésia, acentuara-se nela.

— Estive com Stephen Luber — disse ele.

Ficou aborrecido e irritado ao se dar conta de que dissera quase as mesmas palavras a Geneviève Villars.

Isabelle, porém, não respondeu.

Ele acrescentou que, segundo estava informado — de fato, recebera estas informações de Lévy Marbot —, a Gestapo agora estava munida de caminhonetes que detectavam rapidamente os radiotransmissores.

Isabelle não pestanejou, de modo que Thorenc não ficou sabendo se os camaradas de Luber continuavam a transmitir do apartamento dela.

— Não se deve mais transmitir nada de Paris. É suicídio! — limitou-se a declarar.

Max Gallo 🎖 A Chama não se Apagará

Ela se levantou novamente e, de novo, ele a reteve.

— Ainda no *Paris-Soir*? — perguntou.

Isabelle se virou para ele, de supetão.

— Agora sou amante de Michel Carlier — declarou.

E alçou ligeiramente os ombros como para deixar claro que se tratava de um fato sem a menor importância.

— Há muito tempo que ele me queria. Me disseram que isso era útil. Carlier é o dono do *Paris-Soir*, um dos homens que mais freqüentam os círculos da colaboração.

Ele ficou impassível quando ela acrescentou, dirigindo-se para a porta:

— E nem sempre é desagradável...

Deixou que ela saísse, mas, quando, ao olhar por uma janela da sala, ele a viu descer a Rua Royer-Collard, esqueceu toda prudência e precipitou-se atrás dela.

Alcançou-a no momento em que ela atravessava a Rua Gay-Lussac. Percebeu o pavor que ela sentiu quando ele a tocou no ombro; e o alívio ao reconhecê-lo foi tão grande que ela se amparou em Thorenc.

— Isabelle, Isabelle, que loucura! — repetiu ele.

Ela se deixou levar pelo braço, e foram caminhando devagar sob o céu carregado. Margeavam os jardins do Observatoire quando o vento anunciou a tempestade, violenta e fria, que se armava.

Isabelle segredou que Delpierre a contactara alguns meses antes. Ela o conhecera na época em que assistia com Thorenc — ele estava lembrado? — às coletivas de imprensa. Delpierre tinha, então, uma certa queda por ela. Mas isso eram águas passadas. Agora ela lhe transmitia todas as informações que conseguia obter de Carlier.

Perdera o contato com o grupo de Luber desde que este saiu de Paris. Mudaram o radiotransmissor de lugar.

Thorenc apertou-lhe o braço, repetindo:

— Melhor, melhor!

Mas Isabelle quis continuar na luta, não para matar, não por enquanto, mas para ajudar, à sua maneira, os que lutavam de armas na mão; senão, ela

Os Patriotas

não se acharia no direito de continuar viva, enquanto muitos e muitos outros estavam morrendo.

Ela parou e lançou um olhar de desafio a Thorenc. Foi por isso que concordou em dormir com Michel Carlier pelo tempo que fosse preciso.

— É menos perigoso do que matar um oficial alemão, não é?

Havia tanto desespero em sua voz que ele a abraçou sem que ela resistisse, e a tempestade os surpreendeu na esquina do Bulevar Raspail.

Correram para se abrigar na entrada da Closerie des Lilás, no meio de alguns transeuntes que também fugiam da chuva.

Quando os primeiros clarões da aurora caem sobre a relva molhada e a chuva ainda estende seu véu cinzento defronte à entrada do celeiro, Thorenc sente voltar a angústia e o temor que o invadiram quando, diante da Closerie des Lilás, viu descer do carro pessoas que dantes freqüentara: Brasillach, Drieu La Rochelle, Abel Bonnard, André Fraigneau e, no meio deles, rindo às gargalhadas debaixo do temporal, o capitão Weber, da Propagandastaffel, Karl Epting, do Instituto Alemão, e Werner von Ganz, todos à paisana. Entraram rapidamente no restaurante, sacudindo-se da chuva.

Thorenc virou a cabeça e inclinou-se sobre o rosto de Isabelle, roçou-lhe os lábios e beijou-a na boca, sem que ela se esquivasse. Sentindo-a tão retesada, percebeu que ela havia visto e reconhecido esses homens com quem cruzava nos corredores do *Paris-Soir*, nos salões e nas reuniões que freqüentava em companhia de Carlier.

Ele esperou que o último do grupo, Drieu, elegante e indolente como de hábito, sumisse na porta giratória do restaurante, para sair dali puxando Isabelle pela mão, apesar do temporal incessante.

Saíram correndo, dando, sem dúvida, a impressão de serem um desses casais despreocupados que se entusiasmam com o imprevisto.

Desceram o Bulevar do Port-Royal e entraram, completamente encharcados, num café que cheirava à serragem molhada. Ofegantes, calados, beberam uma infusão escaldante.

—A má sorte e a sorte... — murmurou Thorenc, afinal. — Se aqueles senhores nos vissem...

Hesitou, mas concluiu:

— Você e eu juntos!

Sentia-se exausto, menos pela corrida que pelo perigo que passou raspando, por ter sofrido a zombaria do acaso.

— Para sobreviver — disse como se falasse para si mesmo —, é preciso pensar e pesar cada ato, só agir de maneira refletida, calculada. Eu não devia ter ido atrás de você, fui de uma imbecilidade criminosa.

Isabelle afagou-lhe a mão:

— Por mim, bem que gostei.

Ela tirou o turbante encharcado. Seus cabelos louros caíram soltos em longas mechas embaralhadas que ela se esforçava por desembaraçar.

— Carlier foi a Berlim com esse pessoal. Ele se encontra com Weber, Karl Epting, Werner von Ganz várias vezes por semana. Inauguram exposições. Reúnem-se para debates no Instituto de Estudos sobre questões judaicas.

Espalhou os cabelos pelos ombros e murmurou:

— Drieu ronda a meu redor como um cão. Ele é um cão! Quando ele fala, sempre me dá a impressão de que está uivando para a morte. Sinto que ele tem a morte dentro de si...

Estremeceu e baixou a voz para contar que Delpierre lhe passava certas informações que ela devia transmitir a uns escritores que fundaram um Comitê Nacional e estavam para publicar um manifesto e uma revista, *Les Lettres françaises.*

— Delpierre diz que eu sou o olho desses escritores na casa do inimigo, mas — ela balançou a cabeça — dormir com Drieu, isso nunca! Prefiro Carlier; é um patife, mas pelo menos é engraçado, meio doido.

Ela juntou os cabelos sob o turbante.

Levantou-se e murmurou que era melhor saírem cada um para o seu lado. Olhou para ele:

— Como amantes clandestinos! — cochichou.

Os Patriotas

* * *

Não fazia dois dias que Thorenc limpou o vidro embaciado do café e viu Isabelle Roclore afastar-se pelo bulevar. Ela não o beijou. Ela não se virou.

E nesse vilarejo tão próximo da linha de demarcação, ao sair do celeiro e retomar seu caminho debaixo de chuva, ele tenta inutilmente rever a última expressão da jovem. Seu rosto parece ter-se esfumado em cinza.

Por alguns minutos, ele se sente desamparado. Logo avista uma carroça sacolejando lentamente por entre dois renques de choupos-brancos.

Ele corre para ela.

O tempo de agora é assim, pensa.

É preciso seguir em frente. Esquecer os que acabamos de deixar.

Na esperança de que, ao deixá-los, às vezes ao abandoná-los, ainda vamos ao encontro deles.

Sexta Parte

36

Thorenc viu os dois homens que vinham em sua direção e achou que, desta vez, vivia seus últimos momentos de liberdade.

Pareceu-lhe sentir no rosto e no peito as baratas que caíam do teto, que lhe subiam pelos cabelos, passeavam pela testa e pela boca, depois entravam por dentro da camisa, na cela de Marselha em que o comissário Dossi o encerrara.

Tem um arrepio de repugnância. Ao mesmo tempo, não tem vontade de fugir. Sente-se tentado a parar, escorregar na calçada, a se deitar mesmo, de não ser mais que um trapo inanimado. Está esgotado, desencorajado.

Vê os dois homens se aproximarem, os mesmos de quem, há dois dias, tentou escapar.

Estão afastados um do outro.

O mais alto anda junto às fachadas, de cabeça descoberta, as mãos enfiadas nos bolsos de um impermeável claro. O outro, atarracado, de chapéu de feltro escuro com a aba caída escondendo os olhos, caminha na borda de arenito da calçada.

Thorenc anda mais devagar, como se seu corpo se paralisasse, pouco a pouco.

Conjetura se são tiras de Vichy ou homens das Brigadas Especiais do comissário Antoine Dossi, ou agentes — quem sabe franceses — da Gestapo aos quais Pucheu concede o direito de intervir na zona não ocupada.

Os Patriotas

* * *

Havia notado esses dois homens, pela primeira vez, na tarde em que chegou a Lyon, quando saía do Hotel Résidence, na Rua Victor-Hugo.

Depois de dar alguns passos, começou a correr e conseguiu escapar, metendo-se pelas vielas da velha Lyon, passando de uma para outra, subindo escadas, até chegar, finalmente, ao Convento Fra Angelico onde Mathieu Villars o abrigou, levou-o para um pequeno quarto mobiliado com uma cama e uma cadeira. O major Villar estava ali, à sua espera.

Mathieu fez um gesto em direção à Thorenc, dizendo ao tio:

— Acho que ele correu muito; precisa recuperar o fôlego!

E retirou-se imediatamente.

Thorenc caiu na cama, a mão espalmada no peito como para comprimir as batidas do coração; tentava sorrir, mas tinha a sensação de que a pele de seu rosto estava tão retesada que ele só conseguia entreabrir a boca para aspirar o ar.

— Como é que podiam estar esperando por você na saída do hotel? — perguntou o major Villars secamente. — O porteiro conhecia você? Você já tinha estado nesse hotel?

Thorenc deu a entender que não se lembrava; mas não se perdoava por ter querido voltar ao hotel em que passara algumas horas com Claire Rethel.

No entanto, ele sabia: não se pode ceder à saudade, às recordações.

— Tem certeza de que despistou esses homens? — pergunta Villars.

Sim, Thorenc estava convencido disso.

Começou a contar ao major o que havia sabido em Paris, relatando o que ouvira de Pierre Villars, de Delpierre, de Lévy-Marbot, e também, sem citar Isabelle Roclore, o que ela lhe contara sobre o papel de Michel Charlier e sobre essa Resistência dos escritores que estavam se organizando aos poucos em torno de Jean Paulhan, de alguns professores como Jacques Decour, críticos e outros autores como Jean Blanzat e muitos mais.

— Todo mundo se esbarra — acrescentou Thorenc. — As vítimas, os colaboradores, os carrascos e os resistentes... O escritório de Paulhan é no prédio das Edições Gallimard, na Rua Sébastien-Bottin, nº 5, a poucos metros do de Drieu La Rochelle que dirige a revista da *NFR* (*Nouvelle Revue française*). Um denuncia os nazistas e seus amigos, o outro exalta "o máximo de certa tese européia", isto é, o nazismo, e, portanto, a Gestapo e as execuções dos reféns!

Villars escutou, passeando pela sala, incapaz de ficar por sentado mais de alguns minutos.

Parecia inquieto, ao mesmo tempo em que sustentava propósitos resolutos e otimistas. Para ele, a entrada dos Estados Unidos na guerra, há alguns dias, confirmava a análise que De Gaulle já havia feito em julho de 1940. A guerra era mundial e, portanto, de certa maneira, estava terminada: os alemães seriam esmagados inexoravelmente. Aliás, já começavam a recuar diante de Moscou.

— Lá eles não vão entrar, Thorenc, vão congelar na imobilidade! Dizem que já perderam várias centenas de homens. Aliás, se isso não fosse um fracasso da Wehrmacht, Hitler não se teria autonomeado comandante-em-chefe. Mas, antes de capitular, eles vão sacrificar a Europa inteira. Veja...

Villars tirou um número do *Paris-Soir* de uma pequena pasta de couro preto.

Um soldado da LVF, a Legião dos Voluntários Franceses contra o bolchevismo, contava, no jornal, como os alemães tratavam os prisioneiros russos, deixando-os passar fome, sofrer maus-tratos, digladiar-se. "A barca da *Medusa* multiplicada por mil", concluía o voluntário sem esconder seu horror diante de um tal espetáculo.

— Eles lutarão até o fim — continuou Villars. — Vão cometer assassinatos por todo canto.

Em Paris, cem novos reféns acabavam de ser executados.

— O Governo de Vichy, na pessoa do senhor Pucheu, espanta-se que certos franceses sejam atacados de "pequenas cólicas sentimentais", e um jornalista colabô falou em "um tiquinho de fuzilados"!

Villars deu um pontapé na trave da cama. Continuou a falar enraivecido, atacando Pétain que acabava de se encontrar com Goering. Quanto ao almirante Darlan, esse foi visitar o genro do Duce, o ministro Ciano.

O major inclinou-se sobre Thorenc. Se havia uma coisa que ele detestava era a hipocrisia.

— Sabe que Vichy acaba de proibir a apresentação de *Tartufo*? Formidável, hem?

Proibição tão reveladora que os dois tiveram um breve momento de franco contentamento, quase de júbilo. Depois, Villars empertigou-se outra vez e voltou a passear pelo quarto.

— É preciso ir a Londres, meu caro Thorenc. Quero que nos ajudem, e rápido, antes que nos matem a todos! — repisou.

Mencionou as prisões que se multiplicavam, ali, e, naturalmente, na Zona Ocupada.

Aproximou-se e perguntou, a meia voz:

— Diga, você viu Geneviève?

Thorenc ainda não tinha tido coragem de falar sobre ela, suas imprudências, essa espécie de exuberância, também, e a paixão pelo jovem telegrafista, Marc Nels.

De modo que começou por descrever a atividade da rede Prometeu que ela criara e que se estendia pelo Morvan e pela Bourgogne onde conseguira redobrar as sabotagens.

Ficou calado, depois murmurou:

— Ela está se expondo, está se expondo muito. Demais.

— Ela mantém contato com Londres, não é? Com o SOE? — perguntou Villars.

Thorenc olhou para ele, mas desviou os olhos e respondeu secamente:

— Ela é imprudente. Não separa as coisas.

Titubeou, mas acabou acrescentando no mesmo tom:

— Não separa ação de informação, nem organização de transmissão, nem vida privada de vida clandestina...

Villars baixou a cabeça e começou a explicar que as condições para a ida de Thorenc a Londres ainda não estavam definidas. Talvez ele fosse direto de avião, ou passasse pela Espanha, talvez embarcado num submarino. A costa mediterrânea era pouco vigiada.

— Nesse caso, o major Pascal é quem vai se encarregar de você, em

Marselha — disse ele e exclamou: — Não vá aproveitar para cair de novo nas garras do comissário Dossi! O pior, aliás, não é isso: Dossi é um canalha, mas a gente sabe com quem está lidando.

Continuou a cruzar o quarto em todos os sentidos, parando para endireitar um crucifixo de madeira preta e cobre dourado, preso de través na parede branca.

— Vichy é o ponto de encontro dos hipócritas — resmungou. — Ali, eles saboreiam o poder com a gulodice dos velhos, dão-se ares de grandeza, mas, sobretudo depois que os Estados Unidos entraram na guerra e da resistência da URSS, começam a jogar com prudência. Todas as cartas estão marcadas. O próprio Pucheu faz questão de dizer que só apontou os comunistas aos alemães unicamente para salvar franceses. Pétain dá a entender que chora depois das execuções e que é prisioneiro. E todo funcionariozinho quer ser condecorado com a *francisque** pelo Marechal, para demonstrar fidelidade ao poder, e, ao mesmo tempo, quer garantir o futuro proseando com os ingleses ou com os resistentes.

E riu sarcástico:

— Estou enojado, Thorenc!

Pucheu também nomeou Cocherel, um personagem dúbio — que se apresentou a Villars como antialemão, pró-ingleses, anti-semita e anticomunista —, para a Vigilância do Território. Com o comissário Dossi e sua corja, ele planejava, sistematicamente, a destruição das redes de Resistência, enquanto se proclamava patriota.

— Quando cruzo com Cocherel — concluiu Villars —, eu lamento não ter de enfrentar os alemães diretamente!

Thorenc escutou distraído, com um pouco de comiseração. Ficou espantado com a indignação do major. Que é que ele imaginava? Que esse Cocherel, que nas Ardenas, em 1940, o próprio Thorenc vira injuriar os reservistas e sua mentalidade "frente populacho", para render-se depois às primeiras

---

* Machado de guerra dos francos, que se tornou o emblema do Governo de Vichy. (N.T.)

patrulhas alemãs, e recorrer a intrigas para ser repatriado, e agora fazia carreira ao lado de Pucheu, com a *francisque* na lapela, sussurrando que é antialemão, iria expôr-se ao perigo?

Os que se engajavam sem qualquer possibilidade de volta, num lado ou no outro, não passavam de um pequeno grupo. Para um major Villars, um major Pascal, um Henri Frenay, um Delpierre, um Lévy-Marbot, uma Geneviève Villars, uma Isabelle Roclore, havia milhares e milhares de Cocherel e alguns comissários Antoine Dossi.

Thorenc limitou-se a observar Villars enquanto este criticava, em tom exaltado e desdenhoso, todos esses espertalhões, esses cautelosos, esses oportunistas que, cada vez mais, achavam que a Alemanha não conseguiria vencer a Rússia, a Inglaterra e os Estados Unidos, de modo que precisavam negociar uma saída, empurrar Pétain para o lado vencedor, no momento certo — e poder ostentar na lapela a Cruz da Libertação ao lado da *francisque*.

De repente, como se percebesse que estava monologando, o major parou de falar. E estendeu a mão a Thorenc:

— Vamos tentar devolver ao país o lugar que lhe pertence — murmurou. — Depois nos livramos dessa gente.

Foi até a porta, abriu-a, mas mudou de idéia e retrocedeu:

— Que é que você quer que eu faça por Geneviève? Só encontro uma maneira de protegê-la: rezar.

Fez um muxoxo, abanou a cabeça e suspirou:

— Mas hoje em dia há tanta gente rezando para salvar alguém! Como você há de querer que minha prece seja atendida?

Deixou o quarto, mas Thorenc ouviu-o repetir já do outro lado da porta:

— Mas eu rezo, Thorenc, e acredite: é preciso rezar!

37

Thorenc ficou um bom tempo de olhos abertos.

Quis levantar várias vezes, mas parecia que as forças lhe faltavam.

E pensou: "É a noite da indecisão." Experimentava um confuso sentimento de vergonha e tristeza, um profundo mal-estar. As pernas pesadas, uma opressão no peito, tinha a impressão de que todo seu corpo se anquilosara.

Levantou-se. Ouvira, pensava ter ouvido Claire Rethel gemer no quarto ao lado. Por um instante chegou a imaginar que ela o chamava. Rolou para o lado, escorregou pela beira da cama e foi tateando até a porta. Era tudo silêncio. Só ouvia o distante e abafado, mas ininterrupto barulho da chuva.

Começara a chover desde a véspera, justamente quando ele saía do Convento Fra Angelico, no fim da tarde.

Viu que o major Villars havia chegado ao final da ladeira que desce da colina de Fourvière até os cais do Saône.

Esperou um pouco antes de seguir o mesmo rumo.

Olhou ao redor. A chuva parecia apressar o cair da noite. A pracinha defronte ao convento estava deserta, assim como as ruas onde ele ainda podia entrever, na penumbra que se intensificava pouco a pouco, os paralelepípedos em que os grossos pingos da chuva ricocheteavam.

Andou depressa, com a água entrando pela gola da camisa. Mas estava pleno de confiança, quase alegre. Safara-se dos perseguidores. Sentia-se livre. Devia encontrar Philippe Villars no apartamento do cais Gailleton onde Myriam Goldberg recebera os documentos de identidade com o nome de Claire Rethel.

E era a essa lembrança, à idéia de que talvez reencontrasse a jovem, que ele devia essa boa disposição.

Cantarolou, enquanto enxugava os cabelos no banheiro de Philippe Villars. Tentou alisá-los para trás, mas eles se encaracolavam.

Olhou-se no espelho demoradamente. Não parecia ter trinta e sete anos — muito menos os trinta e oito que faria em 7 de janeiro de 1942. Achou que aparentava ser mais jovem que seu anfitrião, quando, ao entrar na sala de estar, considerou o filho do major Villars que fechava as cortinas explicando que às vezes tinha impressão de estar sendo observado do cais.

Philippe Villars aproximou-se de Thorenc. Não devia ter mais de vinte e quatro anos, mas era um pouco encurvado, a pele baça e os olhos mortiços. Um homem de estudos, de planejamento, de escritório, taciturno e tímido, ponderava Bertrand, enquanto o outro expunha os meios disponíveis para organizar uma série de sabotagens.

— Nossos ferroviários são formidáveis — começou ele. — Muitos são ou foram comunistas, mas eu não ligo. Amam a França acima de tudo. Quase todos eles conhecem cada recanto do país e, mesmo que não o conheçam de perto, ele está em seus corações.

Philippe estava animado e Thorenc se surpreendeu com esse entusiasmo.

— De uma certa maneira, a França lhes pertence. São os seus guardiões, como se a ferrovia fosse o sistema nervoso que liga os departamentos, as cidades, as paisagens...

O rapaz abriu na mesa uma série de planos em que estavam assinalados os principais desvios, as linhas secundárias, e abrangiam todo o território. De lápis na mão, ele explicou a técnica de sabotagem que os ferroviários estavam começando a empregar nas estradas de ferro da Zona Ocupada: arrebentar os trilhos, mas manter os sinais abertos. Dois trens de militares de licença foram descarrilados dessa maneira. Contamos centenas de alemães mortos ou feridos, fora o material destruído.

Villars juntou todos os documentos e empurrou-os para Thorenc:

— De Gaulle e o Escritório Central de pesquisa e ação precisam ser informados e mandar os explosivos de que necessitamos. Somos mais eficazes que os bombardeios aéreos e temos, pelo menos, o cuidado de não matar nossos compatriotas.

O engenheiro ficou circunspeto. Era novamente o homem apagado que Thorenc não supunha capaz de tamanha animação.

— Aquela moça — arriscou Bertrand —, a que nós batizamos aqui...

— Claire! — exclamou Philippe Villars.

E transfigurou-se outra vez, falando com exuberância de Claire, que se tornara sua assistente direta e de sua inteira confiança. Aliás, se ele viesse a desaparecer para sempre, ela seria capaz de substituí-lo, pois, em dois meses, adquirira uma notável competência.

Calou-se, os olhos distantes como se sonhasse:

— Claire: uma alma heróica... — murmurou.

Thorenc teve a sensação de que lhe arrancavam um pedaço bem no meio do peito.

Num tom que ele sabia demasiado sério, disse que não havia necessidade de expor Claire Rethel inutilmente. Evocou, com uma insistência mórbida, as torturas que a Gestapo e até mesmo a polícia francesa empregavam para dobrar os suspeitos. Claire resistiria?

— Uma mulher tão jovem nas mãos daqueles brutamontes — disse mastigando as palavras e sentiu-se desprezível por insistir assim — podia ser submetida a tanta humilhação que corria o risco de ceder. E quando ela confessasse que se chamava Myriam Goldberg, eles a matariam.

Thorenc olhou fixo para Philippe Villars que parecia aflitíssimo.

— Pense bem no que deve fazer — disse caminhando para a entrada do apartamento.

O engenheiro levou-o até a porta, garantindo que insistia diariamente para Claire parar com as atividades clandestinas, aceitar o cargo de professora que Mathieu Villars reservara para ela, e retomar as aulas de letras.

De súbito, Villars mudou de expressão.

— Claire é louca por poesia — observou. — Acho que ela escreve. Escolheu como senha um verso de um poeta que ela descobriu numa publicação que os ferroviários nos trouxeram da Zona Ocupada. É linda e comovente ao mesmo tempo.

Intimidado, baixou um pouco a cabeça e murmurou como uma confidência:

— *Eu fiz um fogo, pois o azul me abandonou...**

E acrescentou que não conhecia esse poeta, Paul Eluard, mas Claire impregnava-se dele.

Ao mesmo tempo — fato excepcional —, ela possuía uma inteligência rigorosa e assimilava facilmente os conhecimentos técnicos. Podia reproduzir um plano de memória. Aliás, era ela que se encarregava desse trabalho. Redigia os folhetos de apoio e levava o correio clandestinamente.

— Já não posso passar sem ela — acrescentou Philippe Villars com uma espécie de deslumbramento.

Olhou atentamente para Thorenc e, demonstrando inquietação, esclareceu que era apenas força de expressão. Não queria que Claire corresse nenhum perigo. Era o que desejava do fundo do coração. Se Thorenc quisesse esperá-la, talvez conseguisse convencê-la. Ela ia lá toda tarde, pois estava morando numa rua ao lado do cais Gailleton.

Bertrand hesitou, mas estendeu a mão a Philippe Villars e o deixou sem resposta.

No cais, quando a chuva fria bateu em seu rosto, ele se arrependeu imediatamente de sua atitude.

Teve oportunidade de rever Claire e não aproveitou; agora estava andando de um lado para o outro, sem se decidir a ir embora, reprovando-se por ficar ali, bestamente, espiando os raros transeuntes que passavam ao longo do Ródano e desapareciam.

Sempre que via aproximar-se um vulto de mulher, virava a cabeça para não tomar conhecimento, aborrecido com a idéia de ter de explicar a Claire sua presença no cais em frente à casa de Philippe Villars, e constrangido por se esconder num vão de porta à espera de que ela saísse do apartamento.

---

* No original: *Je fis un feu, l'azur m'ayant abandonné...* (N.T.)

Pensou que ela podia muito bem passar a noite na casa de Philippe. Essa idéia o atormentou, como se o revelasse não só ciumento, mas sórdido e mesquinho.

Avistou-a finalmente. Ela segurava com mão firme um pequeno guarda-chuva que segurava com a mão fechada na altura da boca. Um lenço de seda escondia seus cabelos. Caminhou em direção a Thorenc sem demonstrar o menor espanto por vê-lo debaixo do temporal, desprotegido e com a roupa encharcada.

— Eu tinha certeza de que você ia voltar — disse ela. — Mas precisa se enxugar...

Ele pensou no ímpeto com que ela se agarrara a ele na Estação de Perrache, depois das horas que passaram no Hotel Résidence.

Agora, ela estava ao mesmo tempo amável e distante.

Imaginou-a sentada no salão de Pierre Villars recitando para o engenheiro entusiasmado alguns versos que lera ultimamente.

Claire explicou que Philippe pusera à sua disposição um quarto-e-sala que ele possuía na Rua de la Charité.

Bertrand olhou-a atentamente. Ficou surpreso com o ar determinado, quase severo, que viu em seu rosto. Guardava de Claire a lembrança de uma mocinha assustada, uma náufraga, como lhe ocorrera na época. Agora que estava salva, era ele quem se sentia perturbado, dividido entre dois sentimentos contraditórios: o desejo de ir à casa dela e a vontade de deixá-la, de permitir que ela desabrochasse com a nova identidade na admiração que Philippe Villars lhe devotava.

Admiração! Soltou num súbito acesso de raiva contra esse último:

— Eu avisei. Vão exigir cada dia mais, e você vai correr cada vez mais e mais perigo — resmungou enquanto subia atrás de Claire as estreitas escadas do velho prédio aonde ela o convidara a acompanhá-la.

Ela se virou:

— Philippe diz a mesma coisa — sussurrou. — Mas lutar contra eles a todo instante, enquanto eu viver, é assunto pessoal meu. Eles mataram meu pai, não tenho dúvida. E eu estou defendendo a França que nos acolheu. Mal, mas acolheu...

Os Patriotas

* * *

Ela abriu a porta. Thorenc deparou com um primeiro cômodo quase inteiramente ocupado por um canapé estreito, seguido de um quartinho com uma cama de solteiro. Quando ele saiu do banheiro onde foi enxugar os cabelos, Claire estava de pé. Ela usava a blusa azul que comprara em Nice, e ele podia adivinhar-lhe os seios sob o tecido.

Repreendeu-se por se sentir tolhido, sem coragem de dar um passo até ela ou recordar com uma palavra, um gesto, o que se passara entre eles e que ela parecia haver esquecido enquanto falava dos poetas que descobrira, das revistas que lia — *La Pensée livre*, *Les Cahiers du Sud*, *Poésie 41* — e dos poemas que corriam de mão em mão, e ela copiava. Um poema a emocionava, particularmente: "Otages" (*Reféns*), de Pierre Emmanuel.

Aproximou-se de Thorenc e começou a recitar:

> *Nesta terra este sangue jamais irá secar*
> *Há de expor para sempre esses corpos tombados*
> *Rilharemos os dentes à força de calar*
> *Sobre essas cruzes tortas não serão chorados [...]*
> *Pois estes pobres mortos são toda a nossa herança*
> *E seus corpos em sangue, nossos bens indivisos.* *

Thorenc estendeu o braço. Sua vontade era tocar o corpo de Claire, mas teve medo de ser repelido. Ela não recuou, porém continuou a recitar:

---

* No original: *Ce sang ne séchera jamais sur notre terre // Et ces morts abattus resteront exposés // Nous grincerons des dents à force de nous taire // Nous ne pleurerons pas sur ces croix renversées [...] Ces morts, ces pauvres morts sont tout notre héritage // Leurs pauvres corps sanglants resteront indivis.* (N.T.)

Max Gallo   A Chama não se Apagará

> *Que tenham primaveras de indizível doçura*
> *Muitos pássaros, cantos, crianças passando*
> *E que a todo o redor — floresta que murmura —*
> *Um grande povo erguido a meia voz rezando...* *

Ela o olhou com um olhar tão límpido que ele baixou a cabeça.

— Para mim, a alma da França está aí — disse ela.

E depois de uma ligeira hesitação, acrescentou sem pestanejar:

— Philippe sente da mesma maneira que eu. Não é por isso que estamos resistindo?

Durante a noite, várias vezes ele sentiu desejo de interrompê-la, enquanto ela se lembrava do pai, da vida que levavam na Alemanha e, finalmente, da alegria que experimentou em poder dar um sentido à própria vida lutando contra os nazistas.

Ele teve a impressão de que ela interpunha toda essa falação entre eles para enterrar o que os havia unido e impedir que voltassem a unir-se.

Hesitou, quando Claire propôs que ele dormisse no canapé da entrada. Mas aonde poderia ir com essa chuva que batia nas vidraças?

No momento em que ela se dirigia para o quarto, ele murmurou:

— *Eu fiz um fogo, pois o azul me abandonou...*

Mas disse baixinho demais para que ela escutasse. Ainda pensou em repetir o verso de Eluard, mas logo mudou de idéia.

Era mesmo a noite da indecisão.

E detestou essa imagem que passava de si mesmo.

---

* No original: *Que ces printemps leur soient plus doux qu'on ne peut dire // Pleins d'oiseaux, de chansons et d'enfants par chemins // Et comme une forêt autour d'eux qui soupire // Qu'un grand peuple à mi-voix prie, levant les mains...* (N.T.)

38

Thorenc tentou não ouvir.

Virou a cabeça na direção da porta do terraço que dá para o parque. O inverno envolveu as árvores e as sebes em faixas de névoa. Nesse momento, uma revoada de gansos selvagens cruzou o céu alto.

Seu olhar acompanha as aves até perdê-las de vista na mais distante curva do horizonte, como para ter certeza de que nada iria interromper aquele vôo. E, pela primeira vez, desde que os dois homens o interpelaram na Rua Victor-Hugo, em frente ao Hotel Résidence, e o empurraram para dentro do carro preto, sente-se calmo, tranqüilizado mesmo.

Estica as pernas e distende o corpo tenso e dolorido. Pôs um fim à indecisão, aos momentos desagradáveis, angustiantes, que se prolongaram durante toda a noite, até ele se precipitar para a ratoeira armada na Rua Victor-Hugo como quem se joga num abismo, a fim de acabar com uma obsessão.

Ele sabia que os dois homens estariam à sua espera, pois voltou ao Convento Fra Angelico quando saiu do apartamento de Claire Rethel, ao amanhecer, enquanto ela dormia; deixara-lhe apenas uma folha de papel arrancada da agenda onde escrevera estas duas palavras: *Fogo azul*, desejando que ela entendesse.

Mandou chamar Mathieu Villars e esvaziou os bolsos diante do dominicano, devolveu o *ausweis* e a carteira de identidade com o nome de Jean Bertrand, bem como os documentos que Philippe Villars lhe entregara.

— Até parece que está se preparando para ser preso — murmurou Mathieu apanhando os papéis deixados na mesa.

Thorenc fez um gesto de indiferença.

— Fique aqui! — exortou o padre. — Estará em segurança.

Mathieu podia alertar o major Villars que encontraria uma maneira de tirá-lo de Lyon sem problema.

— É preciso ir até o fim — limitou-se Thorenc a responder.

— Disparate! — exclamou o religioso.

Bertrand se afastou e, enquanto atravessava lentamente o claustro, lembrou-se das palavras do major Villars: "É preciso rezar"; mas, com a mente confusa, o raciocínio lerdo, ele é que não foi capaz.

Tinha a impressão de estar sendo arrastado, conduzido por uma força que não conseguia controlar.

E desde que viu os dois homens — o grandalhão de cabeça descoberta, as mãos nos bolsos do impermeável claro, o outro com a aba do chapéu de feltro escuro caída na testa — e percebeu o carro preto que subia e descia atrás dele, sentiu vontade de parar de estalo e se entregar. Contudo, no último momento, quando os homens já estavam a uns dois ou três passos de distância, saltou como se velhos reflexos eliminassem qualquer hesitação. Mas era tarde demais: os policiais agarraram-no pelos braços e um terceiro saiu do carro correndo.

Não foram violentos. Até demonstraram uma irônica deferência.

— O senhor é duro na queda — disse o mais alto. — Como corre! Já estávamos desistindo de apanhá-lo, senhor de Thorenc, mas o senhor gosta muito deste hotel. Achamos que voltaria e acertamos em cheio.

Uma vez sentado no banco traseiro do carro, os ombros comprimidos entre os dois homens, as pernas encolhidas, mas as mãos livres, pois eles não o algemaram, sentiu-se culpado por essa inconseqüência, por esse impulso quase suicida que o fizera voltar ao hotel da Rua Victor-Hugo.

Talvez para pôr um ponto final numa história que havia começado lá, num fim de tarde, com uma jovem que lhe pedira para ser seu primeiro homem, e de quem ele queria se esquecer completamente até do nome?

Encolhido no banco traseiro, sacudido pelos solavancos do carro, ele não poupou críticas a si mesmo.

Pensava que iam levá-lo até a linha de demarcação e entregá-lo à Gestapo. Fantasiou que avançaria, então, contra um soldado alemão para lhe tirar a arma e defender-se até a morte.

Mas o carro começou a enveredar por outros caminhos que subiam em curvas fechadas aos platôs cobertos de cerração. Leu as placas de sinalização na estrada: estavam indo para Vichy.

Pararam em frente a um hotel na periferia da cidade.

Com toda a deferência, convidaram-no a sentar-se numa poltrona do *hall* e depois o confiaram a um tenente da Marinha cujo uniforme parecia insólito naquele ambiente.

O oficial também se mostrou atencioso e, ao abrir a porta do antigo salão de recepção, murmurou:

— O diretor, senhor Cocherel, vai recebê-lo.

Cocherel, que Thorenc reconheceu de imediato, adiantou-se.

Vestia um jaquetão listrado, que lhe apertava a barriga e o tórax, deixando as lapelas arreganhadas. Um lencinho de bolso dava um toque branco no paletó escuro.

Já não é o tenente Cocherel do inverno de 1939-1940, mas o diretor da Vigilância do Território, o assistente do ministro Pierre Pucheu, inflado de importância, cheio de auto-suficiência, que bancava o protetor benévolo, indulgente.

Indicando o sofá à direita da escrivaninha, Cocherel disse em voz branda:

— O que você esperava, meu caro Thorenc, nos tempos que correm, quando um homem como eu, com as funções que exerço, quer encontrar um homem como você, com as atividades que tem, não pode se limitar, como seria meu desejo, a um convite clássico que, muito provavelmente, não seria atendido. Vê-se forçado a recorrer a uma intimação.

Sorriu.

— Peço que me desculpe. Os homens custaram, creio, a encontrá-lo. Você está muito ocupado, ao que me consta.

Voltou a ocupar seu lugar na escrivaninha e espalmou a mão sobre um dossiê.

— Tudo isto aqui é você! Felizmente, na Vigilância do Território, não seguimos tantas personalidades de vida tão cheia de vaivéns e peripécias!

Acendeu um cigarro, evocou, com ar nostálgico, os meses que haviam passado na casa florestal das Ardenas, durante a "guerra esquisita".

— Nossos destinos cruzaram-se uma primeira vez, depois se separaram, e agora nos reencontramos.

Esmagou o cigarro meticulosamente como se quisesse impedir outra pessoa de apanhar e reacender a guimba comprida que deixara.

— Se eu quis vê-lo, caro amigo, foi para uma conversa de coração aberto, sem condição prévia e — eu ia acrescentar —, sem conseqüência imediata. Você pode sair daqui livremente, dou-lhe minha palavra, e o ministro, o senhor Pucheu, está ciente do nosso encontro. Ele deseja que se multipliquem os contatos desta natureza, entre o que eu chamaria, segundo os próprios termos do ministro, os patriotas franceses, sejam quais forem as divergências táticas. Você é o primeiro, meu caro Thorenc.

Então ele tentou não escutar.

Pareceu-lhe que seria mais difícil não se deixar apanhar nessa conversa cortês, não se comprometer com a conivência que Cocherel procurava estabelecer entre eles, do que resistir aos pontapés, às reguadas e aos insultos de um comissário Dossi.

Foi aí que viu os gansos selvagens cruzarem o céu.

E disse a si mesmo que, fosse qual fosse a sua sorte, a vida continuará, livre e soberana, como esse bater de asas acima das nuvens.

39

Thorenc observa o homem gorducho que acaba de sentar-se a seu lado, no sofá, oferece-lhe um cigarro e fala em tom de confidência.

— Meu caro Thorenc, se você soubesse que esforços despendemos todo dia para impedir que as autoridades de ocupação — impiedosas, creia-me — arrasem ainda mais nosso país, você diria a seus amigos que não escrevessem essas coisas!

Cocherel levanta-se, apanha na escrivaninha várias publicações clandestinas — que Bertrand reconhece imediatamente — enumerando os títulos, um por um, enquanto as coloca no sofá: *Cahiers du témoignage chrétien*, *Combat*, *Franc-Tireur*, *Libération*, *La Pensée libre*...

Sorri e abana a cabeça com ar de comiseração.

— Nós sabemos de tudo, caro amigo, tudo! Sabemos os nomes dos que escrevem nestas folhas, dos que as imprimem, e dos que as divulgam. Poderíamos destruí-los a qualquer momento, e não nos faltariam bons motivos... Como é possível escrever uma coisa destas?

Apanha um número de *Combat* e lê:

— "Envergonhem-se, esbirros comprados... Continuem sua triste tarefa... Vocês não impedirão a França de falar. São os mártires que engrandecem uma causa... Mas o caminho é claro, aproxima-se o dia em que, graças a eles, graças a nós, a França será libertada. Então, cada um há de prestar conta de seus atos. E nós seremos os juízes!"

Cocherel larga o jornal, folheia com a ponta dos dedos algumas publicações, lê uma frase ou outra no mesmo tom desgostoso:

— "França, cuida de não perder tua alma!" — declama ele. — E são os católicos que ousam escrever isso, contrariando o Marechal que tem o apoio da Igreja toda!

Empertiga-se e assume um ar severo:

— E se eles é que já tiverem perdido a alma? Agem, querem sublevar o povo, mas — parece hesitar, depois prossegue com o indicador apontado para Thorenc — será que se preocupam com a sorte do país? Você quer que os alemães nos tratem como trataram poloneses e russos? É uma inconsciência!

Levanta-se.

— Somos tão patriotas quanto vocês. Só que preferimos proteger nossos concidadãos, por isso nos dirigimos àqueles que detêm a força do vencedor. É isto! Talvez você quisesse a guerra; eu não, nós não! Mas somos responsáveis pela França e pelos franceses, de modo que não nos permitimos delírios de revanche, de resistência; trabalhamos o dia-a-dia. Será que você entende isso?

O chefe da Vigilância do Território volta à sua escrivaninha e reabre o dossiê.

— Acredito que você seja um homem inteligente, Thorenc. E o ministro também pensa assim. É por esse motivo que você está aqui e daqui sairá livremente.

Ele retira algumas folhas do dossiê e continua:

— Temos relações comuns, meu caro Thorenc. Como Fred Stacki, que você conhece bem. Sempre que vai à Suíça, ele vem conversar aqui, no meu escritório ou no do ministro Pucheu — Cocherel sorri —, e também visita o major Villars: é um banqueiro eclético. Por intermédio dele, fazemos contato na Suíça com os representantes desses que vocês chamam de aliados. Eles desejam colaborar — desculpe o termo! — com o governo do marechal Pétain.

Volta a se sentar no sofá.

— Como vê, as coisas são mais complexas do que vocês dizem e do que seus amigos escrevem. Veja seu próprio caso, se fosse acusado de ser prónazista só porque sua mãe anima, desde antes da guerra, o Círculo Europa, onde se reúnem Abetz, Alexander von Krentz, Karl Epting, Werner von

Ganz e Paul de Peyrière, em suma, onde foi selada a amizade franco-alemã que você contesta; você acharia injusto, desonesto mesmo, e no entanto...

Indica o dossiê.

— Quando você foi preso por um tipo eficiente, mas talvez um tanto rude, refiro-me ao comissário Dossi, um notável inquisidor, um verdadeiro cão de caça, vários oficiais alemães: o general Brankhensen, o tenente Konrad von Ewers, além de um ministro nosso, Maurice Varenne, intervieram a seu favor...

E ri.

— E só por isso, meu caro, você pode muito bem ser condenado por alguns de seus amigos! Na opinião deles, seguramente você já é culpado.

Apóia o braço no encosto do sofá.

— Pois veja, Thorenc, nós dois podemos conversar e, não importa o que você pense, nós nos estimamos, nós nos compreendemos.

Thorenc se enrijece e afasta-se, tentando demonstrar seu desprezo.

— É sim, é sim, Thorenc, não fique na defensiva: nós temos valores comuns! Pierre Pucheu foi aluno da École normale como você. Ele conhece você, leu suas reportagens e me falou da grande estima que lhe dedica.

Cocherel levanta os braços.

— Mas você e seus amigos estão ameaçados pela gangrena. Vocês e os que propagam o veneno; eu lhe digo, Thorenc: nós seremos impiedosos!

Ele anda para lá e para cá na frente da porta-janela do escritório. Está indignado, exaltado.

— Estão caluniando Pucheu a propósito desse caso dos reféns de Châteaubriant — diz ele, pausadamente. — É verdade que, uma vez que os alemães insistiam em fuzilar franceses, ele sugeriu que fuzilassem comunistas. E por que não, Thorenc? Não são os comunistas que assassinam? Por que não haveriam de pagar? Você realmente quer que os únicos vencedores desta guerra sejam eles e a URSS? Pense nisso. Se sou antigaullista é porque De Gaulle, em seu delírio de ambição, pouco se preocupa com esse perigo, com a desgraça maior que isso representa para a França, para a Europa, para o destino do homem tal como nós o concebemos!

Abre a porta-janela, enxuga a testa com o lencinho de bolso e vira-se para o sofá:

— Você tem uma posição sentimental, e o mesmo acontece com a maior parte de seus amigos, inclusive o major Villars. Ora, é preciso considerar os fatos. É muito simples. Os alemães venceram. Eles têm meios de nos causar danos, muitos danos. Tentamos convencê-los de que isso não interessa a eles, o que nos leva a fazer concessões. Os ingleses e os americanos nos compreendem, acredite, pois, além do mais, somos úteis sob muitos aspectos. Os comunistas são naturalmente hostis a essa política, porque querem o poder para eles, porque preferem a vitória da URSS à da Inglaterra e dos Estados Unidos, e também, é claro, porque não estão interessados na sorte dos franceses. Querem sangue por toda parte! Quanto a De Gaulle, como eu disse, é a ambição desenfreada. A política, veja bem, consiste em levar em conta os fatos e não os sentimentos, nem sequer a opinião da maioria.

Senta-se de novo no sofá.

— Pedimos que vocês parem de contra-atacar nossa política. Estão nos impedindo de conseguir a união dos franceses em torno do Marechal e seu governo. Assim nos enfraquecem perante os alemães com os quais negociamos, mas sem deixar de lutar a cada passo. Para isso temos necessidade de uma opinião pública tranquila, e vocês a perturbam.

Oferece novamente um cigarro a Thorenc, que continua impassível.

— Se você e seus amigos não compreendem isso, seremos obrigados a...

Faz uma pausa.

— Mas por que ameaçar você? Você é um homem inteligente. Pode analisar perfeitamente nossas intenções. Esperamos que transmita isso a Henri Frenay, a Emmanuel d'Astier de La Vigerie, a Delpierre, em suma, a todos os responsáveis pelas redes: Combat, Libération, Franc-Tireur...

E volta a se sentar à escrivaninha.

— Nós conhecemos todos. Poderíamos indiciá-los por manobras antinacionais. E é o que faremos se nos obrigarem a isso. Mas ainda esperamos que sejam sensatos e, sobretudo, que tomem posição a favor dos interesses do país...

Thorenc se levantou.

— Por que não jantamos hoje à noite no restaurante do Hotel Albert I? — sugere Cocherel. — A cozinha é extraordinária, a melhor de Vichy. Há muito tempo que minha mulher quer conhecer você.

Thorenc vê-se obrigado a responder e a se justificar. Diz que precisa transmitir essa conversa a alguns amigos o mais cedo possível; portanto, pretende deixar Vichy imediatamente.

Cocherel felicita-o pela presteza e aproxima-se para lhe falar ao pé do ouvido.

— Diga que eles têm uma espada de Dâmocles presa por um fio sobre a cabeça, e, se vamos cortá-lo, ou não, só depende deles.

Estende a mão a Thorenc, que a aperta com a sensação de ter caído numa armadilha.

Sai do hotel e caminha pelas alamedas em frente ao Hotel do Parque. Diante da entrada, ele observa o pequeno aglomerado de curiosos que, sistematicamente, aguarda o Marechal.

Thorenc esquadrinha o céu como se ainda esperasse avistar a revoada de gansos selvagens.

40

Ele se debruça na vigia e recebe em pleno rosto uma rajada do vento glacial que sopra acima do branco lençol de nuvens, e consegue passar para a carlinga. O assobio do vento mistura-se ao ruído do motor. O ar é tão penetrante, tão cortante, que ele fecha os olhos por um momento.

Protege-os com a palma da mão; por entre as nuvens que logo se esgarçam, ele consegue divisar o sulco prateado de um curso d'água.

Apesar das lágrimas que turvam sua visão, esforça-se para seguir os meandros desse rio que imagina ser o Yonne. A falésia que vislumbra seria aquela em cujo topo fica a fazenda de Geneviève Villars.

É a primeira vez, desde que o Lysander decolou no campo do Planalto do Jura, a alguns quilômetros ao sul de Lons-le-Saunier, que Thorenc sente saudade, quase um arrependimento.

A despeito de tudo o que pensou e sentiu nos últimos dias, a despeito dos conselhos do major Villars, do major Pascal e de José Salgado e Jan Marzik, que reencontrou em Antibes, ele sabe que voltará para a França na primeira oportunidade que tiver.

Não pode deixar os que lhe são caros debaterem-se nessa teia de aranha em que se transformou a França vencida para os que recusam a submissão, os que não são bastante finórios, ou prudentes, para ficar em cima do muro, como esses oportunistas prontos a se apoderar do esforço alheio no momento certo.

Quando Thorenc lhe relatou as propostas de Cocherel, o major Villars foi o primeiro a sugerir que ele ficasse em Londres.

Depois de caminharem juntos pelo parque coberto de neve do

Château des Trois-Sources, enveredaram pela floresta, esbarrando aqui e ali nos galhos de pinheiros arqueados com o peso da neve.

— Eu já sabia de tudo isso — disse Villars com ar cansado. — O tenente Mercier, que mantém contato com os círculos ministeriais, toda essa corja que vive de intrigas, de maledicências, como urubus em cima de um cadáver — o nosso, o da França! —, me falou do que eles chamam de as "negociações" entre você e Cocherel e de seu encontro com o ministro do Interior...

Interrompeu, com um gesto, o protesto de Thorenc:

— Se você não esteve com o ministro, se foi recebido apenas por Cocherel, não faz a menor diferença. O fato é que sua visita à Vigilância do Território é o assunto de todas as conversas. Esses boatos, naturalmente, são orquestrados. Querem nos desmoralizar, dividir, semear a discórdia entre os comunistas e nós. Se você, logo você que todos sabemos engajado na Resistência, exposto a perigos, conversou com Pucheu, o cúmplice dos carrascos, então todas as deturpações são possíveis. Você reabilitou o ministro e seus esbirros. Tornaram-se respeitáveis, já que você lhes deu ouvidos!

Villars parou e, com a quina da mão, retirou energicamente a neve que lhe caíra nos ombros.

— Estão dando a entender que nós acertamos um armistício com eles e, mesmo que a gente desminta, você, em particular, estará comprometido. Quando noticiarem a próxima leva de prisioneiros, vão insinuar que foi você quem entregou os nomes e os endereços. Você vai passar por traidor ou por um idiota que se deixou manipular. Mas o mais grave, Thorenc, é a divisão.

Com um gesto de raiva, ele empurrou, de passagem, alguns galhos de árvore, quebrando os mais baixos.

— Pucheu quer repetir conosco o que fez com os reféns de Châteaubriant. De um lado, estão os franceses; do outro, os comunistas e os gaullistas. Só podemos ser contra os alemães à maneira de Pucheu, de Cocherel, ou de Pétain que aperta a mão de Hitler e de Goering. Ora, Thorenc, você sabe que, se não estivermos todos juntos com De Gaulle, se não conseguirmos levar os comunistas a aceitá-lo também como chefe da Resistência, então Vichy terá vencido. No mesmo dia em que formos libertados, os ingleses e os americanos apoiarão um governo Pétain retocado, onde serão incluídas algumas personalidades que, no momento oportuno, vão se bandear para o lado vencedor. E vão calar a boca de quem protestar, ora se vão! nem que seja a tiro. É esse o objetivo da trama, e não me admira que Cocherel tenha mencionado Stacki, o banqueiro helvécio, e as relações que mantém, graças a ele, com certos agentes aliados. Allen Dulles, o chefe do Serviço de Informação Americano, está na Suíça, a serviço. Sei, de fonte segura, que ele foi várias vezes a Vichy para se encontrar com ministros de Pétain.

Voltaram em silêncio ao Château des Trois-Sources.

— Precisamos desmontar essa armadilha — murmurou Villars no alpendre, batendo os pés para tirar a neve que grudara na sola dos sapatos.

E, batendo o tacão com mais força, recomendou a Thorenc:

— Faça como eu! Procure os comunistas que você conhece no Sudeste, explique tudo a eles para que possam devolver a mensagem. Sei que Pucheu e Cocherel mandaram espalhar os mesmos rumores em todos os departamentos.

Num gesto de amizade quase afetuoso, ele estreitou os ombros de Bertrand.

— Eles querem a nossa morte, Thorenc, e, de preferência, que sejamos trucidados por nossa própria gente. É uma velha tática, uma clássica e perversa manobra. Só podemos responder contra-atacando de frente!

Deu alguns passos ainda com o braço nos ombros de Thorenc, que não disse uma palavra quando o major acrescentou que o estimava e o respeitava pela coragem e porque, afinal, já que ele, Thorenc, ia para a Inglaterra dentro de alguns dias, também poderia servir à França, abertamente, nas Forças Francesas Livres.

— Você voltará para nos libertar, Thorenc, e, se estivermos mortos, ponha flores em nossos túmulos... ou valas comuns! Pense bem! Se decidir ficar lá, ninguém o condenará. Você já fez sua parte.

Em Marselha e depois em Antibes, ele pôde avaliar o efeito do trabalho de sapa realizado pelos agentes de Cocherel e Pucheu.

Primeiro, o major Pascal recusou-se a comparecer ao encontro que haviam marcado. Noite alta, Thorenc foi à casa de Pascal, que lhe disse na cara:

— Se der mais um passo, é um homem morto! — ameaçou por entre dentes.

Thorenc já se explicara, mas Pascal ainda continuava na defensiva, dizendo que a ele, Pascal, é que Cocherel nunca se atreveria a fazer tais propostas.

— Eles sabem que sou um gaullista convicto — repetia. — Só lhe resta ir para Londres, Thorenc, e lutar com Leclerc, Messmer, Kœnig e os outros.

Marzik e Salgado mostraram-se mais reticentes ainda. Disseram que sabiam perfeitamente que uma facção da Resistência mantinha-se visceralmente contra os comunistas, o que constituía um denominador comum com Vichy e até com os nazistas.

Thorenc pôde avaliar a que profundidade o veneno fora instilado. Ficou indignado. Onde estavam os fatos? Era preciso reunir todas as forças em torno de De Gaulle. Ele fora companheiro de cela de Joseph Minaudi. Que mais queriam como prova? Que matasse um colaborador? Por que não?

Indecisos, Delgado e Marzik se entreolharam.

O primeiro murmurou que se lembrava de Madri e, de fato, não podia acreditar que Thorenc se houvesse prestado a essa baixa artimanha de Pucheu e Cocherel. Mas, para alguns camaradas, a suspeita persistiria.

— Stephen Luber não gosta de você — acrescentou. — Está disposto a matar você. Vá para a Inglaterra, Thorenc.

Ele ficou alguns dias em Antibes, à espera de uma ligação do major Villars.

Num desses curtos fins de tarde de dezembro, ele viu Lydia Trajani e um rapaz que lhe pareceu o tenente Konrad von Ewers, num carro que rodava devagar pela estrada das muralhas que segue, depois, para o Cabo de Antibes. Lydia dirigia abraçada pelo alemão, à paisana, que reclinava a cabeça em seu ombro.

De noite, Thorenc caminhou pelo litoral até identificar o carro estacionado numa aléia, sob os pinheiros. Aproximou-se e avistou a fachada de uma grande vila de veraneio com duas janelas acesas no andar térreo.

Voltou no dia seguinte, de manhã cedinho.

Era um límpido alvorecer. Os rochedos e os telhados compunham um primeiro plano de cores quentes; a torre, o bastião e as muralhas de Antibes recortavam-se sobre os cumes azuis coroados pelos cones brancos da Cordilheira dos Alpes. O mar ainda era uma superfície escura em que a luz do sol nascente apenas começava a aflorar.

Numa das pilastras do portão, ele leu uma inscrição em ferro forjado: "Villa Waldstein". Pensou logo no *marchand* que certos alemães protegiam, mas cujo apartamento, em cima do seu, fora devastado e saqueado pelos homens de Marabini e Bardet.

Thorenc ficou ali, aparvalhado, encostado no portal. Depois, sem refletir, tocou a campainha. Daí a pouco, viu Lydia Trajani caminhando em sua direção, com um casaco de pele nos ombros, os cabelos soltos emaranhados nos longos pêlos cinza da gola.

Ela o reconheceu e estacou, surpresa, talvez inquieta, mas depois se aproximou sorridente, e inclinou-se ligeiramente para beijá-lo na boca, disfarçando o espanto.

— Você gosta mesmo da Côte — observou ela. — Até foi preso em Marselha, eu acho, e Konrad...

Recordou imediatamente o quanto Thorenc lhe devia.

— Almoça conosco? Nós demos uma fugida.

Com os braços em torno do pescoço de Thorenc, ela sussurrou que teve esperança de convencer Konrad a desertar, mas o tenente se recusou. A família dele seria presa e exterminada.

Fez um ar de menina amuada.

— Só por uns dias, então... Eu também gosto da Côte. Lembra-se de nós dois, em Cannes?

E suspirou:

— Era antes da guerra...

Exalou mais umas palavras e alguns suspiros de nostalgia, como se quisesse desarmar Thorenc, e virou-se para o pinheiral.

— Eu comprei esta vila — disse, encostada no portal. — Foi Henry Lafont que me vendeu, um louco sedutor e perigoso, Konrad bem que tinha razão, mas um homem generoso quando ama alguém. E ele me ama!

Ela riu:

— Ele salvou a vida desse Waldstein que agradeceu presenteando Henry com esta vila. E Henry me vendeu por um nada. Ele não gosta da Côte, e menos ainda da Zona Livre. Eu, como você sabe, quero usufruir de tudo, até da guerra!

Abraçou Thorenc outra vez.

— Almoce conosco.

Ele balançou a cabeça: ia deixar Antibes em algumas horas, informou.

E afastou-se margeando os rochedos.

Imaginou Waldstein nas mãos dos torturadores de Lafont, jogado numa cela da Rua Lauriston, 93, depenado, talvez assassinado, senão doente num campo de concentração. Pensou que poderia ter matado Lydia Trajani e o tenente Konrad von Ewers. Assim, teria lavado com sangue as suspeitas que pesavam sobre ele, e vingado Waldstein e muitos outros. Teria ultrapassado um limite a partir do qual não há mais volta, nem acordo possível.

Parou e ficou olhando o mar que se tornara reluzente.

Estaria tão certo disso? Não eram os outros que fixavam o momento a partir do qual os acordos não seriam mais possíveis; era ele mesmo.

Alguns dias mais tarde, conforme as indicações do major Villars, ele chegou a Lons-le-Saunier, de onde seguiu até uma fazenda no planalto, perto de Montaigu.

Ouviu a mensagem pela BBC: "Jules receberá duas sacas."

O Lysander devia pousar no dia seguinte, à noite.

Andou na neve até o campo de pouso, cercado de pinheiros troncudos.

Agricultores haviam balizado o campo, e o avião surgiu rente às árvores, deixando dois grandes sulcos negros na neve ao rolar pela pista.

Na carlinga apareceu um homem que Thorenc logo identificou: Jacques Bouvy, que conhecera tempos atrás, em Lisboa. Enlaçaram-se pelo

Max Gallo   A Chama não se Apagará

pescoço berrando palavras que o ronco do motor abafava. E Thorenc subiu a bordo.

Experimentou, enfim, esse desligamento, essa sensação de liberdade, como se os elos que o prendiam se soltassem. Sentiu-se libertado.

Atravessaram rapidamente a camada de nuvens e logo voavam sob a branca luz da lua.

A princípio, Thorenc disse a si mesmo que só voltaria para a França como soldado vencedor.

Mas, ao cabo de uns bons dez minutos de vôo, ele avistou o rio, talvez o Yonne, e a recordação de Geneviève Villars invadiu seu pensamento.

Sétima Parte

41

Thorenc fica algum tempo ajoelhado, de cabeça abaixada, olhando a terra como para se certificar de que a reencontrou de verdade.

Depois, quando levanta os braços para tirar as correias do pára-quedas, ele vê o céu e, com uma espécie de incredulidade, descobre seu imenso vazio.

Sente novamente a angústia que experimentou quando, com as pernas para fora do avião, aguardava o grito "*Go!*" e o pisca-pisca verde do sinal luminoso para saltar do bimotor.

Debruçado no alçapão, a menos de trezentos metros de altura, viu desfilar os vinhedos, o rio Ouvèze, as primeiras colinas das cercanias de Carpentras, depois os arredores do Ventoux e, por fim, a clareira que ele mesmo indicara ao piloto, no mapa, porque a sabia protegida do vento e estava situada a uns dez quilômetros apenas da cidadezinha de Murs, que era seu destino.

Apertou a beirada do alçapão. Em frente, mais recuado, Daniel Monnier, o radiotelegrafista, esperava, agachado, para saltar em seguida a Thorenc. De agora em diante, eles formariam uma equipe. Em Londres, ao lhe apresentar Mounier, Passy dissera:

— Ele é a sua boca e a sua voz, Thorenc. Sem ele, você não terá existência para nós: estará mudo; portanto, morto.

O chefe do BCRA era um homem fleumático, de rosto glabro, que falava com ar distante em que sempre parecia perpassar uma certa ironia.

A princípio, depois de folhear os autos do interrogatório a que Thorenc fora submetido ao chegar à Inglaterra, Passy negou autorização para o jornalista voltar à França.

— Já era para o senhor ter sido fuzilado, meu caro. Não pode continuar a brincar com a sorte. Chega um dia em que ela vai embora. É minha responsabilidade prevenir. Em menos de três meses o senhor será apanhado. Já escapou de todos: Gestapo, Vigilância do Território, Brigadas Especiais... E ainda quer escapar de novo? Não tem mais chance. Seus recursos já se esgotaram.

Largou o processo verbal, cruzou os longos dedos magros, inclinou um pouco a cabeça ossuda, onde os olhos verdes acinzentados afundavam sob as escassas sobrancelhas, e acrescentou:

— E o caso Cocherel só fez agravar a sua situação.

Mostrou uma pasta na ponta da mesa. Eram mensagens recebidas da França, que alertavam o BCRA sobre o agente duplo Bertrand de Thorenc, que, de longa data, se relacionava com personalidades alemãs, ministros de Vichy, mulheres a soldo do invasor.

— Mas o senhor tem o aval do major Villars — murmurou Passy, e não estaria sentado aqui se tivéssemos a menor suspeita a seu respeito.

Passy abanou a cabeça, levantou a mão:

— Daí a permitir que se atire de cabeça no precipício, sabendo que vai ser engolido e levará de arrastão os que o ajudaram... não, isso não!

Propôs que Thorenc ficasse em Londres onde podia voltar a trabalhar como jornalista ao lado de Maurice Schumann:

— Ele tem o senhor em alta conta. Acha que é um dos maiores cronistas franceses.

Se Thorenc preferisse, também poderia juntar-se a uma unidade das Forças Francesas Livres que estavam lutando contra Rommel, em Cirenaica, sob o comando do general Kœnig.

Teve vontade de se levantar e deixar a decisão a cargo de Passy.

Imaginou, durante alguns segundos, como seria sua vida em Londres. Fazia uns dez dias que estava morando na cidade e já reencontrara os bares que costumava freqüentar no tempo em que ia à capital britânica como repórter.

Apesar dos bombardeios, a cidade continuava a viver. Haviam erguido paliçadas para esconder os escombros dos prédios destruídos, e a guerra parecia ter mudado os ingleses, que estavam mais amáveis, as mulheres chegavam a ostentar uma independência um tanto provocante; andavam com uma desenvoltura, uma liberdade de comportamento que surpreenderam Thorenc.

Um dia ele entrou atrás de uma delas, num cinema da Gordon Street, a alguns passos do hotelzinho em que estava hospedado. Ela não demonstrou surpresa ao vê-lo sentar-se a seu lado e ainda deixou que ele passasse o braço em torno de seus ombros. Thorenc sussurrou-lhe que estava de passagem. Ela respondeu em tom grave que esse era o destino de todos os homens, e que nem ela sabia onde estava o marido: quem sabe já estaria morto?

Ele retirou o braço e assistiu ao desenho animado de alguns minutos, exageradamente colorido, onde um piloto fazia uma série de *loopings* para se livrar de um passageiro que se agarrava ao assento, depois à asa do avião e, finalmente, quando é lançado no espaço, consegue dependurar-se numa estrela e, usando-a como pára-quedas, desce lentamente à terra.

Thorenc ficou fascinado, como se essa cena fosse um prenúncio do que ia acontecer com ele.

Foi a jovem mulher que lhe tomou o braço e o tirou do cinema. Passaram a noite sentados, frente a frente, no bar do hotel, sem muitas palavras, a se olharem quase em silêncio.

De manhã, fizeram amor.

De modo que Thorenc podia viver em Londres perfeitamente.

No entanto, disse a Passy que queria voltar para a França, não importava de que maneira. Permanecendo em Londres, ele se sentiria um desertor. Quanto a lutar nas FFL, já estava velho demais.

Passy o ouviu de fisionomia impassível, mas com os olhos irrequietos, perscrutadores, e Thorenc teve a impressão de estar sendo avaliado.

Pôs-se, então, a argumentar, recordando que engajara-se, desde 1936, no que já podia ser considerado uma forma de resistência. Alertara a opinião o mais que pôde. Era conhecido, é verdade, mas sua força estava justamente aí! Quanto aos riscos que poderia correr, muitos resistentes expuseram-se mais que ele. Sem dizer nomes, retraçou em linhas gerais as vidas de Isabelle Roclore, de Joseph Minaudi, de Geneviève Villars.

— E o senhor queria que eu me esquivasse?

Não se passava um dia sem que os alemães fuzilassem dezenas de reféns. Torturavam. Decapitavam. Deportavam. A França era um campo de batalha. Lá, estavam todos na linha de frente. E ele pedia para retornar.

— Estamos em Londres — replicou Passy secamente. — Nem por isso temos a impressão de estar fora de combate.

Thorenc ergueu as mãos.

— Vocês estão aqui porque a França Livre precisa ter um governo. Mas eu estou na França desde o início. Quero continuar até o fim com os que ficaram lá.

Mencionou as tarefas que havia cumprido, as missões que o major Villars lhe confiava há anos, as informações que colhera e enviara a Londres, as ligações pessoais que mantinha com vários chefes de redes: Delpierre, Lévy-Marbot, Geneviève Villars, o major Pascal, Stephen Luber e, naturalmente, Pierre e Philippe Villars.

Thorenc falou demoradamente, com a sensação de estar recordando outra vida que não a sua. E, no entanto, não havia exagero em nada do que dizia. Ele mesmo se surpreendia. De fato, era tudo verdade: resistira aos interrogatórios do comissário Dossi, enfrentara o tenente Wenticht, o pessoal da Gestapo, conhecia Alexander von Krentz e o tenente von Ewers e, portanto, Lydia Trajani e o banqueiro Stacki.

— O senhor não pode se permitir não me utilizar! — concluiu.

— Contudo, há o caso Cocherel... — objetou Passy uma vez mais.

Mas Thorenc sentiu que a atitude dele havia mudado. Parecia distante, ouvia, distraidamente, folheando os dossiês que o jornalista lhe entregara, saía várias vezes do escritório, voltava, lançava uma rápida olhadela a Bertrand, perguntava sua idade, seu estado de saúde.

— O senhor faria um treinamento de alguns dias para aprender a saltar de pára-quedas? Isso não se improvisa.

Thorenc sorriu e respondeu:

— Tenho confiança nas estrelas...

Passy ficou perplexo.

Depois, falou sobre a personalidade de Mounier, um radiotelegrafista de apenas vinte e dois anos que já estava em sua terceira missão na França.

Max Gallo ✠ A Chama não se Apagará

Em fins de junho de 1940, atravessou o Canal da Mancha de canoa e, assim que chegou, pediu para retornar.

Monnier fora o melhor radiotelegrafista de Rémy; e sua rede, a Confraria Notre-Dame, a mais eficaz do BCRA. Conseguira escapar à prisão, matando dois agentes da Gestapo e ferindo um dos policiais que os acompanhavam.

— Ele precisa mudar de região, não deve pisar mais na Bretanha — recomendou Passy. — Pensei nele para a Zona Livre. O senhor poderia...

Em questão de minutos, o chefe do BCRA estabeleceu o âmbito da missão de Thorenc.

— Eventual, eventual... — fez questão de insistir.

Mas ele rabiscava um triângulo, e Thorenc, debruçando-se, leu seu nome no vértice superior e os de Jacques Bouvy e Daniel Monnier nos dois vértices da base.

— O senhor conhece Bouvy, não é? — perguntou Passy. — Estiveram juntos em Lisboa...

Thorenc assentiu com a cabeça.

O ronco do motor do Lysander, no momento em que Bouvy desceu da carlinga no campo do Planalto do Jura, ainda ressoava em seus ouvidos.

Passy amassou o papel, rasgou-o em pedaços que tornou a rasgar e assim por diante até reduzi-los a minúsculos pedacinhos.

— Jean Moulin pousou de pára-quedas algumas semanas atrás — mencionou ele observando Thorenc. — O senhor disse que conhece Pierre Villars, que esteve no gabinete dele?

— Eu estava perto de Chartres em junho de 1940 — murmurou Thorenc.

— É bem provável que Villars vá trabalhar com Moulin.

E Passy contou que Moulin estava encarregado de uma difícil missão. Devia unificar os diferentes movimentos de Resistência. O financiamento das redes e o fornecimento de armas iriam passar por ele, que seria, portanto, o representante oficial do general De Gaulle na França não ocupada. Seu papel era político, mas, conforme as circunstâncias, seria também militar. Era preciso distinguir as atividades e, ao mesmo tempo, constatar que informação, propaganda, ação e organização se sobrepunham, se complementavam.

— Se o senhor retornar à França, será com Daniel Monnier e, assim como Bouvy, que já se encontra lá, estarão subordinados ao BCRA, isto é, a mim e, naturalmente, ao general De Gaulle — continuou Passy.

Passy se levantou, convidando Thorenc a acompanhá-lo e, enquanto descia as escadas do prédio próximo aos cais de Londres, explicou que Moulin precisava contar com uma equipe de homens corajosos, bem informados, os melhores, capazes de apoiá-lo em qualquer ocasião.

— É essa a função que o senhor vai desempenhar — acrescentou.

Entraram no escritório de De Gaulle. O general estava em pé diante da lareira.

— Eu lia o senhor antigamente — disse o chefe da França Livre. — Conheço o seu trabalho.

Olhou para Passy, virou-se novamente para Thorenc e observou-o demoradamente:

— Então, o senhor está querendo voltar à França?

Bertrand limitou-se a assentir com a cabeça. De Gaulle parecia devanear, fumava sem parar seguindo com os olhos as espirais de fumaça.

— É um combate atroz, mas o resultado não deixa a menor dúvida — continuou ele.

Deu alguns passos de cabeça erguida, o cigarro entre os dentes.

— Aos que escolheram morrer pela causa da França sem que nenhuma lei humana os obrigasse, a esses Deus deu a morte que lhes é própria, a morte dos mártires.

Parou diante de Thorenc.

— São sempre os melhores que se expõem — acrescentou em tom amargo —; os outros tagarelam e calculam. O senhor é dos que se arriscam...

Depois virou-se e se dirigiu para a janela como se lamentasse ter falado, dizendo num tom quase irascível:

— Se o senhor voltar lá, será preso!

Bertrand ficou tão surpreso que se limitou a tartamudear que esperava passar uma vez mais pelas malhas da rede. De Gaulle aproximou-se dele.

— As pessoas sempre se deixam apanhar nesse trabalho — replicou.

Estendeu-lhe a mão e, no justo momento em que o jornalista saía do escritório, desabafou:

— Não quero perdê-lo, Thorenc!

Thorenc começou a cavar um buraco na terra ressecada e rochosa, para esconder o pára-quedas. Enfiou a pá no chão com enérgica alegria.

Ergue os olhos, de quando em quando. Lá em cima, as estrelas parecem oscilar, piscar.

Pensa na jovem londrina que encontrou no cinema da Gordon Street, no homem que despencava do céu e agarrou-se a uma estrela.

Tem a impressão de ser o homenzinho miraculosamente salvo, que cava agora a terra da França.

Alguém acaba de assobiar no fundo da clareira, ali onde se ergue uma sebe de ciprestes que o mistral começa a vergar.

É Daniel Monnier que chega por entre as árvores puxando o contêiner do radiotransmissor.

Thorenc corre para ele. Abraçam-se apertadamente.

Atravessaram o céu e ainda estão vivos!

42

Thorenc caminha até a crista e contempla os picos que, de leste a oeste, das Ardenas aos Pireneus, emergem da noite, no horizonte.

O mistral enfraqueceu, como sempre acontece ao raiar da aurora, e Thorenc senta-se com as costas apoiadas na parede da capelinha voltada para o monte Ventoux.

Do bolso do casaco de pele de carneiro, ele tira o revólver e o coloca à sua frente, em cima de uma pedra lisa.

Dissera a si mesmo que "o mataria esta manhã", mas resolveu esperar o nascer do sol.

Logo no dia seguinte à sua chegada a Murs em companhia de Daniel Monnier, ele descobriu esse lugar de onde, com tempo bom, avistava-se toda uma parte da França, do Maciço Central ao Mediterrâneo, mais o Ródano e o Durance que correm pela planície vinícola ou por entre as secas colinas dos Alpilles.

Levantou-se cedo, quando a noite ainda se espichava pelos recantos do pátio da quinta provençal. Mas Léontine Barneron, que o hospedava nesse casarão fortificado um pouco afastado do vilarejo, que chamavam de *mas* Barneron, já estava de pé, diante do fogareiro de ferro fundido e alças de cobre.

Léontine era uma mulher de uns sessenta anos, magra, de cabelos, olhos e roupa pretos. Usava uma saia pregueada que lhe batia nos tornozelos e um suéter também preto.

Na véspera, ela recebeu Monnier e Thorenc, como se fossem da família; abraçava e afastava os rapazes para melhor contemplá-los, como se quisesse buscar na memória algum traço de seus rostos.

Disse que eram dois belos homens e sentia-se orgulhosa de hospedá-los.

Léontine ausentou-se por algum tempo, e voltou trazendo uma espingarda com a coronha debaixo do braço. Abriu a culatra para mostrar que a arma estava carregada:

— Isto acerta um javali a cem passos... Nunca perdi um, desde a morte de meu marido. Se vier alguém, a gente se defende.

Pôs a espingarda no meio da mesa e começou a servir uma sopa encorpada de legumes e carne. Enquanto comia, em pé, disse que ia visitar diariamente o monumento aos mortos da cidadezinha para ler os nomes de seus irmãos, Raymond e Jean, tombados em Verdun juntamente com mais trinta e sete rapazes do lugar.

— Tão bonitos quanto vocês, meus filhos.

E se agora abaixassem as calças para os alemães, seria como Pétain apertando a mão de Hitler: o mesmo que dizer que seus irmãos e os homens do lugar deviam ter desertado e se escondido na floresta do Ventoux em vez de lutar durante quatro anos.

Nem quis saber onde Daniel Monnier ia instalar o radiotransmissor.

— Tudo aqui é de vocês — declarou.

E contou que disse a mesma coisa ao homem que chegou há quase dois meses. Tratava-se de Jacques Bouvy que queria ter esperado por eles, mas precisou ir a Avignon, na véspera.

Aproximando-se deles, ela repetiu a recomendação que Bouvy lhe pedira para transmitir aos dois: "Não saiam do *mas* Barneron até eu voltar."

— Quanto a mim, estou bem contente que vocês estejam aqui — conclui Léontine Barneron num murmúrio.

Na mesma noite em que chegou, Thorenc soube que ela era a prima de Marguerite, a avó de Geneviève Villars. Quando a interrogou, ficou emocionado ouvindo-a contar que Marguerite Barneron casara-se com o notário Marcel Villars, de Carpentras, e tiveram três filhos. Todos "bem-sucedidos": Raymond Villars era médico em Lyon; Mathieu, o filho dele, era dominicano no Convento Fra Angelico; e André Villars seguia a carreira do pai em Carpentras. Quanto a Joseph — pai de Geneviève, de Pierre, de Philippe, de Brigitte e de Henri —, era major. Casou-se com Blanche de Peyrière, que tinha um castelo ali perto.

— Um dia, quem sabe, deviam tocar fogo nesse castelo, pois os Peyrière — o deputado Paul, e os filhos Xavier, o general, e Charles, o diplomata — eram ainda piores que os senhores feudais: aristocratas que mandavam os guarda-caças atirarem na gente; e agora, segundo dizem, estão lambendo as botas dos alemães e de Pétain, o que é a mesma coisa sem tirar nem pôr.

E continuou:

— Essa gente tem a República atravessada aqui — ela passou a mão na garganta — como um osso de lebre ou de coelho que um caçador ilegal, um honesto lavrador ou um pastor de ovelhas tivessem surripiado de suas terras. Porque eles acham que de Sénanque até o castelo, é tudo deles! No entanto, as terras pertencem ou à Comuna ou aos Barneron que as compraram quando eram bens nacionais*. E é por isso que eles não gostam da *Marselhesa*, mas cantam *Marechal, aqui estamos!*

Thorenc ouviu Léontine Barneron com uma espécie de encantamento.

E quando caiu a noite, enquanto Monnier instalava seu radiotransmissor e Léontine ouvia a Rádio Londres, ele foi caminhar pelas ruelas do vilarejo.

Murs estava situada um pouco para dentro da garganta que separa a região de Venasque da de Gordes. O mistral se engolfava como uma torrente gelada por entre as casas de janelas fechadas.

Caminhou em passadas lépidas, numa exultação, como se estivesse inebriado do vento, do frio, dessa terra que ele pisava depois das angústias do vôo e da descida de pára-quedas, ou como se a figura e o relato de Léontine Barneron o tivessem comovido mais do que imaginara.

Pensou em todas essas mulheres, em todos esses homens, esses anônimos que abriam suas portas, a exemplo do doutor Morlaix e Léontine, para abrigar os que resistiam ou fugiam.

---

* Bens confiscados do clero, da realeza e dos aristocratas que emigraram, durante a Revolução Francesa. (N.T.)

Max Gallo   A Chama Não Se Apagará

Lembrou-se do homem que, depois de guiá-lo na travessia da linha de demarcação, fora embora com um aceno de mão, como se o risco que acabava de correr fosse um imperativo da realidade.

Thorenc ficou parado recebendo o mistral em pleno rosto. O imperativo da realidade era a França; e lembrou-se das palavras de De Gaulle, que Passy lhe repetira:

"O que está em jogo nesta guerra é evidente para todos franceses: é a independência ou a escravidão."

Passy o convidara para jantar num salão do Hotel Connaught, justamente onde, quase toda tarde, De Gaulle recebia personalidades que conseguiram sair da França, como o jovem deputado radical Mendès France, ou os que chefiavam uma rede e vinham a Londres solicitar armas, dinheiro, radiotransmissores, e faziam questão de notificar as ações dos resistentes àquele que d'Astier de La Vigerie, da Libération, chamava de "o Símbolo". De modo que o sindicalista Christian Pineau, que fundara a Libération Nord, acabava de ser recebido pelo general nesse mesmo hotel.

— Para você, não é mais uma questão de horas ou de alguns dias — comunicara Passy. — Os instrutores ficaram surpresos com a sua resistência física: saiu-se tão bem quanto Daniel Monnier que é bem mais moço. Parabéns, Thorenc! Você está saltando como um pára-quedista tarimbado.

Passy fumava e, de vez em quando, molhava a garganta com um gole de vinho.

— No entanto, o mais difícil não será a aterrissagem, e, sim, as condições que você vai encontrar. A situação piorou há questão de semanas.

Os alemães haviam nomeado um oficial superior do comando das SS e da Polícia para dirigir e coordenar todas as forças de repressão na Zona Ocupada.

— É Karl Oberg, o *Brigaaenführer* das SS — esclareceu Passy com ar grave e sobrancelhas franzidas.

O homem fora nomeado por Reinhard Heydrich, o colaborador mais próximo de Himmler. Oberg estava instalado no Bulevar Lannes, 57, com vários oficiais das SS. Isso significava que a Gestapo e as SS estavam acima da Abwehr e da Polícia Militar.

Os Patriotas

— Eles estenderam seus tentáculos à Zona Livre — continuou Passy —, visto que Laval reassumiu o caso e nomeou como chefe de Polícia um homem inteligente mas decidido a ser duro: René Bousquet. Por trás do dispositivo Oberg-Pucheu-Bousquet-Cocherel, apadrinhado por Laval, Abetz e Pétain, estão os homens que vivem na França há anos; acho que você os conhece bem — Passy faz um esgar, à guisa de sorriso —, Alexander von Krentz, Werner von Ganz etc. Na Zona Livre, eles dispõem das Brigadas Especiais do comissário Antoine Dossi, cujos métodos você avaliou, e Darnand está em vias de pôr em funcionamento um serviço do tipo legionário, uma verdadeira milícia. Vão nos cair em cima para massacrar.

O general Stülpnagel já organizara a encenação de grandes processos contra os comunistas na Câmara dos Deputados, e na Maison de la Chimie [Casa da Química].

— Naturalmente, o veredicto é um só: a morte. Não fazemos sequer idéia de quantos franceses estão sendo fuzilados, como reféns ou como resultado de processo, muitos sem julgamento, nos pátios e nos subterrâneos das prisões.

O chefe do BCRA abaixou a cabeça.

— É horrível... — suspirou.

Depois, como se falasse para si mesmo, acrescentou:

— Eu também preciso ir à França. Não se pode ordenar que homens lutem e se exponham, se nós mesmos nunca assumimos esses riscos. É claro que De Gaulle vai se opor, vai dizer que guardo segredos demais e posso falar se for preso e torturado, mas essa é minha concepção de comando. E dispomos disto aqui...

Enfiou a ponta dos dedos no bolso do colete, tirou e abriu uma caixinha de metal. Dentro havia duas minúsculas pílulas vermelhas.

— Cianureto — explicou.

Empurrou a caixinha para Thorenc, mas ele não a tocou.

Passy ficou alguns minutos em silêncio e, depois de acenar ao *maître* que lhes servisse bebida, explicou que os alemães acabavam de executar vários resistentes da rede do Museu do Homem, entre eles Georges Munier,

Lewitsky e Vildé. Então Thorenc estendeu a mão, apertou a caixinha entre os dedos e meteu-a no bolso.

— Você esteve com Geneviève Villars, que está intimamente ligada ao nascimento dessa rede, não é?

Thorenc limitou-se a baixar a cabeça.

— Todo mundo está ameaçado — continuou Passy. — A Resistência nunca esteve tão forte, desde junho de 1940; as redes se multiplicam, os comunistas organizaram os Franco-Atiradores e Partisans franceses, e não há um único dia em que não ataquem de surpresa; mas, ao mesmo tempo, ficamos mais vulneráveis, porque somos mais numerosos, e os alemães, com Oberg, e os policiais franceses, com Bousquet, ganharam meios de reagir. E estão dispostos a tudo. Utilizam-se cada vez mais da corja de assassinos da Rua Lauriston: Henry Lafont, Marabini, Bardet... É o crime a serviço de uma potência política criminosa.

Passy se levantou.

— Estamos preocupados — disse ao acompanhar Thorenc. — Há vários dias perdemos contato com a rede Prometeu; depois, Marc Nels, o radiotelegrafista, voltou a emitir com uma periodicidade irregular. É verdade que ele se deu a conhecer pelo sinal que o identifica, mas nossos especialistas julgam um pouco estranhas essas emissões...

Passy acendeu um cigarro e aspirou lentamente.

— Já tivemos radiotelegrafistas "devolvidos", e foi assim que a Abwher tentou nos lograr. Algumas vezes levamos meses para descobrir o jogo, com os prejuízos que você pode imaginar: os alemães apanharam os homens e os contêineres que lançamos de pára-quedas...

No alpendre do hotel, Passy murmurou:

— Não vamos nos ver mais antes de sua partida, Thorenc. Daniel Monnier e Jacques Bouvy são homens de coragem. Vocês constituem uma de nossas melhores equipes, e contamos com vocês para apoiar Moulin. Mas vão mergulhar numa caldeira de óleo fervendo. Além do mais, estou convencido de que a Zona Livre não vai durar muito tempo. A Gestapo já está percorrendo essa área a seu bel-prazer. Temo que a Wehrmacht não demore a se instalar ali. E você vai ver que Pétain, como todas as vezes em que precisou tomar uma decisão, vai se submeter. A secreta perfídia dessas metástases cada vez mais graves...

Depois de uma certa hesitação, ele acrescentou:

— Se você penetrar nos mistérios da rede Prometeu, avise-nos imediatamente. Aliás, o major Villars já nos indagou sobre a sorte da filha, e só pudemos dizer que tudo parecia normal.

Quando Thorenc, nas ruelas de Murs varridas pelo mistral, recordou essa última conversa que tivera com Passy, há somente quarenta e oito horas, dissipou-se a alegria que sentira ao caminhar por essa cidadezinha, ao respirar o vento gelado pisando a terra endurecida, as pedras irregulares do calçamento.

Voltou preocupado para o *mas* Barneron.

Na grande cozinha, encontrou Léontine e uma mocinha, cada qual depenando um frango preso entre as coxas.

Sem qualquer premeditação, ele começou a falar sobre o primeiro encontro que tivera com Geneviève, em Berlim.

— Ela nunca vem a Murs? — perguntou finalmente.

Léontine interrompeu o que estava fazendo e olhou para Thorenc.

— Geneviève... quem vê Geneviève uma vez nunca mais a esquece: apaixona-se — gracejou. — Se tiver um temperamento ciumento, é melhor não cruzar com ela.

Subitamente, fez menção de se levantar da cadeira.

— Não aconteceu nada de mal a ela? Ela está em perigo? Eu preciso saber.

Thorenc negou, e subiu depressa para seu quarto.

O frio que escorria pelas paredes caiadas infiltrou-se nele pouco a pouco, de tal maneira que não conseguiu dormir; ficou de atalaia, ouvindo o vento, o balido dos carneiros, os latidos dos cães no campo e, de repente, o ronco longínquo de um motor.

Levantou-se de revólver em punho, mas o ruído já diminuíra, e logo desapareceu.

Max Gallo   A Chama não se Apagará

Mesmo assim, acabou descendo, e surpreendeu-se ao encontrar Léontine já na cozinha. Ela esmigalhou dois pedaços de pão dormido numa tigela de leite quente e ofereceu a Thorenc.

Léontine o abordou:

— Você se revirou a noite toda — adiantou ela. — Eu ouvi. Está pensando em Geneviève? Ela é mulher da minha raça: ninguém consegue matá-la facilmente, acredite. É uma pomba, mas tem asas e bico de águia. Que nem eu: se lhe derem um tapa, ela revida com dois. Não saiu à mãe. Blanche é uma Peyrière, e aqueles lá estão acostumados a ter quem lhes esvazie o penico, e, quando não há ninguém que faça isso, ficam perdidos. Mas o pai de Geneviève, o major Villars, esse tem valor: também é um combatente. Felizmente ainda sobram alguns, senão, o que seria da França? Um tapete em que todo mundo limparia os pés!

Léontine abriu a porta da cozinha. O pátio do *mas* ainda estava escuro, mas já um pouco acinzentado, como água estagnada.

— Vá caminhar para se acalmar — disse ela.

E mostrou o alto do pico que domina o vilarejo, o campanário de uma capela que começava a surgir por entre a penumbra.

— Pegue a trilha dos carneiros e suba até o topo. Vai ver como é linda esta nossa terra. Só de olhar, a tristeza vai embora. Ninguém pode ser infeliz quando tem essa beleza diante dos olhos.

Thorenc começou a seguir a trilha, esse rastro de cascalho no meio da relva.

À medida que subia, ia descobrindo, ao longe, os maciços e os picos ainda imprecisos na noite que se dissipava.

Sentiu uma sensação de tranqüilidade, de quase-plenitude.

Pensou que ninguém tinha o poder, ocupante ou traidor, de apagar a história de um país, tal como fora inscrita num relevo ao mesmo tempo tão ordenado e grandioso.

Ele parava freqüentemente para respirar o ar da aurora a plenos pulmões.

* * *

Refez esse caminho nos dias seguintes, tão indispensável tornara-se, para ele, essa visão matinal.

Até que, numa tarde, ele viu Jacques Bouvy chegar ao pátio do *mas* Barneron, em companhia de um rapaz louro e magro, que reconheceu de pronto. E Marc Nels, ao avistar Thorenc, ficou paralisado, os olhos subitamente arregalados.

— É Marc Nels, o radiotelegrafista da rede Prometeu — disse Bouvy. Nós o encontramos em Avignon.

Thorenc se adiantou, a mão no bolso do casaco forrado de pele apertando a coronha do revólver.

43

Thorenc contempla o sol.

Tem a impressão de que o Monte Ventoux abre-se como uma cratera para libertar uma luz ainda fraca, vestida de noite.

Está na hora.

Ele pega a arma. A coronha está gelada, como se esses poucos minutos em que a deixara em contato com a pedra bastassem para transformá-la em um objeto hostil que ele mal conseguia meter no bolso.

Mas está na hora.

Levanta-se. Vacila, encosta-se de novo na parede da capela. Olha em frente.

O Monte Ventoux parece que se fechou. Pela primeira vez, desde que ele assiste ao nascer do dia do alto do pico, a aurora abortou. O fim da noite virou esse céu nublado, pesado, que parece que vai sufocar o maciço. O mistral pára de soprar. Sua forte e seca rajada é substituída por uma umidade fresca, um tanto pegajosa, onde Thorenc, descendo em direção a Murs, tem a impressão de afundar-se.

Dá alguns passos, vê o telhado do *mas* Barneron, e a chuva começa a cair.

Pára e levanta a gola do casaco. Sente frio, apesar do morno aconchego da gola de pele na nuca e no pescoço.

Começa a duvidar.

Apalpa a arma; esse contato o faz cambalear. Diz a si mesmo:

— Não posso matá-lo.

E, bruscamente, ele dá meia-volta.

Torna a subir a trilha onde a chuva já forma pequenos regos entre a terra amarela e o cascalho.

Chegando à crista, descobre uma outra paisagem. O horizonte desapareceu sob o caos de nuvens.

Thorenc entra na capela. Abrigou-se ali algumas vezes para fugir do mistral, mas o sol a iluminava, então.

Esta manhã, a capela está mergulhada em penumbra. Ele tropeça em um dos dois bancos que ficam na frente do altar: uma simples tábua de madeira sobre quatro pés. Sabe que as paredes estão nuas, exceto pelo crucifixo em cima do altar.

De repente, ocorrem-lhe os versos que ouvira de Claire Rethel. Repete-os, a princípio baixinho, depois em voz alta, como uma litania:

> *Esses pobres mortos são toda a nossa herança*
> *E seus corpos em sangue, nossos bens indivisos...*

Relembra o instante em que poderia ter matado Marc Nels, no pátio do *mas* Barneron, quando ouviu o radiotelegrafista murmurar:

— Jogaram os corpos de Gauchard e Nartois, dois homens da nossa rede, na estrada. Eu vi. Estava escondido a alguns passos dali, com o radiotransmissor que consegui retirar a tempo. Os alemães não imaginaram que eu estivesse tão perto. Achei que não iam me procurar nas proximidades da fazenda. Tinham acabado de descobrir que não estávamos mais lá. Geneviève queimou todos os papéis. Trouxeram Gauchard e Nartois com eles e no salão do térreo massacraram os dois.

— E Geneviève? — perguntou Thorenc.

Marc Nels fez um gesto demonstrando ignorância, e Bertrand não agüentou a indiferença muito pouco compassiva com que o radiotelegrafista contou como Geneviève exigira que se separassem, e, cada qual por seu lado, tentasse a própria sorte:

— Ela ficou com o carro; e eu fiquei a pé com o aparelho de transmissão.

Virou-se para Daniel Monnier, em busca de aprovação, e acrescentou que não dispunha de um aparelho em miniatura como o que devia ter chegado de pára-quedas; mas os alemães devem tê-lo encontrado, pois eles localizaram todas as *dropping zones*.

— Como é que você sabe? — perguntou Thorenc aproximando-se do rapaz.

Marc Nels sacudiu os ombros:

— Nós deduzimos, e foi aí que Geneviève resolveu que era preciso sair da fazenda.

— "Cada qual para o seu lado"? — repetiu Thorenc.

Parecia-lhe impossível que Geneviève, com a paixão que sentia pelo rapaz, preferisse separar-se dele, deixá-lo no descampado carregando o radiotransmissor, e pegar o carro sozinha.

— Foi assim — respondeu Marc Nels. — Foi exatamente assim.

E voltou-se para Jacques Bouvy e Daniel Monnier:

— A gente nunca sabe como as pessoas vão reagir numa hora dessas. Não se pode condenar ninguém.

E encarou Thorenc novamente:

— Ela achou que era a melhor solução. De que adiantava sermos presos ou mortos juntos? Separados, as chances de escapar são duplicadas.

— Ela podia ter levado o radiotransmissor — observou Monnier. — Estava de carro.

De súbito, Thorenc agarrou Marc Nels pelo pescoço com a mão esquerda, enquanto lhe apontava a arma com a direita:

— É mentira! — gritou. — Quando foi preso com Geneviève, você ficou com medo. Viu os corpos de seus camaradas, talvez até tenham sido torturados na sua frente...

Thorenc fechou os olhos e apertou com mais força o pescoço do radiotelegrafista.

— Devem até ter torturado Geneviève. Perceberam logo que você é que ia abrir o bico, e não ela!

Abriu os olhos para não ver a cena que acabava de imaginar.

* * *

Os Patriotas

Marc Nels se debateu, mas Thorenc enfiou-lhe o cano do revólver na barriga. Imobilizado, o rapaz tentou negar.

— Em você eles não tocaram! — insistiu Thorenc. — Você disse logo tudo o que sabia. E recomeçou a transmitir, só que para eles, seguindo as determinações deles.

Foi impedido de continuar. Monnier segurou-lhe o braço e desviou a arma. Jacques Bouvy obrigou-o a afrouxar a mão que apertava o pescoço de Nels.

— Você está fora de si, Thorenc! — protestou Bouvy. — Precisa se acalmar.

Thorenc sentiu-se subitamente esgotado. Entrou na quinta e sentou-se à cabeceira da mesa. Léontine Barneron parecia não ter ouvido nada; contentou-se em dizer que estava contente de precisar alimentar uma boca a mais. Iam matar um cordeiro; ela ia fazer um ensopado com batata e feijão-branco. E isso é o que eles iam comer durante vários dias.

Nels, Bouvy e Monnier entraram por sua vez e tomaram assento em volta da mesa.

Léontine era a única que falava. Calava-se de vez em quando, espantada com o silêncio deles:

— Se eu estiver incomodando, saio: tenho muito o que fazer lá fora...

Chamou Gisèle, a moça que a ajudava. Devia ter uns vinte anos. Mancava e nunca levantava os olhos.

— É surda-muda — explicou Léontine. — Mas reconhece quem gosta dela e lhe fala de coração. A essa linguagem ela não é surda.

Quando Léontine sumiu finalmente, e eles a ouviram falar sozinha no pátio, Thorenc declarou olhando apenas para Bouvy e Monnier:

— Em Londres, Passy me disse que suspeitavam das transmissões de Nels. Ele se identificou e, no entanto, podia ter mudado seu prefixo, ou não o ter fornecido, para dar a entender que estava nas mãos dos alemães e precisava enganá-los. Ele nem sequer tentou fazer isso! Voltou a transmitir, controlado pela Abwher, e, na minha opinião, se as *dropping zones* foram localizadas é porque ele entregou todas as coordenadas.

Max Gallo ✠ A Chama Não Se Apagará

— Você está louco, Thorenc! — protestou Marc Nels com voz cansada. — Eles chegaram lá porque já tinham localizado os campos de pouso.

— Ele está invertendo a cronologia! — insistiu Thorenc. — Tenho certeza. Os alemães cercaram a fazenda. Nem ele nem Geneviève conseguiram fugir. Foi Gauchard, talvez Nartois, que fraquejou e levou os alemães até lá. Eles continuaram a torturá-los na fazendola, depois se voltaram contra Geneviève...

— Basta! — exclamou Jacques Bouvy. — Isso tudo é muito ruim. Ou bem a gente sabe ou não sabe. Quanto a mim, sei que vi Marc Nels vagando na plataforma da Estação de Avignon. Ele não podia adivinhar que eu estaria lá.

— Um anzol e uma isca! — soltou Thorenc. — Foi para isso que o soltaram.

Marc Nels se levantou e começou a berrar que todo mundo sabia que Thorenc se encontrou com Cocherel e Pucheu em Vichy; que Geneviève lhe contara a origem do jornalista, com quem ele se encontrava em Paris! O jovem telegrafista estendeu o braço e, apontando para Thorenc, citou os nomes de Alexander von Krentz, do ministro Maurice Varenne, de Werner von Ganz e de Cécile de Thorenc, sua mãe, a glória da colaboração. E Thorenc ainda tinha coragem de acusar os outros?

— Quem lhe disse que eu estive com Cocherel e Pucheu? — perguntou Thorenc.

Nels só podia ter tido essa informação pelos alemães. Traíra, portanto.

Nels gaguejou, mas logo se recompôs: enterrara o aparelho de rádio depois de ter transmitido várias mensagens, de diferentes celeiros, o que decerto explicava as falhas encontradas nas mensagens. Então, ele atravessou a linha de demarcação.

— Onde está Geneviève — perguntou Thorenc simplesmente.

Sentiu-se, de repente, muito calmo: precisava arrancar tudo o que esse sujeitinho sabia, para depois matá-lo.

Marc Nels deu uma olhadela em Thorenc e deve ter pensado que o convencera ou o desarmara. Começou a explicar que Geneviève dizia sempre que, em caso de perigo, era preciso fugir para o Leste e não para o Sul, pois era melhor atravessar a fronteira suíça do que a linha de demarcação.

Não seria mais difícil, e, uma vez atravessada, estariam fora do alcance dos alemães.

— É o que ela deve ter tentado fazer — concluiu.

E, sorrindo, disse:

— E deve ter conseguido. É uma mulher extraordinária! — acrescentou com ênfase um tanto exagerada.

Thorenc pôs o revólver em cima da mesa.

— Esse homem foi devolvido — insistiu escandindo as sílabas. — Ele quis salvar a pele. Disse tudo o que sabia sobre a rede Prometeu, sobre Geneviève Villars e os outros, e até sobre sua própria ligação com Londres. Não tenho a menor dúvida. Recomeçou a transmitir controlado pelos alemães e agora foi solto para servir de anzol, uma isca.

Bouvy foi se sentar ao lado de Thorenc como para impedi-lo de apanhar a arma.

— Não fomos seguidos — sublinhou. — Fiquei dando voltas durante muito tempo, antes de pegar a estrada de Murs; sempre faço isso. E depois que chegamos ao vilarejo, Nels não saiu mais de perto de mim.

Bouvy mostrou o revólver.

— Não concordo com isto — decretou. — Não somos as SS, nem a Gestapo.

E com um risinho sarcástico:

— E nem os FTP comunistas! Apenas franceses livres...

Puxou Thorenc para perto do fogareiro.

— As suspeitas eram legítimas — admitiu. — Um camarada que consegue fugir, deve ser isolado. Precisamos mandar Nels de volta a Londres. Lá vão interrogá-lo pelo tempo que for necessário.

E Bouvy acrescentou que compreendia o estado emocional de Thorenc e o quanto devia sofrer pensando em Geneviève.

— Mas não nos cabe executá-lo — concluiu.

— Só a mim — replicou Thorenc.

Voltou para junto da mesa, apanhou a arma e disse afinal:

— Alguém vai ter de vigiá-lo esta noite.

Max Gallo ✠ A Chama Não Se Apagará

Marc Nels se levantou e acusou Thorenc de querer livrar-se dele porque ele, Nels, era uma testemunha incômoda. Disse que Geneviève lhe revelara muita coisa sobre o jornalista, principalmente sobre a maneira como foi solto por intervenção dos alemães; que ela até chegou a pensar se não foi Thorenc quem entregou a rede do Museu do Homem da qual ela fazia parte. Que Thorenc queria liquidá-lo, porque tinha medo de que Geneviève tivesse contado muito mais ainda.

Marc Nels fez um muxoxo de desprezo:

— Além disso, ele é ciumento que nem velho babão. Só vendo a cara que ele fez quando percebeu o que Geneviève sentia por mim! Vai ver que foi por isso que ele nos denunciou: vingança de desgraçado que foi passado para trás!

Daniel Monnier pegou Marc pelo braço e sussurrou-lhe algumas palavras solidárias.

Eram da mesma idade, quem sabe se conheceram em Londres, durante o estágio de formação de radiotelegrafista?

Vendo os dois se afastarem lado a lado, Thorenc sentiu-se isolado. Pensou: "Tenho de matá-lo!"

Depois, como a noite já estivesse quase terminando, foi até a capela e, quando a aurora começou a dissipar a escuridão, disse a si mesmo:

— Tenho de matá-lo esta manhã.

E esperou o nascer do sol.

Thorenc saiu da capela. Chove. Começa a descer a trilha. Já não tem certeza. Quem sabe fora dominado pelo ressentimento, pelo ciúme mesmo? Quem sabe Marc Nels tenha aceitado transmitir só para ter tempo de ludibriar os alemães, depois fugiu e conseguiu atravessar a linha de demarcação? Devia morrer por isso?

Pensa em Geneviève que os alemães soltaram em 1940. E no que Stephen Luber pensou dele, Thorenc, quando esteve pronto a matá-lo por ter estado com Cocherel e ouvido suas propostas.

A arma pesa no bolso de Thorenc.

* * *

Mais tarde, no fundo do pequeno bosque, enquanto abriam a cova para enterrar o corpo de Marc Nels, Thorenc repetiu baixinho, outra vez:

> *Esses pobres mortos são toda a nossa herança*
> *E seus corpos em sangue, nossos bens indivisos...*

O solo era rochoso. Precisavam enfiar a pá usando o gume para quebrar os torrões.

— Enterrem bem fundo esse rapaz — disse Léontine Barneron.— Os javalis são caçadores: são capazes de farejá-lo a um metro de profundidade!

Cavaram até a rocha e depuseram o corpo sobre a superfície calcária, de um branco ofuscante; cobriram-no de terra bem compactada, socando bem com as costas da pá.

Quando voltavam para o *mas* Barneron, Jacques Bouvy observou que deveriam ter revistado Marc Nels; mas quem iria adivinhar que ele tinha a pílula de cianureto?

Esse tipo de homem geralmente tem apego à vida.

— Em todo caso, seu suicídio vale por uma confissão — acrescentou Bouvy.

A frase pretendia ser também uma pergunta, mas Thorenc não respondeu.

44

Thorenc ouve o homem de traços regulares, perfil enérgico, cabelos cuidadosamente penteados, com uma echarpe branca em volta do pescoço. Lê devagar, em tom um tanto solene, o texto das folhas de papel que tem nas mãos de dedos afilados e unhas cuidadas, quase femininas.

— "Cada um de nós tem o sagrado dever de contribuir, com todo seu esforço, para a libertação da pátria e o aniquilamento do invasor..."

Levanta a cabeça, e seu olhar cruza o de Thorenc. Tem olhos grandes e ternos que o jornalista acha um pouco tristes.

Ele olha, um por por um, os representantes dos movimentos da Resistência, entre os quais Thorenc reconheceu Frenay, d'Astier de La Vigerie, de Combat e Libération, Jean-Pierre Lévy, do Franc-Tireur. No fundo da sala, mais recuados, acham-se o major Pascal, Philippe Villars e Claire Rethel. Pierre Villars está sentado à direita do homem que lê o texto.

Foi Pierre quem o apresentou a Thorenc:

— Este é Max, o representante do general De Gaulle.

E Thorenc reconheceu imediatamente Jean Moulin.

— "Não há saída nem futuro, a não ser pela vitória" — continuou Max.

Thorenc olha de relance para Claire Rethel que toma notas num caderninho apoiado nos joelhos, em atitude de estudante aplicada.

Fica comovido ao perceber que ela ainda usa a blusa azul que compraram juntos em Nice. Distrai-se por alguns instantes, imaginando que a vestiu para ele, porque sabia que ele estaria nessa reunião.

— "Enquanto o povo francês se une para a vitória, reúne-se para uma revolução" — prossegue Max. — "Apesar dos grilhões e das mordaças que mantêm a nação em servidão, mil testemunhos, provenientes do que ela tem de mais profundo, manifestam o seu desejo e fazem ouvir sua esperança."

Levanta a cabeça, alteando a voz:

— "Afirmamos os propósitos de guerra do povo francês. A França e o mundo inteiro lutam e sofrem pela liberdade e pela justiça, pelo direito que toda gente tem de dispor de si mesma... Somente uma vitória assim, francesa e humana, pode compensar as provações, sem similar, que nossa pátria experimenta; somente a vitória pode abrir-lhe novamente o caminho da grandeza!"

Enquanto ouve, Thorenc observa os homens que têm os olhos fixos em Moulin. Estão estáticos, fisionomia séria, busto ligeiramente inclinado para a frente como se quisessem beber as palavras para melhor se impregnarem delas.

Claire Rethel, que corre a mão pelo caderno de notas, é a única pessoa que não está imóvel. Thorenc tem um arroubo de ternura pela jovem. Sente vontade de protegê-la, pois sabe o quanto ela se dedica, pronta a se sacrificar.

Ela só pára depois que Max lê as últimas palavras:

— "Nós venceremos!"

Ele dobra as folhas de papel, e esclarece:

— Esta é a mensagem que o general De Gaulle dirige à Resistência Francesa.

Parece esperar um comentário, mas nenhum dos participantes toma a palavra ou esboça qualquer gesto.

Então, ele guarda as folhas no bolso, e diz:

— Peço que este texto seja publicado o mais breve possível nos jornais dos movimentos a que os senhores pertencem.

Já de pé, ele acrescenta:

— Assim, será espetacularmente salientada a unidade de todos os que lutam pela vitória e pelas liberdades.

* * *

O silêncio perdura alguns segundos ainda, até que, de repente, o vozerio invade a sala.

Thorenc levanta-se e vai para perto da janela.

O sol toma conta do Cais Gailleton. O Ródano corre com uma pujança primaveril, estriado de vez em quando de pequenas ondulações coroadas de espuma. Passa uma barca.

Thorenc capta fiapos de conversas.

Elogiam a força do texto, os rasgos de inspiração, e o conteúdo. De Gaulle, enfim, já não é somente um chefe militar para a guerra, mas assume seu lugar no campo político, ao reconhecer que os movimentos da Resistência representam, de fato, o desejo e a esperança do povo francês.

— É um momento primordial — insiste Pierre Villars. — Trata-se de um texto fundador.

Moulin vai de um em um, sorrindo, mas não deixa que esse gesto atencioso, essa amabilidade eliminem a distância que ele faz questão de preservar. Felicita-se pela importância das manifestações do 1º de maio de 1942 que, apesar da Polícia, reuniram cem mil pessoas em Marselha e em Toulouse, quase outro tanto em Lyon, na Praça Carnot.

Claire Rethel aproximou-se de Thorenc sem que ele percebesse; mas, quando a ouviu sussurrar a seu lado, virou-se rapidamente para a moça, como se a voz dela o queimasse.

Ela conta que participou da manifestação do 1º de maio e procurou por Thorenc, certa de que ele estaria no meio da multidão que ocupou todas as ruas que levam à Praça Carnot, sem que a Polícia conseguisse dispersar. Gritavam "Laval no paredão!" e "Viva De Gaulle!" O mais emocionante foi *A Marselhesa* entoada por milhares de vozes. Confessa que se arrepiou, chorou até, quando ouviu "*Às armas, cidadãos...*", e pensou que os perigos a que estão expostos não têm importância, uma vez que permitem viver tais momentos, partilhar um tal fervor com os outros.

Num entusiasmo que a faz altear a voz, ela acrescenta que foi a emoção mais intensa de toda a sua vida.

Thorenc inclina-se para ela, e ela enrubesce, baixa os olhos, titubeia um pouco e diz que não está se referindo à sua vida privada...

Os Patriotas

Ele tem vontade de rir, mas não se atreve a detê-la quando ela se afasta.

Thorenc aproxima-se então de Jean Moulin que está rodeado por Frenay, d'Astier, Philippe Villars, Lévy e o major Pascal.

Há tanta indignação quanto sarcasmo na voz de Max; e desprezo também, ao se referir à decisão que os alemães tomaram de obrigar os judeus da zona não ocupada a usarem a estrela amarela.

— E Vichy, um governo que se diz francês, aprova e até nomeia um Darquier de Pellepoix comissário-geral para as Questões Judaicas! Um Céline vangloria-se de seu anti-semitismo, um Rebatet escreve que não consegue conter sua alegria diante da idéia de ver "essa raça execrável estigmatizada dessa maneira" nas ruas de Paris!

Moulin volta a falar da lama que emporcalha Vichy e a cara de seus colaboradores, e que eles querem espalhar pelo país.

O cardeal Baudrillart, reitor da Universidade Católica de Paris, proclama que a Legião dos Voluntários Franceses contra o bolchevismo é um exemplo das altas tradições da Idade Média e ressuscita a França das catedrais. Drieu La Rochelle escreve um artigo denunciando os poetas como Paul Eluard, Louis Aragon, Pierre Emmanuel e Pierre Seghers que expressam sua indignação, seu patriotismo, e ele, que foi tão ligado a esses mesmos poetas, exorta a Ocupação a fazê-los calar.

Moulin suspira, a voz subitamente velada, a tristeza do olhar mais acentuada, como se uma sombra esfumasse suas feições.

— Eu soube ainda há pouco...

Virou-se para Pierre Villars, indicando que a informação veio dele.

— ... das prisões de escritores e filósofos que fundaram *Les Lettres françaises*: Salomon, Georges Politzer, Jacques Decour... Os inimigos e os colaboradores têm a mesma determinação de esmagar nossa inteligência, matar os franceses que pensam, logo, resistem.

Seu rosto mudou novamente de expressão e agora é a energia que transparece:

— De Gaulle repete freqüentemente que estamos enfrentando um combate atroz, mas acrescenta: "Sejamos briosos e confiantes. A França ganhará a guerra e sobreviverá a todos nós!"

Max Gallo   A Chama Não Se Apagará

* * *

Moulin começou a passear pelo salão. Os que estavam à sua volta abriam espaço ou voltavam a sentar-se.

Thorenc viu-se ao lado de Claire Rethel que, cochichando de novo, diz que leu os poemas de Aragon; Thorenc conhece? Ele sente a empolgação, o entusiasmo misto de emoção, que ela não consegue reprimir na voz.

Ele faz uma ligeira pressão no braço de Claire, para demonstrar que não quer perder nenhuma palavra do que Max está dizendo.

Pétain ainda é respeitado, às vezes até pelas pessoas mais dignas, mais devotadas à causa do país. É o caso de Dunoyer de Segonzac, que dirige, com espírito de resistência e renovação, a École des Cadres d'Uriage,* é verdade que criada por Vichy, e sente-se ligado ao Marechal, assim como a maioria dos estagiários da escola, embora todos decididos a lutar.

Mas Moulin acha que, ao receber Jacques Doriot e apoiar Laval que para todos os franceses é o homem dos alemães, Pétain revela a verdadeira política que aprova. Os que continuam a respeitá-lo vão perder toda a influência e não terão futuro algum.

Moulin pára no meio do salão.

— Ainda que sejam os melhores! — insiste.

Cita o general Giraud que acaba de fugir da fortaleza de Königstein e, em vez de se aliar à Resistência, preferiu procurar Laval, Pétain e, dizem, até Abetz.

— Agora, está refazendo inúmeros contatos com ingleses e americanos, no intuito, é claro, de conseguir que o apóiem para sucessor de Pétain e, ao mesmo tempo, excluir De Gaulle...

Moulin inclina a cabeça:

— ... e eliminar da pátria vocês, suas redes, seus camaradas!

Ele ergue a mão.

— Entretanto, essa é uma empreitada que se destina ao fracasso. Vai nos enfraquecer, mas, no final das contas, será benéfica. Vai mostrar que a

---

* Escola de alto comando. (N.T.)

nação não tem outra saída a não ser a independência, logo, a união em torno de De Gaulle.

Sorri, e toda a sua fisionomia demonstra uma tranqüila segurança:

— Ninguém mais pode ignorar a França Livre. O que fazemos aqui, outros estão fazendo no campo de batalha. De Gaulle já disse mil vezes que era uma sorte lutar fardado, de armas na mão, mas era preciso merecê-la. Como os senhores sabem, as Forças Francesas Livres derrotaram, há alguns dias, o Afrikakorps de Rommel em Bir Hakeim. É preciso que essa notícia ganhe uma enorme repercussão. É preciso devolver o brio e o orgulho ao nosso povo, a seu Exército. Pétain faz questão de dizer que fomos derrotados, que devemos ficar de joelhos e pedir clemência, e confessa: "Há dois anos repito isso a mim mesmo todas as manhãs"...

Moulin faz um gesto enérgico e exclama:

— Contrição do covarde, do ardiloso, cálculo do prudente, submissão do servil: isso é Vichy! E suas manobras...

Thorenc tem a impressão de que Moulin lhe dirigiu uma piscadela.

— ... Receber o general Giraud, manter ligações com os americanos e ingleses, tentar comprometer um de nós, forçando-o a encontrar-se com Pucheu ou Cocherel, tudo isso vai acabar! Unidos, nós venceremos.

Começa a apertar as mãos dos presentes e, ao chegar à porta do salão, declara:

— Escolhemos a via mais árdua, mas também a mais sábia: a via reta!

Volta-se para a assistência e esclarece rindo:

— Citação do general De Gaulle, claro!

Max foi-se embora, e o silêncio envolveu a sala como se a reunião se desagregasse com sua saída, e cada um voltasse a suas preocupações particulares, talvez às recíprocas rivalidades, como d'Astier de La Vigerie que observava, com uma altivez um tanto desdenhosa, Henri Frenay colocar maços de papéis numa surrada pasta de couro...

Thorenc vê Pierre Villars que lhe acena para encontrá-lo na saída.

Villars encosta-se na porta-janela. Está mais magro ainda. Uma barba pontiaguda, entremeada de pêlos grisalhos, dá um ar um pouco conturbado

— entre o misticismo e a perversão — à sua fisionomia, diz Thorenc consigo mesmo.

— Estou voltando para Paris — diz Villars, de sobrancelhas franzidas, como se não conseguisse disfarçar a preocupação. Eu represento Max na Zona Ocupada: é bom que você saiba.

E em tom mais baixo:

— Mas não há necessidade de passar isso adiante. Existem suscetibilidades, até suspeitas, às vezes. Max, como você sabe, foi do gabinete de Pierre Cot; ora, a Frente Popular não tem muitos amigos na Resistência, muito menos os comunistas. Você não ignora o meu trabalho junto deles. Os que não gostam de nós e só se aliam a De Gaulle da boca para fora vão espalhar o boato de que os comunistas, Moulin e De Gaulle querem apropriar-se da Resistência. Naturalmente, os ingleses e os americanos darão ouvidos a esse falatório: um prato cheio para eles!

Sacode a cabeça e suspira.

— Está começando uma guerra dentro da guerra. É sórdido, estúpido, criminoso, mas é assim. Devemos impedir o crescimento dessa oposição que ainda não passa de um embrião. O objetivo de Moulin é unificar para vencer. Essa é a política de De Gaulle. E eu estou com ele!

— Os comunistas... — murmura Thorenc.

— Eles têm seus interesses, seus objetivos. Os próprios alemães acabam virando agentes de recrutamento do comunismo, quando debocham chamando de "comunistas" todas as manifestações de resistência do povo francês. É uma distorção. Com isso, eles esperam que a gente esqueça que a idéia antialemã está acima de qualquer plataforma política.

Abre subitamente a porta-janela e pede que Thorenc o siga.

Caminham ao longo dos cais do Ródano.

— Max, para mim, ele é, antes, Jean Moulin...

Entretanto, durante toda a conversa, Pierre Villars não deixa de chamá-lo Max e, às vezes, Rex, outro codinome de Moulin.

— Max — prossegue ele — quer criar um comando que abarque todas as redes, uma espécie de verdadeiro Partido da Libertação reunido sob a direção de De Gaulle, um exército secreto que irá trabalhar para permitir e, posteriormente, ajudar o desembarque dos aliados. E impedir que esses aliados venham a tutelar a França ou organizar a transição entre Pétain e um novo títere a serviço deles. O general Giraud, quem sabe?

Villars dá de ombros.

— Vou lhe dizer, Thorenc, porque sei que você não tem ambição política, nem para você mesmo nem para qualquer grupo que seja...

Observa Thorenc antes de continuar.

— No fundo, você é um sentimental envolvido na ação por revolta intelectual e estética, porque não consegue ficar do lado da covardia, tampouco da vulgaridade e da estupidez. Por isso, confio em você... O propósito de Moulin é criar uma organização de maior amplitude que a dos comunistas, uma organização que ele dirigirá em nome do general De Gaulle e na qual os comunistas entrarão necessariamente. Assim, a unidade nacional será concretizada e evitaremos a oposição estéril entre os comunistas e os demais resistentes, que só beneficia os alemães e Vichy...

Pára e sorri:

— Foi o que se passou com o seu caso Cocherel, do qual, aliás, você se saiu muito bem!

Volta a caminhar lentamente.

— ... Os outros beneficiários seriam os ingleses e, sobretudo, os americanos.

Apóia-se no parapeito e, sem olhar para Thorenc, acrescenta:

— Moulin gostaria que você fosse à Suíça para sondar as intenções e tentar compreender as manobras de nossos aliados. Eles apostam no general Giraud, é óbvio, mas devem ter outras cartas na manga. E precisamos saber quais são. Você se dava com o banqueiro Stacki, não é?

Villars lança um rápido olhar a Thorenc e explica que o suíço poderia fornecer elementos decisivos para chegar aos agentes ingleses e americanos.

— Stacki conversa com todo mundo: Oberg, Pucheu, meu pai, Cocherel etc. Você também será recebido.

Cala-se por alguns minutos, como se desse tempo para Thorenc refletir, e prossegue, afinal:

— Não é tão difícil entrar na Suíça. Alguns membros de redes entram e saem regularmente. Para quê? Aí está uma questão que também nos interessa.

Bertrand não responde, mas sabe que o silêncio quase sempre vale por assentimento.

— Consiga uma identidade de jornalista e vá a Annemasse — continua Villars. — A cidade é vigiada, mas o Foron, o rio que faz fronteira, é pouco profundo. Você pode atravessar sem problemas: já venceu obstáculos bem mais difíceis!

O adjunto de Max vira-se tão bruscamente, que Thorenc esbarra nele, mas quando vai recuar, Pierre o detém:

— Geneviève está lá, em Genebra — murmura.

Uma onda de calor, ou antes, um vapor quente cobre o rosto de Thorenc e invade-lhe o peito.

— É — prossegue Pierre Villars baixando a cabeça. — Ela escapou, não sei como. Sua rede está em frangalhos, praticamente destruída. Mas ela escapou, uma vez mais, das mãos da Gestapo.

E acrescenta como uma confidência penosa:

— Sei que ela está sofrendo muito. Acho que precisa falar com alguém como você. Tente convencê-la a ficar lá ou ir para a Inglaterra, desde que...

Sacode a cabeça.

— ... não vá se atirar na boca do lobo, meu Deus, isso ela já fez demais!

Thorenc está com o nome de Marc Nels na ponta da língua, mas limita-se a perguntar sobre as condições em que a rede Prometeu foi localizada e desmantelada.

Pierre dá de ombros. Será que um dia poderemos responder com certeza a uma tal pergunta? Geneviève, como de costume, decerto deve ter sido imprudente. Alemães e policiais franceses contam com os informantes que são muito bem pagos e agem por inveja ou por imbecilidade e covardia. Além disso, um membro da rede pode ter falado sob tortura ou sob ameaça de ter os filhos degolados, a mulher entregue aos cães ou despachada para um bordel na Rússia. Finalmente, há o acaso, o minucioso trabalho de investigação e vigilância das SS, da Gestapo e da Abwher.

— No frigir dos ovos, eles acabam sabendo de tudo — conclui Pierre.

Os Patriotas

— O radiotelegrafista da rede conseguiu atravessar a linha de demarcação. Depois se suicidou — observou Thorenc.

Pierre Villars olha-o em silêncio; resmunga que Geneviève também tentou pôr fim à vida, no dia seguinte da chegada à Suíça.

Sem uma palavra a mais, ele estende a mão a Thorenc e atravessa o cais Gailleton.

Com os cotovelos apoiados no parapeito, Thorenc segue o movimento da água, ouve o marulho das ondas que arrebentam no cais enquanto uma chalana sulca o rio.

A alegria e a emoção que sentiu ao saber que Geneviève Villars conseguira refugiar-se na Suíça azedaram, viraram uma espécie de mal-estar.

Chega a se perguntar se ainda deseja encontrá-la.

Terá coragem de lhe falar de Marc Nels, da morte que talvez signifique uma confissão de culpa? Mas culpa de quê? De ter procurado salvar a pele traindo um pouco, embora tentasse, sobretudo, enganar os alemães? Ou então, de ceder completamente a eles, e executar suas ordens, indo para a Zona Livre a fim de ajudá-los a desmascarar outras redes?

Thorenc encaminha-se para o prédio de Philippe Villars sem pensar em Claire Rethel; mas, quando a vê sair pelo portão, ele acena como se esperasse encontrá-la, como se a aguardasse.

Ela caminha para ele em passos tão alegres que parecem esboçar uma coreografia.

Ele a segura pelo braço.

— Ninguém trai um pouco — diz ele de chofre.

Ela olha espantada para ele.

— É como a morte — continua ele —; ninguém morre um pouco: ou está morto ou está vivo. Mesma coisa: ou é traidor ou não é.

Claire Rethel ri, diz que não entende nada do que ele está falando, mas está feliz em revê-lo. Outro dia, ele foi embora deixando apenas duas palavras: *Fogo, azul*.

— Você não se esqueceu — diz ela. — Fiquei muito comovida.

E recita o verso de Eluard:

Max Gallo ✠ A CHAMA NÃO SE APAGARÁ

— *Eu fiz um fogo, pois o azul me abandonou.*

Ela pára no meio da pracinha e acrescenta que a poesia lhe permite viver, ou antes, sobreviver, como um sopro de ar quando estamos sufocando.

Inclina um pouco a cabeça e Thorenc sente que ela quer recostar em seu braço.

E ela começa a recitar, a meia voz:

> *Quando falo de amor, meu amor te aborrece,*
> *Se escrevo que faz sol, tu exclamas que chove.*
> *Que há flores demais em minhas verdes relvas,*
> *Estrelas demais em minha noite,*
> *Azul demais em meu céu azul...* *

Thorenc repetiu palavra por palavra, depois de Claire. Ele tem a impressão de que ela o reensina a viver.

---

* No original: *Quand je parle d'amour, mon amour vous irrite, // Si j'écris qu'il fait beau, vous me criez qu'il pleut. // Vous dites que mes prés ont trop de marguerites, // Trop d'étoiles ma nuit, trop de bleu mon ciel bleu...* (N.T.)

Oitava Parte

45

De início, Thorenc ficou em silêncio olhando fixamente para a montanha escura que barra o horizonte.

As nuvens escondem o cume e descem, de quando em quando, até a metade da encosta, envolvendo os bosques e as vinhas. Segue com o olhar esse movimento das nuvens e, quando a linha do horizonte às vezes reaparece coroada de pinheiros, iluminada um instante pelo sol, ele se deslumbra de uma tal maneira que apóia as duas mãos na mesa, dando a impressão de que quer se levantar.

Fred Stacki, sentado à sua frente no terraço de um restaurante à beira do lago, vira-se, então, e olha também para o leste, comentando esse chuvoso início de verão.

Quase toda tarde o Jura fica encoberto pelas nuvens ou pela neblina; tempestades de granizo castigam as vinhas, e trombas-d'água alagam Genebra. Um calor úmido segue-se a uma rajada de vento frio, e, freqüentemente um vapor cinzento recobre o lago.

— Não foram só os homens que enlouqueceram! — conclui o banqueiro.

Acompanhando com os olhos a linha da crista, essa fronteira que novamente se esfuma, Thorenc parece não tê-lo ouvido.

Experimenta um sentimento de revolta e incredulidade como se, nesse instante, acabasse de tomar consciência do absurdo das coisas, da injustiça que poda os destinos, do acaso que comanda as vidas.

De um lado, o medo e a morte, o tacão da guerra, os passos martelados dos gendarmes na estrada que, para lá de Annemasse, margeia o Foron, o rio em que ele mergulhou depois de atravessar os arames farpados e se esconder atrás das moitas. A patrulha passou junto dele e o facho de luz das lanternas resvalou por seus cabelos. Depois, quando a noite veio, ele subiu pela outra margem.

E estava do outro lado.

Não levou mais de algumas horas — o tempo de mostrar a identidade e mencionar Jean Zerner, jornalista de *La Tribune de Genève*, que ele conhecia desde antes da guerra e que havia concordado em hospedá-lo, responsabilizando-se por sua estada — para encontrar a cidade iluminada, a serena lentidão dos transeuntes, os rostos demonstrando um pacífico desagrado quando paravam diante das vitrines das lojas.

O contraste e o choque que sentiu foram mais fortes do que quando chegou a Lisboa, no ano anterior: a capital portuguesa, em paz, só lhe surgira ao cabo de uma longa viagem. Era como um fim de mundo voltado para o oceano.

Aqui, à beira do lago, bastava erguer os olhos na direção do Jura para se lembrar de que, do outro lado da crista, perseguiam crianças, porque Laval e Bousquet decidiram que os filhos menores de seis anos não deviam ser separados dos pais "para não destruir as famílias", diziam em Vichy, pois era esse o pretexto para o crime, e com essa hipocrisia entregavam as crianças judias aos nazistas.

Antes de partir para Annemasse, Thorenc encontrou-se com Mathieu Villars no Convento Fra Angelico.

Nunca o havia visto tão transtornado.

Mathieu acabava de chegar da Estação de Perrache. Um trem de judeus estrangeiros, vigiados por gendarmes, estava parado ao longo da plataforma. Devia ir para a Zona Ocupada.

O dominicano não conseguiu autorização para percorrer os vagões, mas pôde ver, da plataforma, os idosos, as mulheres, os recém-nascidos.

Tentou salvar alguns desse destino; gritou, pediu ajuda a seus colegas da Amizade Cristã. Interpelou o chefe de polícia, citando as palavras do cardeal Saliège:

Max Gallo   A Chama não se Apagará

"Há uma moral cristã, há uma moral humana que impõe deveres e reconhece direitos... Eles vêm de Deus... A nenhum mortal cabe suprimi-los... Os judeus são homens, as judias são mulheres..."

Mas foi empurrado, ameaçado de detenção e encarceramento.

— Franceses! são franceses que fazem isso! — disse ele a Thorenc.

E repetiu a invocação do cardeal:

"Nossa Senhora, rogai pela França, Pátria amada que engendra na consciência de todos os teus filhos a tradição do respeito pela pessoa humana. França cavalheiresca e generosa, não tenho dúvida, tu não és responsável por esses erros..."

Bertrand viu o religioso chorar. Ouviu-o murmurar que compreendia os que se serviam de uma arma.

Quando certos indivíduos chegavam a esse ponto, a essa traição aos deveres mais sagrados, quando, em Paris, sua polícia caçava milhares de pobres coitados e os amontoava no Vélodrome d'Hiver, a prece e a palavra deviam parecer irrisórias e até escandalosas a algumas pessoas.

— Eu posso admitir isso — repetiu Mathieu Villars. — Mas sou padre.

Segurou as duas mãos do jornalista e murmurou destacando as palavras:

— Você não é, Thorenc!

Ele não precisava dessas palavras do dominicano para sentir que a determinação de lutar — e por que não usar as palavras que lhe vinham à mente: o desejo de violência, o desejo de matar? — tornava-se nele cada vez mais forte.

Viveu a expectativa da partida para Annemasse num estado de permanente indignação.

Sentia que já não podia suportar as mentiras, a hipocrisia lamurienta, Pétain a dizer com voz melosa de compaixão: "O operário sofre, o camponês impacienta-se, o governo deste país não esteve isento de erros...", para logo acrescentar no mesmo tom melífluo: "O senhor Pierre Laval e eu marchamos de mãos dadas."

E encurralavam-se as crianças judias nos vagões vigiados por policiais franceses!

E Laval declarava: "Desejo a vitória alemã porque, sem ela, o bolchevismo irá instalar-se amanhã, em toda parte... A Alemanha tem necessidade urgente de mão-de-obra..."

Portanto, concluía ele, os jovens franceses precisavam trabalhar do outro lado do Reno.

Hipocrisia, duplicidade!

— "É o revezamento que começa. Operários da França, é pela libertação de nossos prisioneiros que vocês vão trabalhar na Alemanha. É para permitir que a França encontre seu lugar na nova Europa, que vocês atenderão ao meu apelo..." — acrescentava Laval.

Thorenc achou — exatamente como Maurice Schumann declarara na BBC — que Laval era "um Judas duplicado de chantagista, triplicado de mercador de escravos"!

Seria possível que não tentassem matar homens assim tão nefastos?

Thorenc foi procurar Philippe Villars para se certificar de que os planos de sabotagem das ferrovias estavam de pé e logo seriam executados pelo exército secreto que Max estava organizando. Pelo menos, era o que ele acreditava.

Já que sua viagem a Annemasse foi adiada devido a dificuldades em estabelecer os contatos necessários, ele voltou a Murs e pediu que Daniel Monnier transmitisse uma mensagem a Londres requisitando armas, explosivos, dinheiro. Era preciso agir militarmente; a busca de informações já não bastava. Os alemães, temendo um desembarque aliado na África do Norte — era o que todo mundo comentava nos cafés de Lyon e até nos trens —, preparavam-se, sem sombra de dúvida, para invadir a Zona Sul. Viaturas alemãs aparelhadas para detectar radiotransmissores já estavam autorizadas pelo almirante Darlan, Pucheu, Cocherel — Pétain e Laval, portanto — a cruzarem as estradas da Zona Livre. Haviam invadido locais de transmissão nos arredores de Lyon, Grenoble e Avignon, e era sempre a polícia francesa que se precipitava para prender os radiotelegrafistas e seus hospedeiros. Era preciso revidar as medidas de Vichy, encontrando um meio de atacar e destruir essas viaturas.

O governo Laval preparava-se para recrudescer a repressão contra todos os resistentes. Pétain exaltava a Legião Tricolor, a LVF. Ao mesmo tempo, deportavam judeus estrangeiros, ameaçavam com pena de morte os que tivessem armas e explosivos em seu poder, ou que se utilizassem de um radiotransmissor clandestino. Por seu lado, o general Xavier de Peyrière incitava os oficiais do exército do armistício a desmascarar os agentes ingleses, a denunciá-los à polícia que, por sua vez, iria entregá-los aos alemães.

Thorenc pensou em todos os franceses que o armistício, a ocupação, a colaboração, as mentiras de Pétain, de Laval e sua camarilha, os Peyrière e os Cocherel iludiram e envenenaram. Eles obedecem às ordens. Alguns, acreditando piamente nas palavras de Laval, iam para a Alemanha. Outros, de mosquetão a tiracolo, vigiavam os vagões repletos de crianças judias.

Lembrou-se, de repente, do marido de dona Marinette Maurin, sua zeladora no Bulevar Raspail, o "Maurin", como ela dizia, policial disciplinado que, certamente, participara da perseguição aos judeus e os levara para o Vélodrome d'Hiver. "Maurice é um bravo homem", repetia a mulher.

Thorenc sentiu-se acabrunhado, revoltado.

Razão tinha o cardeal Saliège ao invocar Deus e orar: "Senhor, tende piedade de nós! Nossa Senhora, rogai pela França!"

Mas não bastava!

Ele só conseguia recuperar a calma, conter a raiva e o desgosto, caminhando pela campina rochosa que rodeava a cidadezinha de Murs.

Saía de manhã cedo, se não no fim da tarde, quando tinha certeza de que a carta de Max ou de Pierre Villars, informando a data do encontro marcado com Fred Stacki em Genebra, não chegaria mais.

Subia até a capela ou entrava pelo pequeno bosque.

Uma relva mais densa do que a que crescia no platô cobria a cova onde haviam enterrado o corpo de Marc Nels. Thorenc sempre ficava surpreso quando se via à beira desse retângulo, de um verde pálido que contrastava com o resto da campina, sob o qual jazia o corpo de um homem.

Era como se, a despeito de si mesmo, quisesse buscar recolhimento nesse túmulo para se obrigar a não esquecer uma morte que certamente provocara e cuja responsabilidade ele assumia.

Pensava em Geneviève Villars com um sentimento misto de rancor e ternura. Ele a condenara por ter amado esse homem que com certeza a traíra. Foram os homens da rede que pagaram o preço dessa paixão. Talvez tenha sido por isso que Geneviève tentara suicídio ao chegar à Suíça.

Certa manhã, quando descia para o vilarejo, ouviu gritos, risos.

Quando virava a última curva da trilha, ele avistou uma jovem, atrás de um lençol preso como um biombo na fachada do casarão e na pilastra do poço, no pátio do *mas* Barneron. De onde estava, Thorenc podia ver que ela estava nua, os braços levantados, as axilas à mostra. Léontine Barneron jogava água na moça, enquanto Gisèle corria para encher os baldes no poço.

Ficou paralisado ao reconhecer Claire Rethel. Nunca a ouvira rir assim. Nunca a vira tão livre nessa alegre nudez.

De repente, ela levantou a cabeça e o viu, com certeza, pois soltou um grito agudo, puxou o lençol, cobriu-se e foi correndo para dentro da casa.

Léontine ergueu o punho para Thorenc, num gesto ameaçador.

Ele chegou ao *mas* e atravessou o pátio, com Léontine repetindo atrás dele:

— Vocês são todos iguais: uns porcos! Até você que eu achava uma pessoa um pouco mais fina, um pouco mais...

Interrompeu a frase, ao ver que Claire se aproximava.

Com as pernas e os braços nus, ela explicou que tinha ido de carro de Avignon a Carpentras, de onde viera pedalando. A pele estava vermelha de sol, e os cabelos, ainda molhados, grudados na testa e nas faces, mais negros ainda.

Trazia a correspondência de Max.

Thorenc devia estar em Genebra dentro de três dias. Como chegaria à Suíça, era por conta dele.

Ela estava sentada no bloco de pedra encostado na fachada, à direita da porta, que servia de banco. Séculos de uso haviam lustrado, polido a pedra. Claire evitava olhar para Thorenc como que contrafeita por ter sido surpreendida nua.

Disse que ia embora na manhã seguinte. Queria estar em Lyon o mais rápido possível. Ia despachar a bicicleta pelo trem, em Orange ou Avignon.

— Estão prendendo um mundo de gente, agora — acrescentou. — Parece que enlouqueceram com a manifestação do 14 de julho.

Lançou uma olhadela a Thorenc:

— Maior e mais vigorosa que a de 1º de maio; mas dessa vez eu não procurei por você. O pessoal de Darnand, os homens do Serviço da Ordem Legionária, ou da Legião Tricolor, fardados como alemães, controlam, apalpam, revistam os transeuntes. Dizem que a presença alemã aumenta cada vez mais. Philippe... — corrigiu-se logo — Philippe Villars está pensando em entrar para a clandestinidade. A polícia o interrogou durante muito tempo, depois o liberou. Ele diz que da próxima vez será preso.

— Agora é preciso se precaver — respondeu Thorenc.

Ele soubera que na Rua Daguerre, em Paris, os FTP abriram fogo contra policiais e alemães que queriam dispersar uma manifestação de mulheres, organizada pelo Partido Comunista.

— Transmita minha opinião a Philippe Villars. Ele já sabe qual é, mas diga que estou cada vez mais convencido da necessidade da luta armada. Não podemos esperar mais.

É óbvio, pensava ele enquanto se levantava, que esse tipo de conversa com Claire Rethel não fazia o menor sentido.

Que é que estava acontecendo com ele? Queria bancar o fanfarrão? O belicoso, impaciente para pegar em armas?

Subiu para o seu quarto e começou a escrever duas novas mensagens, uma para Moulin e outra para Passy, a fim de expressar, mais uma vez, seu ponto de vista: acabar com o imobilismo e passar à ação em toda parte.

Informou que, em Montpellier como em outras cidades, grupos francos da rede Combat, dirigidos por Jacques Renouvin, já haviam atacado os plantões do Serviço de Ordem Legionária do partido de Jacques Doriot e espancado alguns membros. Explodiram os centros de propaganda do governo de Vichy.

Não bastava apenas se defender, era preciso atacar.

Bateram na porta. Era Claire. Seus cabelos úmidos ainda estavam grudados na testa, o que a deixava mais jovem e dava-lhe um ar infantil. Parecia emocionada, hesitante. Sentou-se na beira da cama.

— Estou envergonhada — disse ela. — Philippe Villars me falou sobre os trens que passam por Lyon. Sinto vergonha de ficar escondida, de ter mudado de nome...

Ficou de pé.

— Não quero mais ser chamada de Claire Rethel, quero reassumir minha verdadeira identidade. Sou igual a eles! Meu nome é Myriam Goldberg.

Ele a embalou nos braços com amor.

A noite estava fresca.

No dia seguinte, ficou olhando enquanto ela se afastava pela estrada do desfiladeiro, na leveza do ar matinal.

Depois, foi sua vez de ir até Annemasse e se atirar sobre o arame farpado, com as mãos enluvadas à frente, no meio de duas patrulhas, decidido a atravessar a fronteira a todo custo, a cumprir a missão que Pierre Villars lhe confiara em nome de Max.

Então, subitamente, após a tensão, o medo, a raiva, lá estava a densa e tranqüila umidade de Genebra.

Thorenc encarregou Jean Zerner de procurar Geneviève Vilars; temia que ela tivesse atravessado de novo para o outro lado, justamente onde a morte imperava.

Com os olhos fixos na montanha, contornou o lago até o restaurante onde Fred Stacki o esperava.

Durante o almoço, Thorenc não conseguiu desviar os olhos dessa fronteira do destino, desse limite, absurdo como uma fatalidade, além do qual as crianças eram caçadas.

Agora, depois de cortar a ponta do charuto, Stacki pôs-se a discorrer sobre os tempos incertos e imprevisíveis desse ano de 1942.

46

Thorenc estremeceu e retirou a mão rapidamente.

Parece não suportar o contato dos dedos de Fred Stacki em seu pulso.

Recuou, apoiando-se com as palmas das mãos na borda da mesa para empurrá-la na direção do banqueiro. Este riu e estendeu a caixa de charutos para que Thorenc se servisse, mas o convidado declina com um bater de pálpebras.

— Você é singular, sempre em guarda! — disse o suíço. — Como se alguém o ameaçasse.

Brandiu seu charuto diante do rosto de Thorenc.

— No entanto, só encontro pessoas que o apreciam, que o estimam, sentem saudades suas, e esperam revê-lo. As mulheres, sobretudo...

Bertrand vira a cabeça e contempla novamente o Jura que a chuva mergulhou num espesso lençol cinzento. Pouco a pouco, esse lençol baixa sobre o lago e logo encobre as vinhas, deslizando em espirais que o vento empurra para as margens.

— Mas é, Thorenc, é sim! — continua Stacki. — Eu até devia sentir ciúme. Toda noite, quando ela se senta diante de mim, naquela mesa um pouco mais alta de onde se vê toda a sala da Boîte-Rose, que você conhece bem, Françoise Mitry me faz recordar as noites que nós dois passamos ali, antes e depois do armistício.

Aponta o dedo em riste para Thorenc, como se quisesse intimidá-lo.

— Pois creio que vi você lá na noite de 11 de novembro de 1940, depois da manifestação na Champs-Élysées. Você estava com Geneviève Villars... Tenho excelente memória, meu caro!

Inclina-se e toca o pulso de Thorenc, mas, dessa vez, o jornalista não reage, permite que Stacki lhe dê tapinhas com ares de intimidade.

— Você sabe que eu disponho de fontes de informação...

Sorri e explica:

— As pessoas conversam com seu banqueiro. A gente acaba sempre sendo um pouco confessor, confidente.

Ele antecede o que vai dizer, balançando a cabeça várias vezes:

— Sei que Geneviève Villars refugiou-se na Suíça há algumas semanas.

Observa a reação de Thorenc, levanta a mão e continua:

— Isso você já sabe. Mas posso acrescentar que ela esteve com Louis de Formerie, o irmão da avó materna Constance de Formerie, que é casada com Paul de Peyrière. Todos os Peyrière gravitam em torno de Pétain, ao passo que os Villars estão contra ele.

Stacki faz um muxoxo para deixar bem claro que desaprova os Villars ou, pelo menos, a incompreensão deles.

— Vocês, franceses, estão sempre dando início a guerras de religião. De um lado, o general Xavier de Peyrière, que Laval elegeu como conselheiro militar porque sabe que é pessoa da confiança de Pétain; do outro, a própria sobrinha de Xavier de Peyrière, sua Geneviève Villars: é shakespeareano! É bem verdade que, em Shakespeare, a farsa nunca fica de fora, você não acha? A situação atual na França está realmente entre os dois gêneros: o grotesco e o trágico.

Recrimina-se, pede desculpa, diz que não pretendia chocar nem ofender Thorenc, e retoma o fio da meada:

— Em todo caso, na Suíça, Geneviève parece que só conhecia Louis de Formerie. Mas ela não podia ter melhor avalista. É um banqueiro, ou antes, um financista bem considerado. Em Genebra, sobretudo em Zurique, ele representa vários bancos de Nova York. Se ele quiser ajudá-la, meios é que não hão de faltar. Pergunte a seu amigo Zerner o que ele acha de Formerie. Zerner é um bom jornalista, ele enxerga as coisas e, seja como for, não tapa o sol com a peneira.

Stacki acena com a cabeça:

— Geneviève está em La Chaux-de-Fonds. Será que ela pretende voltar para a França? Seria um erro...

Max Gallo   A Chama não se Apagará

De repente, o banqueiro fica sério, de cara quase fechada, e resmunga:

— As coisas estão se mexendo, Thorenc, e eu não gosto da evolução delas! Aos poucos, as pessoas sensatas que seriam capazes de dar um basta a essa loucura, a esse suicídio europeu, estão saindo fora. Uma noite dessas, há menos de quinze dias, estive num jantar na Avenida Foch, em casa de uma amiga sua muito querida: Lydia Trajani...

Thorenc abaixa o olhar. Essas reminiscências, esses nomes todos, Françoise Mitry, Lydia Trajani, o general von Brankhensen, o tenente Konrad von Ewers, Alexander von Krentz... a lembrança do apartamento da Avenida Foch, 77, tudo isso o incomoda como a recordação de um erro cometido.

— Lydia me contou que encontrou você em Antibes. Ela comprou a vila do infeliz Waldstein. Também, que idéia a dele de voltar para Paris e se exibir na Boîte-Rose acreditando que estaria protegido dos delatores... Pois é isso que preocupa, Thorenc! Em casa de Lydia, só havia pessoas que você conhece, falávamos de você, entre amigos. Alexander von Krentz admite perfeitamente que você lute contra a Alemanha. Só que há maneiras e maneiras de lutar. E há os que querem impedir, com um rio de sangue, qualquer negociação, qualquer acordo entre civilizados... Em casa de Lydia, encontrei Arno Brecker, o escultor oficial do Reich. Você precisava ouvi-lo falar sobre a estatuária grega com Derain e Drieu; garanto que você estaria de pleno acordo. Mas você e eu não temos nada a ver com assassinos, seja os que matam oficiais alemães nas ruas, seja os que roubam e torturam. Tentei alertar Lydia contra o relacionamento que ela mantém com esse tal Henry Lafont. É um canalha! Lafont é um escroque que está rapinando Paris com sua quadrilha de assassinos e policiais demitidos: Marabini, Bardet e os dois antigos porteiros da Boîte-Rose, Ahmed e Douran. É isso que nos ameaça, Thorenc, e não um von Ganz ou um von Krentz!

Stacki examina a ponta do charuto, empurra a cinza com a unha do dedo médio, puxa uma baforada e, de olhos semicerrados, vai direto ao ponto:

— Nessa noite, sua mãe, que achei muito sedutora, brilhante, uma mulher realmente extraordinária, estava sentada à direita do general von Brankhensen...

O suíço reclina-se no encosto da poltrona e continua com largo sorriso:

— Como não pensar em você, quando a senhora Cécile de Thorenc tem um lugar de honra num jantar assim? Não! — ele levanta a mão — na mesa ninguém pronunciou seu nome, mas depois, no salão, todos vieram me perguntar por você. Sempre imaginam que sou capaz de responder a todas as perguntas. Perguntaram se você estava mesmo na Suíça; pensam que está aqui escrevendo um livro, uma biografia de Hitler para os serviços de informação dos americanos, pois, já que o entrevistou tempos atrás, é o mais capacitado para traçar o retrato psicológico do Führer. E sabe quem me perguntou sobre isso? Alexander von Krentz, que tem sincera admiração por você. Creio que Krentz tem certas reservas em relação ao chanceler. Desde que Hitler se autonomeou chefe da Wehrmacht, os oficiais de tradição preferem manter um certo afastamento. Pode acreditar que ainda não foram jogadas todas as cartas. Ouvi dizer...

Muda sua cadeira de lugar, de modo a ficar ao lado de Thorenc e poder baixar a voz:

— Meus informantes, sempre em idas e vindas pelos vários países onde temos sucursais — sorri —, ou melhor, no mundo todo, mas sobretudo na Suécia, pois Estocolmo tornou-se um lugar que as pessoas freqüentam tanto quanto aqui, só que mais discretamente, acreditam que, entre os alemães, nazistas ou não, está surgindo a idéia de uma paz em separado, seja com os russos, que não seriam indiferentes a essa proposta, seja com os ingleses ou os americanos. Naturalmente, há também os fanáticos que teimam em acreditar que a Alemanha vencerá o mundo inteiro. Acredite, nenhuma das personalidades, nenhum dos oficiais alemães que estava no jantar, nem mesmo Drieu, partilha desse fanatismo. Mas, se forem obrigados, os alemães lutarão até o fim, por patriotismo. Mas, insisto, será realmente necessário? Você os conhece talvez melhor do que eu; são, antes e acima de tudo, europeus que zelam pela nossa civilização, que partilham conosco de uma história e valores comuns...

Os pés da cadeira de Thorenc rangem no chão de mármore do terraço:

Max Gallo A CHAMA NÃO SE APAGARÁ

— Eles deportam crianças, Stacki, fuzilam centenas de reféns, torturam!

E prossegue entre dentes:

— São criminosos! Talvez não o fossem, no início, mas tornaram-se...

O suíço suspira:

— Criminosos, criminosos... se você quer assim. Mas você acha que os aliados bolcheviques também não são? Sei que os alemães estão revelando a existência de milhares e milhares de cadáveres de oficiais poloneses mortos com uma bala na nuca, em 1940 ou 1941, por assassinos a serviço de Stalin. São fatos indiscutíveis. Berlim vai agir junto à Cruz Vermelha, aqui em Genebra, para enviarmos observadores neutros ao local; acho que é em Katyn...

— Pouco me importam os russos! — responde Thorenc com voz surda dando um soco na mesa. — Os alemães estão na França. Fuzilam. Torturam franceses. Ocupam meu país, e há traidores que colaboram com eles. São policiais franceses — como o marido de dona Marinette Maurin, a zeladora do prédio em que moro, uma mulher adorável, devotada, prestativa, vá lá que seja; isso não impede que o tal de Maurin esteja entre esses policiais —, são eles que caçam os judeus em Paris. Em Lyon, são gendarmes franceses que vigiam os vagões repletos de judeus que o governo de Vichy entrega aos alemães. E você vem me falar de poloneses mortos pelo Exército Vermelho? Eu choraria pelos oficiais poloneses depois...

Stacki franze as sobrancelhas e faz um muxoxo para demonstrar comiseração e cansaço:

— Não sabia que você era tão apaixonado, Thorenc.

Levanta a mão e prossegue:

— Mas eu compreendo. Também estou indignado. Muitas vezes tenho interferido para que os refugiados que conseguem atravessar a fronteira sejam acolhidos aqui. Acredite, não é fácil. Deparo com ferrenhas oposições. As pessoas são cautelosas, querem continuar neutras. Mas eu lhe garanto que não sou neutro! Sou tão contrário à barbárie quanto você. Porém — aponta o indicador para Thorenc —, qualquer que seja a bandeira! Aliás, as cores são sempre as mesmas, preto e vermelho; fico desolado de ver homens cultos, que têm os mesmos interesses, a se dilacerarem, a se matarem uns aos outros, para que seus inimigos comuns acabem vencendo. Não sou o único que pensa assim. Você vai se encontrar com Irving e Davies. Vai ver o que pensam os americanos e os ingleses. Não podemos nos preocupar apenas com o momento presente, como você. Sempre haverá um pós-guerra. Qual será ele? Não quero ver você assassinado com uma bala na nuca, mesmo que seja por seus aliados de hoje.

O banqueiro deixa a mão cair na mesa.

— Gostaria muito que nos reencontrássemos na Boîte-Rose depois da guerra; você, eu, Françoise, Lydia Trajani, e Geneviève Villars também, com Alexander von Krentz e o general von Brankhensen, sem esquecer seus amigos da Resistência. E que não tenhamos outra preocupação senão comparar o sabor dos vinhos e a beleza das mulheres, novamente em paz. Que Douran e Ahmed voltem a seus antigos postos na porta da Boîte-Rose, que Henry Lafont apodreça na prisão ou seja estrangulado. Mas que os assassinos de oficiais alemães em Paris, ou poloneses em Katyn, não nos venham dar lições de moral nem pretendam nos governar!

Thorenc levanta-se e vai até a beira do terraço.

A chuva crepita no telhado, a água escorre em grandes franjas e através delas a luz se desintegra, dando origem a todo um jogo de cores como se fosse uma cortina entrelaçada de fios coloridos.

Já não se vê a montanha, e o próprio lago forma um corpo único com o céu baixo.

Fred Stacki junta-se a Thorenc, e ficam os dois assim, lado a lado, por um bom tempo.

— Eu me preocupo com você — murmura o banqueiro — como com todos os meus amigos, não importa de que lado estejam. Esta guerra não é mais que um momento em nossa vida, Thorenc. Não se deixe matar, proteja quem você ama. Se quer lutar, lute, mas há muitas maneiras de fazê-lo. Na França, você é conhecido demais. Fique morando aqui com Geneviève Villars. Com meu apoio, o de Louis de Formerie e Jean Zerner, não terão nenhuma dificuldade em conseguir um visto de permanência. Aqui você será ouvido. É famoso, escreve, vai influenciar no sentido que lhe convier, mas não será arrastado por esse mar de lama e sangue que, temo, vai cobrir toda a Europa se a guerra se prolongar.

Dá alguns passos adiante e volta-se para Thorenc:

— Ouvi dizer que você escreveu reportagens extraordinárias por ocasião da guerra da Espanha. O que estamos vivendo é pior. Mas, como depois de todas as guerras, civis ou religiosas, chegará o momento do ajuste de contas. Fique fora disso tudo!

Bertrand girou nos calcanhares e encarou Stacki:

— Eu estou dentro, Stacki! Fui atirado de cabeça no sangue e na lama, como você diz. Levei socos e pontapés. E isso não é nada. Fui escorraçado de minha casa, Stacki. Minha casa é a França. Querem transformá-la. Enxovalham suas paredes. Gente que eu desprezo está mandando nela. Foi ocupada por estrangeiros que a emporcalham. Estou revoltado, Stacki: já não é o caso de racionalizar.

Faz um brusco movimento de ombros e fala alto e bom som:

— Você racionaliza! Muitos sustentam, como você, esse gênero de discurso. Cocherel, que você visita em Vichy, assim como procura Pucheu, enche a boca com esses belos argumentos, essas palavras engenhosas que podem ser refutadas com argumentos igualmente inteligentes, ponderações igualmente racionais. Depois podem utilizá-los um pouco aqui, um pouco ali. Em Vichy, você encontra uma porção de gente que joga nos dois lados: uma pitada de colaboração, uma pitada de Resistência...

Desce os degraus que levam a um pontão na extremidade do terraço. Vai até o fim desse dique de madeira, de uns dez metros de comprimento.

A água e o céu fundiram-se num cinza leitoso.

Por alguns minutos, ele deixa que a chuva lhe escorra pelo rosto; depois vira-se para Stacki.

— Para mim, não é mais uma questão de raciocínio, de cálculos, de prudência ou de habilidade.

Hesita um pouco em prosseguir, observando Stacki, persuadido de que provavelmente nunca será compreendido por um homem desse tipo. Mas a vontade de falar é mais forte e, ao mesmo tempo, ele faz questão de atingir o banqueiro, de marcar bem as diferenças entre eles, de mantê-lo a distância, de tentar apagar esse passado comum, de pôr um fim às conivências que, durante todo o almoço, o outro quis estabelecer ou preservar.

— Você é um financista, Stacki — continua Thorenc. — Será que pode imaginar que existam homens que agem por convicções, que querem defendê-las não importa o preço a pagar, que lutam por uma idéia que fazem de si mesmos, de seu país, em suma, que sejam desinteressados: homens de fé e não de lucro, poetas e não capitalistas?

Stacki sorri:

— As revistas de poesia são geralmente financiadas por banqueiros — murmura ele.

— Um investimento como qualquer outro! — ironiza Thorenc. — Eu estou falando de palavras escritas com sangue.

Volta a andar de um lado para o outro, sob a chuva.

— Se hoje lutamos por sentimentos, é que esta guerra é diferente das outras. Lutamos contra o Mal — você compreende? — e não contra uma nação em particular. Conheço alemães que lutam contra os nazistas desde 1933. Eu os encontrei na Espanha. Estão entre os que você chama de assassinos que matam oficiais alemães. Vingança, fraternidade, ideal, esperança, amor pela pátria, ira, desejo, morte, sofrimento, luto...

Ele fala depressa, em tom exaltado, brandindo o punho diante de Stacki.

— ... são essas as palavras do momento, as paixões que hoje levantam os homens. Os que vão ser fuzilados recusam-se a ter os olhos vendados. Cantam a *Marselhesa* e gritam: "Viva a França!" e às vezes soltam: "Viva o povo alemão!" Aí está o que você, Stacki, não pode compreender!

O outro inclina a cabeça e olha-o de esguelha:

— Quem nega isso? Todas as causas, sejam quais forem, têm seus mártires! Você não lê os jornais alemães? Cada tiragem, cada artigo contém os nomes de vários heróis germânicos. Os hitleristas também têm seus soldados mártires... Não gosto dessa ingenuidade, Thorenc, detesto que as pessoas se embalem de ilusões. Desconfio dos que escrevem ou declamam poemas em vez de analisar a situação.

Esfrega as mãos.

— Mas é verdade que sou banqueiro e você é jornalista, escritor. Veja só, afinal de contas, não sei qual de nós dois pode se revelar mais perigoso para a espécie humana. Você ou eu?

Stacki mostra duas silhuetas que atravessam o jardim do restaurante e se dirigem para o terraço.

— Só que você está aqui comigo e vai se encontrar, não com dois poetas, mas com aqueles dois diplomatas um tanto singulares...

E indica os dois homens com um movimento de cabeça.

— E imagino que não vá falar de poesia com eles. Aliás, você conheceu Thomas Irving, em Lisboa. Ele me contou. Veja você, ele confia em mim! Quanto a John Davies, já vai conhecê-lo.

Acena para os dois homens.

— Os americanos não se contentam com palavras. Ainda têm um embaixador junto a Pétain, não é? O motivo, Davies vai-lhe explicar melhor que eu. Não, não será poesia...

Stacki dá alguns passos na direção de Thomas Irving e John Davies, depois vira-se, mostra o jornalista e se afasta dando adeus com a mão.

No instante em que se reúne aos dois homens, Thorenc ainda lança um longo olhar sobre o horizonte.

47

Thorenc deita-se de bruços entre os últimos túmulos, a menos de um metro do muro que rodeia o cemitério.

Apóia a testa nos braços, a boca roçando a relva úmida.

Ouve as vozes dos gendarmes. Sucessivas patrulhas passam pela estrada de Annemasse, na margem oposta do Foron.

Recordando a cena, ele se enche de dúvidas de repente.

Thomas Irving desdobrara um mapa na mesa do restaurante. Sublinhara a lápis o nome de um vilarejo, indicara-lhe o cemitério adiante das últimas casas, na orla da fronteira.

Consultou o caderninho de notas e escreveu na ponta de um guardanapo os horários de patrulhamento.

— Entrar na França, por aí, "é mole que nem manteiga" — disse ele.

Davies repetiu as últimas palavras.

— "Mole que nem manteiga", não é assim que vocês dizem?

E soltou uma gargalhada:

— *Good luck!* — disse.

Thorenc agradeceu, leu e releu os horários rabiscados no pedaço de papel sujo de gordura. Depois rasgou o papel.

Lembra-se agora da piscadela que Thomas Irving lançou a Davies. Era de satisfação, quase de regozijo, como o que sentimos quando pregamos uma peça, e a vítima, como esperávamos, cai como um patinho.

Thorenc ergue-se um pouco, apoiado nos cotovelos.

As vozes se afastam.

Ele hesita ainda.

Max Gallo   A Chama Não se Apagará

Será possível que Irving e Davies quisessem que ele fosse apanhado?

Durante toda a tarde, haviam tentado convencê-lo a cooperar com eles, a adotar seus métodos e estratégias, a exemplo de muitos outros resistentes.

— Quase todas a pessoas sérias já estão agindo assim — observara Irving.

A princípio, Thorenc os ouviu estupefato. Pareciam ter distribuído os papéis entre si.

Irving criticava a irresponsabilidade, o amadorismo, os falatórios, as querelas gaullistas, a ambição de De Gaulle.

— Eu lhe disse isso em Lisboa — insistia o inglês. — De lá para cá, as coisas só se agravaram, Thorenc.

Pelo que ele dizia, a Gestapo localizara imediatamente os agentes do BCRA e estava prendendo todos. Em Londres, Passy recusava-se a transmitir as informações que possuía ao Intelligence Service ou ao Estado-Maior aliado.

— Aliás — caçoou Irving —, como a Gestapo geralmente consegue dobrar os agentes do BCRA, eles só transmitem informações falsas.

— Prestam um mau serviço, Thorenc. Põem em perigo milhares de homens. Não cooperam. De Gaulle se tem por Joana d'Arc, acha que queremos queimá-lo, que os ingleses querem desmembrar a França e ocupar a Aquitânia e Calais. Você precisa saber disso, Thorenc. Vai afundar, se continuar com eles!

Hesitou um pouco e falou inclinando-se para o francês:

— Sabe o que aconteceu com a rede Prometeu? Trabalhavam para nós. Alguém não gostou disso e a Gestapo apanhou todos eles enquanto dormiam. Isso, depois de se apoderar dos contêineres e dos homens que lançamos de pára-quedas. A Gestapo conhecia todas as localizações das *dropping zones*.

— Geneviève Villars... — murmurou Thorenc.

Thomas Irving, sentado do outro lado da mesa, apoiou a mão no ombro de Thorenc.

— Ninguém sabe — respondeu o inglês.

Com um gesto espontâneo, Thorenc segurou e afastou a mão de Irving. Retrucou, com um nó na garganta, que não admitia nenhuma das calúnias que acabava de ouvir. Estivera em Londres. Encontrara-se com Passy. Sabia como a rede de Rémy, a Confraria Notre-Dame, fornecera os planos das bases submarinas alemãs de Brest, Saint-Nazaire e Lorient; como as informações obtidas pelos agentes franceses permitiram que os ingleses destruíssem o radar de Bruneval que monitorava os aviões de bombardeio que sobrevoavam a Inglaterra; como alertaram sobre as manobras de submarinos, exatamente como aconteceu com os cruzadores Scharnost e Gneisenau que partiam de Brest. Irving queria que fizessem uma lista dos agentes e radiotelegrafistas franceses que foram torturados e se suicidaram para não falar, e dos que foram fuzilados? E os milhares de reféns executados, quem os levava em consideração? Quanto a Geneviève Villars, deveria ser criticada por ter conseguido escapar e se refugiar na Suíça?

— Ela voltou para a França — replicou Irving. — Ontem. Fomos informados. Um parente dela, nosso amigo Louis de Formerie, nos avisou.

Thorenc teve a sensação de ser esmagado por um peso que o impedia de falar. Curvou-se com o rosto entre as mãos.

— Desculpe — continuou Irving. — Talvez eu tenha exagerado, caricaturado um pouco. Mas compreenda: antes de tudo, buscamos a eficácia. Nosso único objetivo é ganhar a guerra e, assim, libertar a França e o resto da Europa. De Gaulle é corajoso, decerto, só que ele não se considera apenas a Donzela, mas Luís XIV e Napoleão juntos! Quer a vitória, é claro, mas quer o poder também.

Enquanto falava, Irving olhava para John Davies em busca de aprovação. Às vezes fazia uma pausa, sugava e mordiscava o cachimbo, depois prosseguia:

— Sei que você esteve com Jean Moulin. Um homem de valor, mas é gente de De Gaulle, e o pessoal das redes com quem estivemos aqui, as informações que colhemos mostram que há muitas reticências em relação a ele. Ele quer que todo mundo se dobre, mas os que criaram Libération, Combat, Franc-Tireur acham que têm tanto direito quanto ele de dirigir a Resistência. Mas não têm a mesma opinião de De Gaulle sobre o regime após a Libertação. Quanto a nós, estamos prontos a fornecer armas e dinheiro aos que lutam e apóiam a estratégia do alto comando aliado. De Gaulle e, portanto, Jean Moulin têm seus próprios planos.

Max Gallo ⚜ A Chama não se Apagará

Parecem acreditar que a França pode se libertar sozinha, ou que, depois da derrota, ainda pesa tanto quanto antes. Não, Thorenc! Há os Estados Unidos, a Grã-Bretanha, a Rússia; mas a França, isto é ponto pacífico, não pode mais falar grosso, em pé de igualdade com essas nações. Vocês foram vencidos.

Thorenc apruma-se como se o tivessem esbofeteado.

O raciocínio que Thomas Irving desenvolvia — com a aprovação de John Davies que assentia com a cabeça, murmurando "É sim, é verdade o que Thomas está dizendo", antes de acender outro cigarro — era semelhante ao dos que colaboravam com os alemães. Salvo que estes queriam que a França, para o próprio bem dela, obedecesse ao Reich...

— A França é soberana — retrucou Thorenc. — É a nós que cabe decidir a estratégia que queremos adotar, não a vocês, nem a eles, é claro!

Com um movimento de cabeça, indicou o Jura que fechava o horizonte a leste, sob as nuvens. Hesitou por um instante e acrescentou:

— Não estamos lutando para mudar de dono.

John Davies impediu que Thorenc se levantasse.

— Vocês ingleses e franceses nunca vão pôr um fim à Guerra dos Cem Anos! — disse ele rindo e forçando Thorenc e Irving a apertarem as mãos. — A questão é uma só: qual é a melhor maneira de lutar? É o mesmo que dizer: quem, para nós, é o melhor, o mais útil aliado na França? Aí, eu talvez já esteja muito de acordo com Thomas.

— Para vocês, Pétain! É claro, ainda e sempre Pétain! — lançou Thorenc. — Seu almirante Leahy ainda continua como embaixador em Vichy. Ele está esperando o quê? Que Pétain venha declarar que a zona não ocupada vai se tornar um Estado americano? Mantendo as leis anti-semitas? Você não é muito cuidadoso com os seus aliados, Davies!

— Na guerra, um bom aliado, para nós, é o que tem mais peso — explicou Davies placidamente. — Só isso basta. Talvez você fique chocado, Thorenc, mas a França combatente de De Gaulle pesa menos que a França de Pétain. Nenhum voto, nem o de uma Assembléia, nem o do povo, autoriza De Gaulle a pretender representar a França toda. E Jean Moulin, o seu Max, também não é o representante de toda a Resistência; e se pretende ser, vai provocar reações hostis. Elas já estão aí, já ouvimos muitas, as pessoas vêm aqui para nos dizer que não é admissível o que está acontecendo. Moulin acredita controlar todo mundo, selecionando a quem dar dinheiro e armas...

Davies sorriu.

— Mas nós também temos dinheiro e podemos lançar armas de pára-quedas. E alguns já nos pedem isso. Se Moulin insistir, eles virão bater a nossa porta. Explique isso a ele, Thorenc!

Olhou para Thomas Irving que assentiu.

— Digo o que está se passando, Thorenc. Não somos nós que criamos problemas, são seus camaradas e os resistentes mais antigos que se queixam e nos pedem ajuda. As divisões enfraquecem a Resistência como um todo e, portanto, o nosso lado. De Gaulle não é capaz de reunir todo mundo, Max tampouco.

Thorenc perdeu a vontade de responder. A angústia o dominou e o desânimo veio com ela.

Pensou em Geneviève Villars sentada num vagão, apresentando documentos falsos a homens da Gestapo que a agarravam. Ela teria uma pílula de cianureto, teria tempo de rasgar o envelope e engoli-la?

Teve a sensação de que sua boca enchia-se de uma borra que o sufocava.

Todos esses sacrifícios — o de Julie Barral, o de Georges Munier e seus colegas do Museu do Homem —, todos esses reféns, esses gestos de coragem teriam sido em vão? Para que lutar se os atos que praticavam não eram compreendidos?

Teve o sentimento de um imenso equívoco, de um desperdício de vidas, pois não bastava lutar contra o inimigo, era preciso defender-se também contra as calúnias, as incompreensões, as maledicências, os interesses dos que considerávamos nossos próximos, dos que chamávamos de aliados.

— A França combatente — continuou Davies — não passa de alguns milhares de homens e um grande ator, De Gaulle, uma espécie, desculpe, de Dom Quixote... Em compensação, Pétain, Darlan são toda a África do Norte, todo um exército, uma armada: é o que pesa mais! A África do Norte é uma aposta decisiva: quem detiver o controle dela dominará o Mediterrâneo, ou seja, todo o sul da Europa. Ora, na Argélia, no Marrocos, na Tunísia, os gaullistas não passam de um punhadinho. Nenhum oficial desse exército da África quer obedecer a De Gaulle: esta é que é a verdade! Somos obrigados a levar em conta esses fatos porque queremos ganhar a guerra. Depois, o povo francês será consultado e dirá se quer De Gaulle ou prefere ficar com Pétain. Mas ainda não chegamos lá, não é?

John Davies tirou do bolso um maço de papéis e colocou em cima da mesa.

— Você conhece o general Giraud, Thorenc? É um homem corajoso. Fugiu da Alemanha. Ele esteve com Pétain. Não tem nada de colaborador. Olhe o que ele escreveu ao Marechal.

O americano começou a ler devagar:

— "Estou plenamente de acordo com o senhor. Dou-lhe minha palavra de oficial que não farei nada que, de alguma maneira, possa conturbar suas relações com o governo alemão..."

Thorenc fechou os olhos por alguns instantes para não ver as caras de Thomas Irving e John Davies. E tentou não ouvir mais nada.

Mas o outro insistia:

— Está ouvindo, Thorenc? Giraud diz: "Senhor Marechal, não duvide de minha inteira lealdade...", e ele não é um colaborador! Você não pode compará-lo com o general Xavier de Peyrière ou o almirante Darland. Não, ele é um homem decididamente contra os alemães, um patriota. Mas ele sente a realidade do país. Compreende o Exército. Recusou o exílio. Voltou para o seu país. Podia ter ficado na Suíça. Ele foi aceito aqui... Você entende, Thorenc, é preciso levar em conta a opinião das Forças Armadas francesas da África. Para ela, Giraud é um herói, um general corajoso cuja fuga beira o milagre, e nenhum tribunal francês o condenou por deserção...

Davies virou-se para Irving:

— ... e tampouco é colaborador dos ingleses!

Riu, depois explicou:

— Para muitos franceses é quase a mesma coisa que colaborar com os alemães!

Thomas Irving concordou, murmurando com uma certa complacência:

— Giraud não quis se encontrar com De Gaulle; o que lhe dá uma vantagem maior. Pode reunir todo mundo sob seu comando.

Thorenc virou a cabeça.

Nesse fim de tarde, a linha da crista da montanha ressurgia no centro de um claro recorte arredondado cujas bordas sombrias afastavam-se pouco a pouco; as nuvens mais escuras fechavam o céu, enquanto outras vestiam de cinza-chumbo as encostas e as margens do lago.

— Que acha disso, Thorenc? — perguntou Davies. — Não podemos desprezar a oportunidade que Giraud nos oferece. Um homem que conhece sua profissão e goza de boa reputação junto a um grande número de pessoas. Está compreendendo, Thorenc? Você precisa nos ajudar. Estamos em plena virada da guerra. A África do Norte francesa terá um papel crucial...

Thorenc olhou bem para eles.

Thomas Irving, cabelos pretos, cara redonda, olhar irônico, batia seguidamente o cachimbo no braço da cadeira e tornava a enchê-lo, minuciosamente, com o fumo que tirava de uma pequena tabaqueira de couro castanho-claro.

Junto dele, John Davies, alto e magro, cabelos mais claros penteados para trás, brincava com seu isqueiro dourado e seu maço de cigarros; depois, um tanto precipitadamente, acendia um e puxava várias baforadas com gestos vagarosos e fisionomia serena.

Ao observá-los, Thorenc teve um sentimento de impotência.

De que adiantava falar das lágrimas do dominicano Mathieu Villars que viu o trem parado na Estação de Perrache, repleto de judeus estrangeiros, amontoados, vigiados, que Pétain condenara a serem entregues aos alemães?

Para que evocar a lembrança de Claire Rethel que queria reassumir o verdadeiro nome de Myriam Goldberg para não sobreviver, enquanto crianças judias eram deportadas?

Max Gallo ✠ A Chama não se Apagará

Irving e Davies não passavam de rostos e vozes das duas potências que se diziam aliadas da França e que o eram, inegavelmente: sem elas, não haveria libertação possível. Mas tinham aberto o jogo: escolheram Giraud contra De Gaulle, o que respeitava Pétain contra o que o condenava. Com Giraud, esperavam fazer o Marechal, a Armada, o Exército e a África do Norte penderem para o lado delas.

E tudo pelo menor custo, dentro da ordem, sufocando a voz desse rebelde que, em 18 de junho de 1940, já havia inventado esta palavra "Resistência" e ousado dizer que "a organização mecânica das massas humanas" devia ser abolida.

— Giraud! — murmurou Thorenc.

Irving e Davies observaram-no, aguardando, com um olhar um tanto ansioso, o que ele ia dizer.

— Todos esses mortos... — acrescentou o francês.

Pensava no estudante que brandia a bandeira tricolor diante do Arco do Triunfo, no 11 de novembro de 1940, e nas coronhadas que Henry Villars recebera.

— Que equívoco! — exclamou levantando-se de supetão.

Davies estendeu a mão como se quisesse puxá-lo, segurá-lo pela manga.

Thorenc se retraiu para o lado, afastando-se da mesa.

— Reflita mais, Thorenc — disse Davies. — Você tem todos os elementos nas mãos. Neste momento, muitos de seus companheiros estão se questionando. De Gaulle, Jean Moulin, os comunistas também, é claro, tornam tudo mais difícil com seus métodos. Se quisermos ganhar a guerra rapidamente, Giraud...

Súbito, Thorenc voltou a se aproximar, e o americano interrompeu o que dizia.

— Só De Gaulle pode unir — replicou Bertrand entre dentes. — As pessoas escrevem o nome dele nas paredes com uma Cruz de Lorena ao lado. Só por isso, os alemães, os policiais de Bousquet e de Laval prendem gente, que é julgada e condenada pelos juízes deles, pode até ser fuzilada. Mas as pessoas continuam a traçar essas letras, essa cruz, nas ruas e nas paredes das celas das prisões. Gritam "Viva De Gaulle!" no instante em que são amarradas no poste de fuzilamento. Para elas, "Viva De Gaulle!" e "Viva a França!" viraram a mesma coisa. É isso que conta! Giraud não é nada, ninguém jamais gritará seu nome no último segundo antes de morrer!

— Eu compreendo — respondeu Irving. — Nós sabemos disso, mas não se ganha a guerra com um punhado de heróis. É preciso mobilizar homens, desembarcá-los, evitar que sejam massacrados. É preciso vencer. Pense nisso, Thorenc, reflita sobre o melhor caminho para o seu país.

— Quero que meu país seja libertado e soberano ao mesmo tempo — retorquiu Thorenc.

E acrescentou a meia voz, como se fosse uma evidência que devesse lembrar:

— Eu sou gaullista, é só.

Davies estendeu-lhe a mão repetindo:

— Reflita melhor, Thorenc, você pode nos ajudar muito, pode fazê-los compreender o que queremos. Nós confiamos em você.

Foi nesse momento que Thomas Irving abriu o mapa em cima da mesa do restaurante e indicou a cidadezinha e o cemitério cujo muro acompanhava o traçado da fronteira.

Deitado entre as sepulturas, Thorenc tem os ouvidos atentos ao silêncio que pontua o murmurinho regular do rio.

Extinguiram-se as vozes. De vez em quando, ele se sobressalta com um frêmito de folhagens acompanhado do leve martelar da chuva caindo sobre os túmulos.

Thorenc arqueou o corpo. Precisa se mexer, agir, afastar essa dúvida, essa suspeita absurda que não passa de uma sombra que denuncia o medo, a tentação de desistir, o desejo de ficar ali, entre as lápides, nesse quadrilátero de paz, nesse país neutro, em vez de pular o muro, atravessar o Foron e o arame farpado, para encontrar a morte à sua espera.

Convence-se de que só conseguirá conter o pânico que o dominou, se seguir em frente.

Escala o muro do cemitério e corre para a fronteira onde o rio divide ao meio os destinos.

48

Thorenc abriu a porta do quarto e sentiu que não conseguiria chegar até a cama.

Encostou-se na parede.

Ouviu Léontine Barneron chamá-lo do pátio. Mas não teve vontade de responder.

Deixou-se escorregar pela parede para encontrar algum frescor em contato com os ladrilhos. A luz que penetra, apesar das venezianas fechadas, forma listras de uma brancura ofuscante nos ladrilhos de cerâmica vermelha.

Vencido pelo cansaço acumulado desde que pulou o muro do cemitério, ele deixa a cabeça pender sobre o peito e sente o suor escorrer pelo rosto.

Acha que começou a transpirar desde que se pôs a correr para o rio como se, ao passar da Suíça para a França, entrasse num país muito quente.

Sentiu um calor sufocante no celeiro em que ficou esperando o dia terminar.

No trem que o levou de Annemasse a Lyon, a calça e a camisa colaram em seu corpo. O ar quente e acre, carregado de partículas de carvão, entrava pelos vãos das janelas e pinicava a pele.

Depois, enquanto caminhava sob o teto envidraçado da Estação de Perrache, teve a impressão de estar atravessando uma espessa camada de piche.

No instante em que ia subir a escada na direção do escritório de Philippe Villars, uma voz cochichou em seu ouvido que a polícia estava dando uma batida em todos os escritórios de engenharia; felizmente Villars fora

Os Patriotas

avisado, mas muita gente tinha sido presa, e Thorenc devia sair imediatamente da estação que estava sendo vigiada.

Dirigiu-se para o subterrâneo, passou de uma plataforma para outra, depois seguiu margeando o balastro. O calor implacável parecia ricochetear nas pedras, nos trilhos de aço e atingi-lo em pleno rosto.

Pensou em Claire Rethel: presa, talvez, desmascarada? Apertou o passo quando alcançou as ruas onde o asfalto grudava na sola do sapato.

Chegou ao Convento Fra Angelico.

Mathieu Villars levou-o até a capela. A polícia revistara todos os quartos, mas não achou nada, disse ele. Entretanto, era melhor Bertrand ficar escondido atrás do altar.

Acocorou-se na penumbra, mas, pouco a pouco, a luz e o calor passaram através dos vitrais vermelhos, amarelos e azuis, e chegaram até ele. Erguendo os olhos, Thorenc deparou com o quadro da mulher crucificada, entregue às feras na arena, e teve a sensação de que seu corpo se esvaía.

Agora não tinha mais dúvida, prenderam Claire Rethel.

Tentou manter a calma. Sentou-se com as costas apoiadas numa coluna. As lajotas do piso estavam quentes.

Raciocinou. Não devia ceder a esses delírios da imaginação, nem se deixar cegar pela suspeita.

Chegara a pensar, erradamente, numa traição de Irving e Davies, quando, ao contrário, seguindo as indicações do inglês, a travessia da fronteira foi o que houve de mais fácil.

Imaginar o pior era uma tentação perigosa. Nesses tempos ameaçadores, se quisesse encontrar a força para continuar a luta, em si mesmo, era preciso não ceder ao pânico, prender-se aos fatos, avaliar lucidamente as conseqüências.

Ele só sabia uma coisa: a polícia revistara o escritório de Philippe Villars que conseguira escapar à prisão. Ignorava completamente a sorte de Claire Rethel. Talvez ela tenha caído numa emboscada na estação ou no apartamento de Philippe. Ou, pelo contrário, talvez tenha conseguido se esconder e fugir.

Max Gallo   A CHAMA NÃO SE APAGARÁ

Ele precisava viver com essa dúvida. Como um poeta escrevera: eram "dias patibulares". Tinha de aceitar isso.

Vozes ressoaram na nave. Thorenc reconheceu a de Mathieu Villars que repetia energicamente:

— Vocês não têm o direito. Aqui é um lugar de culto, vamos protestar junto ao bispo, o Marechal será impedido...

O calor pareceu-lhe mais sufocante ainda. Ele recuou, procurando a obscuridade. Ficou atento aos passos que ressoavam entre as paredes da capela e depois se afastaram.

Suspirou aliviado.

A noite foi ainda mais abafada que o dia. Nessa escuridão quente e pegajosa, ele acordou sobressaltado: alguém o sacudia.

Reconheceu Pierre Villars à luz de uma lanterna com o facho voltado para o chão, depois de ter iluminado em cheio o rosto de Thorenc.

— Você está nadando em suor — murmurou Pierre.

Thorenc passou a mão pelos cabelos emaranhados, colados nas têmporas e na nuca.

— Max quer notícias — pediu Villars.

Ouviu o relato de Thorenc, interrompendo para confirmar que, de fato, alguns dirigentes de Libération e Combat rebelavam-se contra o projeto de unificação que Moulin propunha. Contestavam sua autoridade e pensavam em ir a Londres protestar junto a De Gaulle e pedir que ele chame de volta seu representante. Eles queriam controlar o exército secreto sem ficar na dependência de Moulin para o financiamento e o fornecimento de armas.

— O momento foi mal escolhido! — acrescentou.

— Vichy deu novas garantias aos alemães. Laval, Bousquet, Cocherel, o general Xavier de Peyrière puseram à disposição da polícia alemã amplas instalações do balneário de Charbonnières, no Ródano, e o castelo de Bionne, no Hérault.

— Foi Peyrière, o safardana do meu tio, que conseguiu essas acomodações e mandou prepará-las. Também mandou expedir carteiras de identidade francesa para os policiais alemães que se instalaram nesses lugares. Vergonhoso!

— E seu pai? — perguntou Thorenc.

— Desesperado mas decidido.

Quando soube que um voluntário da Legião Tricolor, que servia na Rússia com o uniforme alemão, recebera a Légion d'honneur, o major devolveu sua própria condecoração.

— Eles prestaram juramento a Hitler e tanto podem ganhar a Cruz de Ferro como a Légion d'honneur! — revoltou-se Pierre Villars.

Era tarde da noite. Villars e Thorenc caminhavam pelo claustro onde o ar quente continuava parado sem que um sopro de vento o agitasse.

A cada passo, Bertrand tinha a impressão de estar patinhando numa poça de suor.

— Os americanos e os ingleses estão enganados — declarou Villars. — Gente da espécie do general de Peyrière, de Laval, de Cocherel, de Pétain, ou Bousquet, nunca vai se opor aos alemães. Se acontecer um desembarque aliado na África do Norte, como eles prevêem, os Panzerdivisionen ocuparão a Zona Sul sem que haja protesto nem resistência. Aliás, os alemães já estão lá com seus carros que detectam radiotransmissores, com seus agentes da Gestapo naturalizados franceses colaborando com os homens de Antoine Dossi, de Cocherel, de Pucheu e de Bousquet. Quanto a Giraud...

Villars fez uma pausa.

— ... se os americanos o preferem, não é só porque o Exército da África confia nele, como lhe disseram, mas porque, com ele, farão o que quiserem. Um homem que foge para se encontrar com Abetz, Laval e Pétain, que modelo de retidão política!

Villars aproximou-se da fonte que havia no centro do pequeno jardim do claustro. Um fio de água morna escorria intermitentemente. Thorenc mergulhou as mãos na bacia da fonte, mas, quando as levou ao rosto, em concha, teve a impressão de que se cobrira outra vez de suor.

— Aparentemente, os americanos têm meios de impor Giraud — continuou Villars. — Mas se nós nos reunirmos, aqui, em torno de De Gaulle, se conseguirmos essa unidade da Resistência sob a direção de Max, eles vão fracassar. As cartas estão nas nossas mãos. Se eles pensam que não vamos interferir, estão muito enganados!

Aconselhou Thorenc a voltar a Murs. Daniel Monnier precisava redobrar as precauções para evitar que as transmissões de rádio sejam localizadas. E apertou-lhe a mão.

— Você está alagado de suor — observou de novo.

E suspirou:

— O cansaço, a tensão. Cuide-se... Max diz que ainda temos pelo menos dois anos pela frente. Será que vamos sobreviver até lá?

Reacendeu a lanterna e iluminou o rosto de Thorenc, por um instante.

— E Geneviève? — perguntou.

Thorenc não respondeu.

— Voltou para a França, não é? — continuou Villars. — Suicida... Os dirigentes de redes não sobrevivem mais de seis meses em Paris. Somando os efetivos dos diversos serviços de policiamento alemão e seus cúmplices franceses, os Lafont, Bardet, Marabini e outros que tais, não tenho dúvida de que ultrapassam o número de resistentes realmente ativos. Há mais cães do que caça! Como esperar que Geneviève escape da matilha?

Thorenc abaixou a cabeça e perguntou sobre o irmão de Pierre.

— Philippe teve sorte. Mas eles encontraram seu laboratório e apreenderam todos os arquivos.

Thorenc fez um gesto de raiva.

— Arquivos? — soltou a meia voz.

Voltou a pensar em Claire Rethel, nos documentos em nome de Myriam Goldberg que a polícia talvez tenha encontrado.

Engrolou o nome da assistente de Philippe: o que aconteceu com ela?

Villars afastou as mãos em sinal de ignorância.

As gotas de suor acabaram deslizando por entre os cílios de Thorenc, e e seus olhos arderam.

49

No sufocante calor tempestuoso, Thorenc sobe a trilha que leva à capela, a passos largos, pernas flexionadas, tórax inclinado para a frente, tão depressa que precisa parar no meio do caminho para recobrar o fôlego.

Está ofegante. Num gesto instintivo, põe as mãos no peito como se quisesse comprimi-lo e sente, no bolso da camisa, a carta de Claire Rethel.

Deixa cair os braços e olha em torno.

Avista o pequeno bosque onde, lá no final, enterraram o corpo de Marc Nels. E se ele morresse ali, com um tiro no peito, será que Jacques Bouvy e Daniel Monnier fariam o mesmo com ele, quando o calor diminuísse com a chegada da noite?

Avisariam Pierre Villars. Mas, nestes dias tumultuados, quando a polícia de Vichy rouba e prende, quando se pensa na eventualidade de um desembarque aliado na África do Norte e uma invasão alemã na Zona Sul, quem teria tempo para se preocupar com uma morte inútil, uma deserção?

Envergonha-se de ter pensado em abandonar a luta pela tranqüilidade da morte. Espalma novamente a mão sobre o bolso e sente o envelope colado de suor no pano da camisa.

Por um instante, imagina que a tinta se diluiu, que não vai conseguir reler esta carta em que mal passou os olhos no quarto do *mas* enquanto Léontine repetia:

— Seus amigos disseram que só podia ser para você.

Ele havia dormido no chão de cerâmica, e Léontine acabava de sacudi-lo; disse rindo que ele parecia um gato que se deita no chão nos dias muito quentes, por ser o único lugar em que há um pouco de ventilação e a pedra conserva o frescor da noite. Mas o que fazer quando as noites são tão abafadas quanto o dia?

Ela se inclinou para ver o interior do quarto, e Thorenc soergueu-se enxugando a testa, o suor escorrendo-lhe pelos braços.

— Ainda não tinha visto a carta? — observou Léontine indicando a cama.

Ela a colocara ali, em cima do travesseiro; mas ele estava dormindo no chão, como podia ter visto?

Thorenc se levantou, caminhou até a janela, foi como se ele se aproximasse da fonte de calor. Entreabriu as persianas e um lençol de luz cobriu a cama.

Viu o envelope azul, a letra pequena e redonda. Inclinou-se sem tocar no envelope, e leu:

Fogo, azul
Mas Barneron
MURS

A voz de Léontine Barneron repetindo:
— É para você mesmo, não é? Não foi engano?

Parecia tão distante que ele não respondeu. Sentou-se na cama, pegou o envelope, virou-o e leu as iniciais escritas no verso: CRMG, que ele era o único ali capaz de decifrar — Claire Rethel/Myriam Goldberg.

Afligiu-se ante o pensamento de que ela não resistira à tentação de se sacrificar e reassumira sua identidade.

Pôs a carta na cama de novo, enquanto esperava Léontine acabar de comentar o nome esquisito que lhe arranjaram: *Feu, azur!* e saísse do quarto. O carteiro, que só ia a Murs duas vezes por semana, ficou espantado. Ainda bem que era um parente e não era homem de tagarelar nem de contar vantagem. Mas *Feu, azur*, o que quer dizer isso?

Enfim, ele ouviu seus passos descendo a escada e a voz dela no pátio a reclamar do sol e invocar a chuva.

Abriu o envelope lentamente e leu as primeiras palavras:

> *Seu nome não quero e não posso dizer*
> *Já me deixei cair na imprudência*
> *De ceder ao desejo de escrever-lhe*
> *Mas tantas palavras me sufocam*
> *Para que eu possa desistir...*

Claire havia disposto as frases como se fosse um poema, e talvez fosse mesmo poesia.

> *... Quando meu rosto me deseja a morte*
> *Não posso viver sob esta máscara*
> *Pois os que a mim se assemelham*
> *Ao sofrimento foram entregues*
> *E aquele que trai seus semelhantes*
> *Morre a cada dia de arrependimento.*

Ele enfiou a carta no envelope e o colocou no bolso da camisa.

Queria estar sozinho para decorar cada palavra, partilhar as emoções que elas expressavam, e também para recordar Claire, a primeira noite que passaram juntos no Hotel Résidence, na Rua Victor-Hugo, e suas risadas, ali, no pátio do *mas* Barneron, enquanto Léontine despejava baldes de água em cima dela.

Mas Jacques Bouvy o reteve. Contou que os alemães acabavam de exigir o envio de milhares e milhares de trabalhadores franceses para a Alemanha. E Laval, o traficante de escravos, submeteu-se criando um Serviço Nacional do Trabalho obrigatório.

— Ninguém vai concordar em morrer nas fábricas do Reich sob as bombas inglesas! — repetia Bouvy. — Vai haver revolta. Vamos precisar de armas. Você esteve com os ingleses: que é que eles podem nos mandar antes que os alemães ocupem a Zona Sul?

Bouvy ficou chateado com o silêncio de Thorenc.

— É óbvio que os ingleses e os americanos são todos iguais: querem se aproveitar da guerra para nos aniquilar. Nós incomodamos. Querem muito nos libertar, mas com a condição de não abrirmos a boca!

Thorenc debruçou-se na beirada do poço. Deixara cair o balde e esperou um bom tempo até que ele voltasse à superfície da água.

A roldana rangia. Para içar o balde, precisava retirar a mão e o braço desse visgo lustroso, desse extenuante calor imóvel que enlanguescia o menor gesto.

Thorenc despejou a água fresca na cabeça e afogou a voz de Bouvy que continuava a falar indignado.

E afastou-se em direção à trilha. Depois de alguns passos, a água secou, e ele estava outra vez coberto de suor...

Enfim, conseguiu chegar ao topo, mas o tumulto em seu coração é tão grande, que ele se senta imediatamente no chão da capela, fecha os olhos, abaixa a cabeça, sentindo as têmporas doloridas, a garganta e a traquéia ardendo, incapaz de pensar, desejando que a tempestade que já desaba ao longe, nos maciços do Ardèche, chegue logo ali onde não faz mais que ribombar no céu.

Fica muito tempo assim, contentando-se em tocar o envelope com os dedos sem tirá-lo do bolso, como se já não tivesse tanta pressa em ler as palavras de Claire.

No quarto do *mas*, limitara-se a reler as mesmas frases. Não virou a página.

O que diria ela? O que fizera Claire para escrever: "Não posso viver sob esta máscara"?

Talvez tenha se entregado aos guardas da Estação de Perrache que, estarrecidos, devem tê-la encaminhado ao responsável pelo trem que, por sua vez, deve ter acrescentado o nome de Myriam Goldberg à sua lista.

Quem sabe era isso que ela contava?

Os Patriotas

* * *

Ele apalpa o envelope uma vez mais.

Pensa em ir a Vichy nos próximos dias. Vai levar sua arma presa na barriga da perna como lhe ensinaram no campo de treinamento da Inglaterra.

Vai-se apresentar confiante nos postos de guarda. Ali, as revistas são sumárias. Abrirão sua sacola, apalparão seus bolsos. Vão pensar que ele é um desses homens cheios de importância, esses cúmplices que o diretor Cocherel, o ministro Pucheu e o general Xavier de Peyrière consentem receber. E matará um dos três.

A menos que atire em todos eles, num desses restaurantes que freqüentam e onde se imaginam protegidos porque, para matá-los ali, é preciso arriscar a própria vida.

Começa a respirar mais tranqüilamente como se, missão cumprida, ele já se encontrasse no bosque que circunda o Château des Trois-Sources onde, com um pouco de sorte, poderia esconder-se.

Agora, uma vez decidido a vingar Claire, pode ler a carta.

Claire não explicava nada.

Sentira apenas necessidade de escrever, confessava, de dizer as emoções que experimentava ao ler as revistas de poesia. E a quem mais falar sobre isso senão a ele? Ela amava estes versos de Aragon:

> *As razões de amar e viver*
> *Variam como as estações*
> *Belas palavras que nos extasiam*
> *Um dia não inebriam mais*
> *Perde-se a flauta nos metais.* *

---

* No original: *Les raisons d'aimer et de vivre // Varient comme font les saisons // Les mots bleus dont nous nous grisons // Cessent un jour de nous rendre ivres // La flûte se perd dans les cuivres.* (N.T.)

Mas, acrescentava, queria que ele soubesse que ela também lia Victor Hugo. Será que ele se lembrava do que o poeta escreveu em 1870?

Façamos a guerra dia e noite, a guerra nas montanhas, a guerra nos bosques. Despertem! Despertem! Sem trégua, sem repouso, sem sono!

Será que ela temia que ele não compreendesse por que citou Victor Hugo? Acrescentou:

"Dormimos pouco aquela tarde, na Rua Victor-Hugo. Do que jamais me arrependerei."

O vento começou a soprar e, pouco a pouco, foi afastando o calor, secando o suor, e Thorenc teve a impressão de ouvir a voz de Claire.

Como admitir, como acreditar que possam ter sufocado essa voz?

Embaixo da segunda página, porque faltava espaço, ela escreveu várias frases em letrinhas tão minúsculas que ele mal conseguia decifrar.

Pareceu-lhe que diziam:

> *Em toda carne anuente*
> *Em toda boca sensível*
> *Teu nome escrevo...* *

E foi como se ele descobrisse, palavra após palavra, o corpo de Claire, novamente.

O vento quase frio agita de repente as páginas da carta agora decifrada, que Thorenc, enquanto desce para o *mas* Barneron, relê do começo ao fim, até os últimos versos que Claire registrou:

> *Por força de uma palavra*
> *Recomeço minha vida*
> *Nasci para conhecer-te*

---

* No original: *Sur toute chair accordée // Sur les lèvres attentives // J'écris ton nom...* (N.T.)

Os Patriotas ✠✠

> *Para chamar-te*
> *Liberdade!* *

Thorenc sente as primeiras gotas.

Começa a descer desabaladamente para o *mas*, admirado da súbita energia que o invade outra vez.

---

* No original: *Et par le pouvoir d'un mot // Je recommence ma vie // Je suis né pour te connaître // Pour te nommer // Liberté!* (N.T.)

Impresso no Brasil pelo
Sistema Cameron da Divisão Gráfica da
DISTRIBUIDORA RECORD DE SERVIÇOS DE IMPRENSA S.A.
Rua Argentina 171 – Rio de Janeiro, RJ – 20921-380 – Tel.: 2585-2000